John
Steinbeck

Der fremde Gott

Zu diesem Buch

Als die väterliche Farm für die Familie zu klein wird, verläßt Joseph Wayne das dichtbesiedelte Vermont und wandert nach Kalifornien aus. Voller Leidenschaft und Tatkraft baut er sich eine neue Farm auf. Doch dann kündigt sich die gefürchtete Dürreperiode wieder an, von der die mexikanischen Talbewohner hinter vorgehaltener Hand erzählen. Der Regen bleibt aus, das Getreide verdorrt, das Vieh stirbt vor Hunger. Die Menschen werden von Entsetzen gepackt und fliehen. Nur Joseph Wayne bleibt – bis zum bitteren Ende.

Über fünf Jahre hat Steinbeck an diesem Roman gearbeitet, der in seinem Werk einen zentralen Platz einnimmt. Er verbindet darin den modernen amerikanischen Siedlermythos mit archaischen Naturreligionen, mit biblischen und antiken Motiven. »Der fremde Gott« erzählt vom Versuch des Menschen, die Natur zu beherrschen, bis er zuletzt ihren geheimen Kräften unterliegt.

Der Autor

John Steinbeck wurde 1902 in Kalifornien geboren. Seinen Lebensunterhalt verdiente er nach einem naturwissenschaftlichen Studium als Reporter und Maurer. Nebenbei versuchte er sich anfangs erfolglos als Schriftsteller. Erst 1940 gelang ihm mit »Die Früchte des Zorns« der große Durchbruch, 1962 erhielt er den Nobelpreis für Literatur. 1968 starb John Steinbeck in New York.

John Steinbeck

Der fremde Gott

Aus dem Amerikanischen von
Hans B. Wagenseil

Unionsverlag
Zürich

Die amerikanische Originalausgabe erschien 1933
unter dem Titel *To a God Unknown* bei Robert O. Ballou.
Die deutsche Erstausgabe erschien 1954
unter dem Titel *Der fremde Gott* im Desch-Verlag, München.

Auf Internet
Aktuelle Informationen
Dokumente über Autorinnen und Autoren
Materialien zu Büchern
Besuchen Sie uns:
http://www.unionsverlag.ch

Unionsverlag Taschenbuch 134
Diese Ausgabe erscheint mit freundlicher Genehmigung
des Zsolnay Verlags, Wien.

Rieterstrasse 18, CH-8059 Zürich
Telefon 0041-1 281 14 00, Fax 0041-1 281 14 40

Umschlaggestaltung: Heinz Unternährer, Zürich
Umschlagbild: Thomas Hart Benton,
»The Sheepherder« (Ausschnitt), Öl auf Leinwand, 1962
Druck und Bindung: Clausen & Bosse, Leck
ISBN 3-293-20134-2

Die äußersten Zahlen geben die aktuelle Auflage
und deren Erscheinungsjahr an:

1 2 3 4 5 - 02 01 00 99

1

Als die Ernte auf der Wayne-Farm bei Pittsford in Vermont unter Dach und Fach war, als man das Brennholz für den Winter geschnitten hatte und der erste leichte Schnee auf dem Boden lag, ging Joseph Wayne spät am Nachmittag zu dem Lehnsessel am Herd und trat vor seinen Vater. Die beiden Männer waren einander sehr ähnlich. Jeder hatte eine große Nase und hohe Backenknochen, ihr Gesicht schien aus härterem und dauerhafterem Material als Fleisch, aus einem steinernen Stoff, der sich nicht leicht veränderte. Josephs Bart war schwarz und seidig, doch noch so dünn, daß der Umriß seines Kinns schattenhaft durchschien. Der Bart des alten Mannes war lang und weiß. Er tastete ihn hier und da mit den Fingern ab und glättete säuberlich die wegstehenden Haare.

Es dauerte eine Weile, bis der Alte merkte, daß sein Sohn neben ihm stand. Er blickte zu ihm auf. Alt, erfahren und ruhig waren seine Augen und sehr blau.

Auch Joseph hatte blaue Augen, aber sie leuchteten vom Feuer der Jugend und Unternehmungslust. Als er nun so vor seinem Vater stand, zögerte er, sein neues Anliegen vorzubringen.

»Das Land wird jetzt nicht mehr reichen, Vater«, sagte er demütig.

Der Alte zog seinen schwarzweiß karierten Wollschal fester um seine geraden, mageren Schultern. Mit milder Stimme, die dafür geschaffen schien, einfache, weise Rechtssprüche zu fällen, fragte er: »Worüber willst du dich denn beklagen, Joseph?«

»Du hast wahrscheinlich schon gehört, daß sich Benjamin nach einer Braut umschaut. Benjy wird Anfang Frühling heiraten, im Herbst wird dann ein Kind kommen, und im nächsten Herbst wieder ein Kind. Das Land aber dehnt sich nicht aus, bald wird es nicht mehr für alle reichen.

Der Alte senkte langsam die Augen und sah auf seine Finger, die auf seinen Knien langsam miteinander rangen. »Benjamin hat mir noch nichts gesagt. Er ist nie sehr zuverlässig gewesen. Bist du sicher, daß er sich ernstlich um eine Frau bemüht?«

»Die Ramseys haben es in Pittsford herumerzählt. Jennie Ramsey hat ein neues Kleid und sieht hübscher aus als sonst. Ich sah sie heute. Sie hat mich nicht einmal angeschaut.«

»Nun, vielleicht hast du recht. Benjamin sollte es mir sagen.«

»Du siehst also, Vater, daß das Land für uns alle nicht mehr genug hergeben wird.«

John Wayne hob die Augen wieder. »Das Land reicht«, sagte er ruhig. »Burton und Thomas brachten Frauen ins Haus, und es reichte. Du bist der Nächstälteste. Du solltest dir eine Frau nehmen, Joseph.«

»Es gibt eine gewisse Grenze, Vater. Das Land kann nur gerade so viele ernähren.«

Da blickte sein Vater ihn schärfer an. »Hast du etwas gegen deine Brüder, Joseph? Hast du einen Streit mit ihnen gehabt, von dem ich nichts weiß?«

»Nein, Vater«, wehrte Joseph ab. »Die Farm ist zu klein und …« Er beugte seine hohe Gestalt zum Vater nieder. »Ich möchte gern eigenes Land besitzen, Vater. Ich habe gelesen, daß es im Westen gutes, billiges Land geben soll.«

John Wayne seufzte, strich sich durch den Bart und glättete die Enden. Ein brütendes Schweigen senkte sich zwischen die beiden, während Joseph vor dem Patriarchen stand und auf das Urteil wartete.

»Wenn du ein Jahr warten könntest«, sagte der Alte schließlich. »Mit fünfunddreißig sind ein oder zwei Jahre nichts. Wie gesagt, nach einem Jahr oder höchstens zwei hätte ich nichts dagegen. Wenn du auch nicht mein Ältester bist, Joseph, so habe ich doch immer gedacht, daß du meinen Segen haben solltest. Thomas und Burton sind brave Männer und gute Söhne, aber den Segen habe ich immer dir geben wollen, damit du meinen Platz einnehmen könntest. Ich weiß nicht recht, warum. In dir ist mehr Kraft als in deinen Brüdern, Joseph, du hast mehr inneres Selbstvertrauen.«

»Aber das Land im Westen wird jetzt aufgeteilt, Vater. Man braucht nur ein Jahr auf dem Land zu wohnen, ein Haus zu bauen, ein bißchen zu pflügen, und dann gehört einem alles. Keiner kann es mehr wegnehmen.«

»Ich weiß, ich habe davon gehört, aber wenn du schon jetzt aufbrichst, würde ich nur aus Briefen erfahren, wie es dir geht und was du tust. In einem Jahr, höchstens in zweien, werde ich mit dir gehen. Ich bin ein alter Mann, Joseph. Ich werde einfach mitgehen, über deinem Kopf, in den Lüften. Ich werde sehen, was für ein Land du dir aussuchst und was für ein Haus du baust. Da wäre ich doch gespannt. Ich könnte dir auch dann und wann ein wenig helfen. Wenn du etwa eine Kuh verlörest, könnte ich mitwirken, sie wiederzufinden. Da ich so hoch droben in der Luft bin, könnte ich weit Ausschau halten. Das alles kann ich tun, wenn du noch ein bißchen wartest.«

»Das Land wird jetzt in Besitz genommen«, begann Joseph wieder hartnäckig. »Seit der Jahrhundertwende sind drei Jahre vergangen. Wenn ich warte, ist vielleicht kein gutes Land mehr zu haben. Ich habe Sehnsucht nach diesem Land, Vater.« Seine Augen waren fiebrig geworden.

John Wayne nickte und nickte immer wieder, wobei er den Schal fest um die Schultern zog. »Es ist also nicht nur ein bißchen Unruhe, was dich forttreibt«, sagte er sinnend. »Vielleicht kann ich dich später ausfindig machen.« Entschlossen fügte er dann noch hinzu: »Komm näher, Joseph. Leg deine Hand hierhin – nein, hierhin. So hat es mein Vater gemacht. Eine so alte Sitte wird schon ihren Sinn haben So, jetzt laß die Hand dort!« Er beugte den weißen Kopf. »Mag Gottes und mein Segen auf diesem Kinde ruhen. Möge er im göttlichen Lichte wandeln. Möge er sein Leben lieben.« Er hielt eine Weile inne. »So, Joseph, jetzt kannst du in den Westen gehen. Mit mir hast du hier nichts mehr zu tun.«

Der Winter kam bald, es lag tiefer Schnee, und die Luft war nadelscharf. Einen Monat lang wanderte Joseph im Hause umher. Er zögerte, seine Jugend und all die Dinge, die ihn so stark an sie erinnerten, zu verlassen, aber der väterliche Segen hatte ihn von allem abgeschnitten. Er war ein Fremder im Hause geworden und fühlte, daß seine Brüder sich freuen würden, wenn er fort wäre. Er ging noch vor Frühlingsanfang. Als er in Kalifornien ankam, war das Gras auf den Bergen grün.

2

Nachdem er einige Zeit umhergewandert war, kam Joseph zu dem langgestreckten Tal, das Nuestra Señora heißt, suchte sich dort ein Stück Land und ließ es eintragen. Als Joseph zu diesem Tal gelangte, dem Tal Unserer Lieben Frau in Mittelkalifornien, prangte es in Grün, Gold, Gelb und Blau. Wilder Hafer und kanariengelbe Senfblüten füllten die Talsohle. Der Fluß San Francisquito rauschte in seinem Kiesbett durch ein aus dem schmalen Uferwald gebildetes Gewölbe. Zwei Küstengebirgsstreifen schlossen das Tal Nuestra Señora ein, schützten es auf der einen Seite gegen das Meer, auf der anderen vor den heftigen Winden aus dem großen Salinas-Tal. Am Südende fand der Fluß durch einen Paß einen Ausgang, und bei diesem Paß lag die

Kirche und die kleine Stadt Unserer Lieben Frau. Indianerhütten lagen gruppenweise um die Lehmmauern der Kirche. Wenn die Kirche jetzt auch oft leer stand, ihre Heiligenfiguren morsch wirkten, ein Teil des Ziegeldaches in einem Haufen zerbrochener Stücke auf dem Boden lag und die Glocken geborsten waren, wohnten doch die mexikanischen Indianer noch immer in ihrer Nähe, hielten dort ihre Festlichkeiten ab, tanzten auf der festgestampften Erde La Jota und schliefen in der Sonne.

Als das Land im Grundbuch eingetragen war, machte sich Joseph zu seiner neuen Heimat auf. Seine Augen glitzerten vor freudiger Erregung unter dem breitkrempigen Hut. Hungrig schnupperte er in Richtung des Tales. Er trug neue Jeans, um die Taille mit Messingknöpfen besetzt, dazu ein blaues Hemd und eine Weste wegen der Taschen. An den hohen Absätzen seiner neuen Stiefel schimmerten silbrig die Sporen. Ein alter Mexikaner stapfte mühsam auf das Städtchen zu. Sein Gesicht erhellte sich vor Vergnügen, als Joseph auf ihn zuritt. Er lüftete den Hut und trat beiseite. »Ist irgendwo eine Fiesta?« fragte er höflich.

Joseph lachte herzlich. »Ich habe weiter oben im Tal hundertundsechzig Morgen Land. Dort will ich mich nun niederlassen.«

Die Augen des alten Mannes blieben an der Flinte haften, die in ihrem Futteral wohlverborgen am Sattel hing. »Wenn Sie ein Reh sehen und es schießen, Señor, denken Sie an den alten Juan.«

Joseph ritt weiter, aber er rief über die Schulter: »Wenn das Haus fertig ist, gebe ich eine Fiesta, dann denke ich an dich, Juan.«

»Mein Schwiegersohn spielt Gitarre, Señor.«

»Dann soll er auch kommen.«

Josephs Pferd schritt schnell aus und brachte mit den Hufen die dürren Eichenblätter zum Rascheln. Die Hufeisen klirrten, wenn sie gegen vorstehende Steine stießen. Der Weg führte durch den langen Wald, der sich am Fluß hinzog. Wie er so dahinritt, wurde er zögerlich und war doch gleich darauf wieder gespannt und ungeduldig wie ein junger Mann, der heimlich zu einer Verabredung mit einer erfahrenen und schönen Frau geht. Der Wald Unserer Lieben Frau betäubte ihn fast und überwältigte ihn. Die ineinander verflochtenen Äste und Zweige, die lange grüne Höhlung, die der Fluß durch die Bäume und das üppige Unterholz schnitt, hatten etwas sonderbar Weibliches an sich. Den endlosen grünen Hallen, Gängen und Alkoven schien eine ebenso dunkle und verlockende Bedeutung innezuwohnen wie den Symbolen eines alten Kultes. Joseph schauerte es, und er schloß die Augen. Vielleicht bin ich krank, dachte er. Wenn ich die Augen öffne, sehe ich womöglich, daß dies alles ein fieberhafter Wahn ist. Als er weiterritt, ergriff ihn die Furcht, dieses Land könne ein Traumbild sein, das sich in graue staubige Dämmerung auflösen würde … Ein Manzanitazweig streifte ihm den Hut ab, er mußte absteigen, um ihn aufzuheben. Er streckte die Arme aus, um sich zu bücken und die Erde zu streicheln. Er fühlte das Bedürfnis, die Stimmung, die ihn befallen hatte, abzuschütteln. Er blickte zu den Baumspitzen hinauf, wo die Sonne auf zitternde Blätter blitzte und mit rauher Stimme der Wind sang. Als er sein Pferd wieder bestieg, wußte er, daß er die Empfindung für dieses Land nie verlieren würde. Das Knarren des Sattelleders, das Klirren der Sporenketten, das Raspeln der Pferdezunge an der Gebißstange bildeten die hohen Obertöne zu dem Pulsschlag der Erde. Joseph hatte das Gefühl, daß er bis jetzt stumpf gewesen war und nun plötzlich empfindsam wurde, daß er bis jetzt geschlafen hatte und nun wach war. Tief versteckt in ihm lag aber auch ein dumpfes Gefühl verborgen, als ob er Verrat übte. Die Vergangenheit, seine alte Heimat und die

Ereignisse seiner Kindheit verloren sich langsam in der Ferne, und er wußte, daß er ihnen ein dauerndes Andenken bewahren mußte. Dieses Land konnte, wenn er nicht achtgab, ganz von ihm Besitz ergreifen ... Um dieser Versuchung ein wenig Widerstand zu leisten, dachte er an seinen Vater, an dessen friedvolle Ruhe, an dessen Stärke und niemals schwankende Aufrichtigkeit, aber in seinem Denken hatte der Widerstreit ein Ende gefunden, er wußte, daß das Sträuben keinen Sinn mehr hatte, denn sein Vater und dieses neue Land waren eins ... Da erschrak er. »Er ist tot«, flüsterte er vor sich hin. »Mein Vater muß tot sein.«

Das Pferd hatte nun den Wald am Fluß verlassen und folgte einem weichen, rillenartig ausgeformten Pfad, der vom Körper einer Riesenschlange hätte stammen können. Es war ein alter Wildwechsel, ausgetreten von den Hufen und Tatzen einsamer scheuer Tiere, die dem Pfad gefolgt waren, als liebten sie die Gesellschaft der Geister. Es war ein Pfad voll tiefer Geheimnisse. Hier machte er einen weiten Bogen, um einer großen Eiche mit einem dikken, überhängenden Ast auszuweichen, wo lange vorher ein Puma gelauert, seine Beute getötet und seine Witterung hinterlassen hatte, so daß der Pfad zur Seite bog – dort schlängelte er sich sorgfältig um einen glatten Felsen, auf dem gewöhnlich eine Klapperschlange in der Sonne lag. Das Pferd hielt sich in der Mitte des Pfades und achtete auf alle Warnzeichen.

Jetzt führte der Pfad in eine weite Grasfläche, in deren Mitte eine Gruppe immergrüner Eichen wuchs, eine grüne Insel in einem hellgrünen See. Als Joseph auf die Bäume zuritt, hörte er ein in Todespein schrillendes Quieken. Er ritt rasch um den Hain herum und erblickte einen großen Keiler mit gekrümmten Hauern, gelben Augen und struppigen roten Haaren. Das Tier saß auf seinen Hinterbeinen und zerfleischte ein noch quiekendes Ferkel. Eine Sau und fünf weitere Ferkel stoben in einiger Entfernung mit Schreckensschreien davon. Der Keiler schnaubte, hörte auf zu fressen und richtete sich auf, als er Joseph witterte. Dann wandte er sich wieder dem sterbenden Ferkel zu. Joseph trieb sein Pferd an. Sein Gesicht zog sich vor Zorn zusammen, die Farbe wich aus seinen Augen, bis sie fast weiß waren. »Hol dich der Teufel!« schrie er. »Friß andere Tiere, aber nicht deine eigenen Kinder!« Er zog seine Flinte aus dem Futteral und zielte zwischen die gelben Augen des Keilers. Dann aber senkte sich der Lauf. Joseph lachte kurz auf. »Ich maße mir zu große Macht zu«, stellte er fest. »Er ist vielleicht Vater von fünfzig Schweinen und kann womöglich noch weitere fünfzig zeugen.« Der Keiler drehte sich schnaubend im Kreis, als Joseph vorbeiritt.

Jetzt ging der Pfad um einen langgestreckten, durch dichtes Gestrüpp geschützten Hügel herum. Brombeeren, Manzanitasträucher und Zwergeichen schlangen sich so dicht ineinander, daß sogar die Kaninchen kleine Tunnels hindurchgraben mußten. Der Pfad erzwang sich seinen Zugang zu dem schmalen Hügelrücken und führte zu einem aus Färber-, Weiß- und immergrünen Eichen bestehenden Baumgürtel. Zwischen den Zweigen der Bäume zeigten sich winzige weiße Nebelschwaden, die zart über den Baumspitzen schwebten. Gleich darauf gesellte sich ihnen ein durchsichtiger Fetzen zu und dann wieder einer. Sie segelten dahin wie ein halbmaterialisierter Geist, wurden immer größer und größer, bis sie auf eine Säule warmer Luft stießen und zum Himmel hinaufstiegen, um zu kleinen Wolken zu werden. Über dem ganzen Tal bildeten sich diese flockigen kleinen Wolken und stiegen wie die Geister der Toten aus einer schlafenden Stadt empor. Anscheinend verschwanden sie im Himmelsraum, aber die Sonne schien ihretwegen nicht mehr so warm. Josephs Pferd hob den Kopf und schnupperte. Oben auf dem Hügelrücken stand eine Gruppe riesiger Erdbeerbäume. Joseph sah mit Staunen, daß sie aus Fleisch und Muskeln gebildet zu sein schienen. Ihre mächtigen Äste waren rot wie hautloses Fleisch und wirkten verrenkt wie auf die Folter gespannte Körper. Joseph legte die Hand auf einen Zweig, als er vorbeiritt; er war kalt, glatt und hart, aber die Blätter an den Enden dieser schauerlichen Zweige glänzten hellgrün. Erbarmungslos und schrecklich waren diese Bäume. Sie schrien vor Schmerzen, wenn man sie verbrannte.

Joseph erreichte den Bergrücken und sah auf das Grasland seiner neuen Heimat nieder, wo der wilde Hafer in silbernen Wellen unter einem leichten Wind wogte. Die Flecken blauer Lupinen lagen wie Schatten in einem klaren, leuchtenden Licht, und der Mohn auf den Bergen, die seitlich lagen, schimmerte in sonnigem Glanz. Er hielt das Pferd an, um einen Blick auf die weiten, wogenden Wiesen zu werfen, in denen Gruppen immergrüner Eichen standen, jede für sich wie ein immer tagender Senat, der das Land regiert. Der von Bäumen verdeckte Fluß schnitt einen sich weit dahin schlängelnden Weg durch das Tal. Zwei Meilen konnte er sehen; neben einer riesigen einzelnstehenden Eiche gewahrte er den weißen Fleck seines aufgeschlagenen Zeltes, das er verlassen hatte, um seinen Besitz eintragen zu lassen. Lange saß er dort. Wie er so das Tal überschaute, fühlte er einen heißen Schauer der Zuneigung durch seinen Körper fließen. »Dies gehört mir«, sagte er, und Tränen glitzerten in seinen Augen. Staunen erfüllte ihn, daß dies alles sein eigen sein sollte. Er fühlte Mitleid mit dem Gras und den Blumen. Er hatte das Gefühl, daß die Bäume seine Kinder waren, daß er der Vater des Landes war. Einen Augenblick schien er in der Luft zu schweben und auf das Land niederzusehen. »Es gehört mir«, begann er wieder, »und ich muß dafür sorgen.«

Die kleinen Wolken sammelten sich in der Luft. Eine ganze Legion von ihnen eilte nach Osten, um zu der bereits auf dem Bergrücken aufmarschierenden Armee zu stoßen. Über die Berge im Westen zogen eilig die dünnen grauen Meereswolken heran. Ein heftiger Windstoß fuhr plötzlich seufzend durch die Zweige. Das Pferd lief tänzelnd den Pfad zum Fluß hinab. Oft hob es den Kopf und schnupperte den frischen, wohligen Geruch des heranziehenden Regens ein. Die leichte Wolkenkavallerie war schon vorbeigezogen, und eine mächtige schwarze Phalanx marschierte langsam mit Donnergetön vom Meer heran. Mit einem Wonnegefühl sah Joseph dem bevorstehenden heftigen Kampf entgegen. Der Fluß schien schneller dahinzueilen und aufgeregt über die Steine zu plätschern. Dann brach der Regen los. Dicke, langsam fallende Tropfen klatschten auf die Blätter. Wie Munitionswagen rollten die Donnerwolken über den Himmel. Die Tropfen wurden kleiner und fielen dichter, peitschten durch die Luft und zischten in den Bäumen. In nur wenigen Augenblicken waren Josephs Kleider durchnäßt, sein Pferd glänzte von Wasser. Im Fluß sprangen die Forellen nach taumelnden Insekten. Alle Baumstämme glitzerten schwarz.

Der Pfad verließ den Fluß wieder. Als Joseph sich seinem Zelt näherte, wallten die Wolken wie ein grauwollener Vorhang von Westen nach Osten. Die späte Sonne funkelte über das blankgewaschene Land, glitzerte auf den Grashalmen und ließ die in den Kelchen der Feldblumen liegenden Tropfen aufblitzen. Vor seinem Zelt stieg Joseph ab, nahm dem Pferd den Sattel herunter und rieb den nassen Rücken und die Flanken mit einem Tuch, bevor er das müde Tier zum Grasen laufen ließ. Er stand in der feuchten Wiese vor dem Zelt. Die untergehende Sonne spielte auf seinen braunen Schläfen, und der Abendwind zerzauste ihm den Bart. Der Hunger in seinen Augen wurde zur Gier, als er in das langgestreckte grüne Tal sah. Leidenschaftliche Besitzwut ergriff ihn. »Es gehört mir«, jubilierte er. »Bis in die tiefste

Tiefe der Erde gehört es mir, bis zum Mittelpunkt der Welt.« Er stampfte die Füße in den weichen Boden. Der Überschwang wurde zu einem heftigen Schmerz des Verlangens, das in einem heißen Strom durch seinen Körper lief. Er warf sich mit dem Gesicht auf das Gras und drückte seine Wange gegen die nassen Stengel. Seine Finger griffen in das feuchte Gras, rissen es aus und krallten sich noch fester. Seine Schenkel preßten sich schwer gegen die Erde.

Als die Raserei aufhörte, war er kalt und verwirrt über seinen eigenen Gefühlsausbruch. Er setzte sich auf und wischte sich die Erde von Lippen und Bart. »Was war das?« fragte er sich. »Was kam über mich?« Er versuchte, sich genau zu erinnern, was geschehen war. Einen Augenblick lang war das Land sein Weib gewesen. »Ich brauche eine Frau«, sagte er sich, »ohne Frau wird es hier zu einsam sein.« Er war müde. Sein Körper schmerzte, als hätte er einen schweren Felsblock gehoben. Der Augenblick wilder Leidenschaft hatte ihn erschreckt.

Über einem kleinen Feuer kochte er vor dem Zelt sein bescheidenes Abendessen, und als die Nacht hereinbrach, setzte er sich auf den Boden und sah zu den kalten weißen Sternen empor. Er fühlte, wie sein Land tief atmete. Das Feuer brannte nieder. Joseph hörte die Präriewölfe in den Bergen heulen, die Käuze kreischend vorbeihuschen und ringsum sich her die Feldmäuse im Gras rascheln. Nach einer Weile stieg der honigfarbene Mond hinter dem östlichen Gebirgszug auf. Ehe er sich über die Berge erhob, blickte sein goldenes Gesicht durch ein Gitterwerk von Föhrenstämmen. Dann durchbohrte einen Augenblick lang eine scharfumrandete schwarze Föhre den Mond und verschwand wieder, als er weiter aufstieg.

3

Lange bevor die Wagen mit dem Bauholz in Sicht kamen, hörte Joseph den angenehmen metallischen Klang ihrer Glocken. Die schrillen, über den Zugstangen angebrachten Glöckchen forderten entgegenkommende Gespanne auf, ihnen auf dem engen Weg auszuweichen. Joseph war frisch gewaschen, Haare und Bart waren gekämmt, seine Augen leuchteten vor Erwartung, denn er hatte zwei Wochen lang keinen Menschen gesehen. Schließlich kamen die mächtigen Gespanne zwischen den Bäumen zum Vorschein. Die Pferde gingen mit kleinen, unsicheren Schritten, denn sie mußten die schwere Last über die holprige neue Straße ziehen. Der erste Fuhrmann schwenkte seinen Hut, dessen Schnalle in der Sonne blitzte. Joseph ging den Gespannen entgegen und kletterte auf den hohen Sitz neben den ersten Fuhrmann, einen Mann in mittleren Jahren mit kurzgeschnittenen, stacheligen weißen Haaren und braunem, wie ein Tabakblatt geädertem Gesicht. Der Kutscher nahm den Zügel in die linke Hand und streckte die Rechte aus.

»Ich dachte, ihr würdet früher hier sein«, sagte Joseph. »Habt ihr unterwegs Probleme gehabt?«

»Nicht direkt, Mr. Wayne. Juanito war die Achse heißgelaufen, und meinem Sohn Willie blieb das Vorderrad in einem Sumpfloch stecken. Hat wahrscheinlich geschlafen, der Bengel. Die letzten zwei Meilen kann man ja auch nicht mehr von Straße sprechen.«

»Das wird sich schon geben«, meinte Joseph. »Wenn genug Wagen darüberfahren, wird es noch eine gute Straße werden.« Er zeigte mit dem Finger. »Dort bei der großen Eiche wird das Holz abgeladen.«

Der Fuhrmann machte auf einmal ein unheilvolles Gesicht. »Sie wollen unter einem Baum bauen? Das ist aber nicht gut. Einer der Äste könnte niederkrachen, das Dach zertrümmern und auch Sie zerschmettern, wenn Sie nachts im Schlafe liegen.«

»Es ist ein guter, starker Baum«, versicherte Joseph. »Ich möchte mein Haus in der Nähe eines Baumes bauen. Steht denn Ihr Haus weit von einem weg?«

»Eben nicht, darum sage ich es. Der verdammte Kasten steht direkt darunter. Ich weiß selbst nicht, warum ich ihn ausgerechnet dorthin gestellt habe. Schon oft habe ich nachts wach gelegen und bei einem Sturm gedacht, so ein faßdicker Ast werde jetzt gleich durch das Dach krachen.« Er hielt die Pferde an und wickelte die Zügelenden um die Bremse. »Fahrt neben mir auf«, rief er den anderen Fuhrleuten zu.

Als das Holz auf dem Boden lag und die Pferde, mit dem Kopf gegen die Wagen gebunden, Weizen aus den Freßbeuteln knabberten, breiteten die Fuhrleute ihre Decken auf den Wagenböden aus. Joseph hatte bereits ein Feuer gemacht und kochte das Abendessen. Er hielt die Bratpfanne hoch über die Flamme und wendete den Speck unablässig. Romas, der alte Fuhrmann, kam herbei und setzte sich neben das Feuer. »Wir wollen morgen sehr früh aufbrechen«, sagte er. »Mit leeren Wagen werden wir schnell heimkommen.«

Joseph hielt die Pfanne vom Feuer. »Warum lassen Sie die Pferde nicht ein bißchen Gras fressen?«

»Wenn sie arbeiten müssen? Nein. Im Gras sitzt keine Kraft. Die brauchen schon etwas Kräftigeres, wenn sie über eine Straße wie die da ziehen sollen. Stellen Sie Ihre Pfanne doch für eine Minute ins Feuer, wenn Sie den Speck da braten wollen.«

Joseph verzog das Gesicht. »Ihr wißt wohl gar nicht, wie man Speck brät? Mäßige Hitze und immer herumdrehen, das macht ihn knusprig, ohne daß er sein ganzes Fett verliert.«

»Essen ist Essen«, grollte Romas, »essen kann man alles.«

Juanito und Willie traten zusammen ans Feuer. Juanito hatte eine dunkle indianische Haut und blaue Augen. Willies Gesicht, weiß unter der Dreckkruste, war von einer unbekannten Krankheit verzerrt, ängstlich und verstohlen blickte er drein, denn niemand glaubte ihm die Schmerzen, die seinen Körper nachts schüttelten – wie auch niemand die dunklen Träume glaubte, die ihn im Schlaf quälten. Joseph blickte auf und lächelte den beiden zu.

»Sie betrachten meine Augen«, sagte Juanito herausfordernd. »Ich bin kein Indianer. Ich bin Kastilianer. Meine Augen sind blau. Aber schauen Sie meine Haut an, sie ist dunkel, das kommt von der Sonne; aber Kastilianer haben blaue Augen.«

»Das sagt er jedem, der es hören will«, unterbrach ihn Romas. »Er freut sich, wenn er einen Fremden sieht, weil er ihm das erzählen kann. In Nuestra Señora wissen alle, daß seine Mutter eine Indianerin war, aber nur Gott weiß, wer sein Vater ist.«

Juanitos Augen flammten auf, er faßte nach einem langen, im Gürtel steckenden Messer, aber Romas lachte nur und wandte sich Joseph zu. »Juanito sagt selbst: ›Eines Tages werde ich jemanden mit diesem Messer töten.‹ So hält er seinen Stolz aufrecht. Dabei weiß er ganz genau, daß er es nicht tun wird, und das hindert ihn daran, gar zu stolz zu sein. Spitz einen Stock, Juanito, damit du den Speck essen kannst«, fuhr er verächtlich fort, »und wenn du dich das nächste Mal deiner kastilischen Herkunft rühmst, so paß auf, daß keiner dabei ist, der dich kennt.«

Joseph stellte die Bratpfanne hin und sah Romas fragend an. »Warum machen Sie sich über ihn lustig? Was hat das für einen Sinn? Er schadet doch niemandem, wenn er sich für einen Kastilianer ausgibt.«

»Es ist eine Lüge, Mr. Wayne. Und Lüge bleibt Lüge.

Wenn Sie ihm diese eine glauben, wird er Ihnen bald eine andere andrehen. In einer Woche würde er der Vetter der Königin von Spanien sein. Juanito ist ein verdammt guter Fuhrmann. Ich will nicht, daß er sich zum Prinzen befördert.«

Joseph nahm kopfschüttelnd die Bratpfanne wieder hoch. Ohne aufzusehen sagte er: »Ich glaube, daß er Kastilianer ist. Er hat blaue Augen, und dann ist da noch etwas anderes an ihm. Ich weiß nicht, warum ich mir da so sicher bin, aber ich glaube es einfach.«

In Juanitos Augen trat ein harter und stolzer Ausdruck. »Ich danke Ihnen, Señor«, sagte er. »Es stimmt, was Sie sagen.« Er reckte sich theatralisch hoch. »Wir verstehen uns, Señor, wir sind Caballeros.«

Joseph legte den Speck auf den Blechteller und goß Kaffee ein. Er lächelte in sich hinein. »Mein Vater hielt sich beinahe für einen Halbgott. Und in gewisser Hinsicht ist er es auch.«

»Sie wissen nicht, was Sie da anrichten«, protestierte Romas. »Dieser Caballero wird mir nur Schwierigkeiten bereiten. Er wird jetzt nicht mehr arbeiten, sondern nur noch umherstolzieren und sich selbst bewundern.«

Joseph blies in seinen Kaffee, daß er sich kräuselte. »Wenn er zu stolz wird, kann ich hier einen Kastilianer brauchen«, hakte er ein.

»Aber verdammt noch mal, er ist ein guter Arbeiter.«

»Das weiß ich«, sagte Joseph ruhig. »Große Herren haben das so an sich. Die brauchen nicht zur Arbeit kommandiert zu werden.«

Juanito stand hastig auf und ging in die dunkler werdende Dämmerung hinaus. »Ein Pferd hat sich in einen Halfterstrick verfangen«, erklärte Willie für ihn.

Die untergegangene Sonne hinterließ auf der westlichen Bergkette noch einen silbrigen Glanz, aber das Tal Unserer

Lieben Frau war bis zu den Bergrändern mit Dunkelheit gefüllt. Die in dem stahlgrauen Gewebe des Himmels schimmernden Sterne schienen sich blinzelnd gegen die Nacht zu wehren. Die vier Männer saßen, die Gesichter tief im Schatten, um die Kohlenglut. Joseph strich sich den Bart, seine Augen sahen brütend ins Leere. Romas umspannte mit beiden Armen die Knie. Das Rot seiner glimmenden Zigarette verschwand hinter der Asche. Juanito hielt den Kopf hoch und den Nacken steif, aber durch die halbgeschlossenen Lider blickte er unablässig hinüber zu Joseph. Willies bleiches Gesicht schien losgetrennt vom Körper in der Luft zu hängen. Dann und wann zog sich der Mund nervös zusammen. Seine spitze und knochige Nase und sein Mund bildeten eine papageienschnabelartige Krümmung. Als das Feuer ganz niedergebrannt war, so daß nur noch die Gesichter der Männer sichtbar waren, streckte Willie seine magere Hand aus. Juanito ergriff sie und drückte sie stark, denn er wußte, welch große Angst Willie vor der Dunkelheit hatte. Joseph warf einen Zweig auf die Glut und fachte das Feuer wieder etwas an. »Romas«, sagte er, »das Gras ist gut hier, der Boden ist fett und locker. Man braucht ihn nur umzupflügen. Warum hat ihn bis jetzt noch keiner genommen?«

Romas spuckte seinen Zigarettenstummel ins Feuer. »Ich weiß nicht, in diesen Landesteil kommen nur wenige. Er liegt zu weit ab von den großen Verkehrsverbindungen. Aber das Land wäre sicher schon weg, wenn nicht die trockenen Jahre gewesen wären. Denn dann fällt es immer für Jahre zurück.«

»Trockene Jahre? Wann war das?«

»Oh, so zwischen achtzig und neunzig. Die ganze Erde trocknete aus, die Brunnen versiegten, und das Vieh starb.« Er lachte kurz auf. »Das war eine Dürre, sage ich Ihnen! Von den Leuten, die hier damals wohnten, mußte die

Hälfte fortziehen. Wer konnte, trieb das Vieh landeinwärts zum San Joaquin, wo längs des Flusses noch Gras wuchs. Doch auch unterwegs starben die Kühe. Damals war ich jünger, aber ich erinnere mich noch an die toten Kühe, die mit aufgetriebenen Bäuchen am Wegrand lagen. Wir schossen auf sie. Sie zerplatzten wie angestochene Ballons, und der Gestank warf einen um.«

»Aber dann regnete es wieder«, schnitt ihm Joseph schnell das Wort ab. »Der Boden ist jetzt voll Wasser.«

»Ja, schon, aber es vergingen zehn Jahre, ehe es wieder regnete. Ganze Fluten prasselten nieder. Das Gras wuchs dann wieder, und die Bäume wurden grün. Ich kann mich noch erinnern, wie wir uns damals freuten. Die Leute in Nuestra Señora hielten eine Fiesta im Regen, nur über den Gitarrespielern war ein kleines Dach, damit die Saiten trokken blieben. Die Leute waren betrunken und tanzten im Dreck. Sie waren besoffen vom Wasser! Und zwar nicht nur Mexikaner. Pfarrer Angelo ist dann dazwischengegangen und trieb sie auseinander.«

»Weshalb?« fragte Joseph.

»Na, Sie können sich nicht vorstellen, was die Leute da im Dreck taten. Pfarrer Angelo war ganz außer sich. Er sagte, wir hätten uns dem Teufel verschrieben. Er trieb den Teufel aus, sie hörten auf, sich im Dreck zu wälzen, und mußten sich waschen. Jedem wurde eine Buße auferlegt. Der Pfarrer wurde ganz wild und blieb dort, bis der Regen aufhörte.«

»Sie waren betrunken, sagen Sie?«

»Ja, eine Woche lang waren sie besoffen und taten Dinge, die sich nicht gehören – sie zogen sich aus.«

Juanito unterbrach ihn. »Sie waren glücklich. Alle Brunnen waren ausgetrocknet, Señor. Die Berge waren weiß wie Asche. Die Leute waren überglücklich, als der Regen kam. Sie konnten dieses Übermaß von Glück nicht ertragen und taten dann wohl böse Dinge. Immer, wenn sie zu glücklich sind, tun die Menschen so etwas.«

»Hoffentlich kommt das nie wieder«, meinte Joseph.

»Pfarrer Angelo sagte, es sei eine Strafe Gottes; aber die Indianer erzählten, es sei schon öfter vorgekommen, zweimal, soweit wie die Erinnerung der alten Leute zurückreicht.«

Joseph stand unruhig auf. »Ich mag nicht daran denken. Es wird sicher nicht wieder kommen. Fühlt nur, wie hoch das Gras schon steht.« Romas streckte die Arme aus. »Vielleicht nicht. Aber verlassen kann man sich nicht darauf. Es ist Zeit, ins Bett zu gehen. Wir wollen bei Tagesanbruch abfahren.«

Die Luft war kalt, als es dämmerte und Joseph aufwachte. Es war ihm, als habe er im Schlaf einen schrillen Schrei gehört. Es muß eine Eule gewesen sein, dachte er. Im Traum verstärkt sich manchmal der Laut und klingt verzerrt. Er lauschte angespannt und hörte nun draußen vor dem Zelt ein unterdrücktes Schluchzen. Er zog rasch Hose und Stiefel an und kroch zwischen den Zeltklappen hindurch. Aus einem der Wagen drang leises Weinen. Juanito beugte sich über die Seite des Wagens, in dem Willie schlief.

»Was gibt's denn?« fragte Joseph. In dem schwachen Licht sah er, daß Juanito Willie am Arm hielt.

»Er träumt«, erklärte Juanito leise. »Manchmal kann er nicht aufwachen, wenn ich ihm nicht helfe, und manchmal, wenn er wach wird, denkt er, das sei der Traum und das andere die Wirklichkeit. Komm, Willie«, sagte Juanito. »Schau, du bist jetzt wach. Er träumt schreckliche Sachen, Señor, dann kneife ich ihn. Sehen Sie, er hat Angst.«

Romas rief aus seinem Wagen hinüber. »Willie ißt zu viel! Er hat einen Alptraum, wie immer. Legen Sie sich wieder hin, Mr. Wayne.«

Aber Joseph beugte sich nieder und sah das Entsetzen auf

Willies Gesicht. »Die Nacht will dir nichts Böses, Willie«, sagte er. »Du kannst bei mir im Zelt schlafen, wenn du willst.«

»Er träumt, er wäre auf einem hellen trockenen, ausgestorbenen Platz, dort kämen Leute aus Löchern heraus und rissen ihm Arme und Beine ab. Señor. Fast jede Nacht hat er diesen Traum. Schau, Willie, ich werde jetzt bei dir bleiben. Schau, die Pferde stehen da und schauen dich an, Willie. Manchmal helfen ihm die Pferde im Traum, Señor. Er hat sie gern in seiner Nähe, wenn er schläft. Er geht dann zwar zu dem öden, trockenen Platz, aber wenn die Pferde bei ihm sind, können ihm die Leute nichts tun. Gehen Sie zu Bett, Señor. Ich will ihn eine Weile halten.«

Joseph legte die Hand auf Willies Stirn und fühlte, daß sie kalt wie Stein war. »Ich werde Feuer machen und ihn wärmen«, sagte er.

»Das hat keinen Zweck, Señor, ihm wird nie warm.«

»Du bist ein guter Kerl, Juanito.«

»Er ruft nach mir, Señor.« Joseph wandte sich ab. Er zog die Hand an der warmen Flanke eines Pferdes entlang und ging zu seinem Zelt zurück. Der Tannenwald auf dem östlichen Bergrücken zeichnete sich bizarr gegen das schwache Morgenlicht ab. Das Gras bewegte sich unruhig in dem aufkommenden Wind.

4

Das Haus war im Rohbau fertig und wartete auf seine äußere Hülle, ein quadratisches Haus, innen so abgeteilt, daß es vier gleich große Zimmer enthielt. Der große, einzeln stehende Eichbaum streckte schützend einen Arm über das Dach. Der verehrungswürdige Baum hatte sich mit neuen glänzenden Blättern geschmückt, die gelbgrün in der Morgensonne glitzerten.

Joseph briet seinen Speck über dem Lagerfeuer, er drehte die Streifen ohne Unterlaß hin und her. Bevor er frühstückte, ging er zu seinem neuen Bretterwagen, auf dem ein Faß Wasser stand. Er schöpfte eine Schüssel, füllte dann die hohlen Hände damit, schüttete sich Wasser auf Haar und Bart und wusch sich den Schlaf aus den Augen. Er rieb das Wasser mit den Händen ab und setzte sich mit schimmernd nassem Gesicht zum Frühstück nieder. Das Gras war feucht vom Tau und sprühte Sonnenfunken. Drei Wiesenpieper mit gelber Brust und hellgrauen Flügeldecken hüpften in die Nähe des Zelts und streckten freundlich und neugierig ihre Schnäbel vor. Dann und wann plusterten sie ihre Brust und hoben den Kopf wie Primadonnen, die sich aufrichteten. Dabei ließen sie vor heller Begeisterung zitternde Triller hören, dann neigten sie Joseph den Kopf zu, um zu sehen, ob er sie bemerkte oder Beifall spendete. Joseph hob seine Blechtasse, schluckte den Rest des Kaffees hinunter und schüttete den Satz ins Feuer. Er stand auf, reckte sich in dem grellen Sonnenlicht, ging zum Haus und warf das Segeltuch zurück, das sein Werkzeug bedeckte. Die drei Pieper trippelten hinterdrein und machten dann halt, um ganz verzweifelt mit ihrem Gesang seine Aufmerksamkeit zu erregen. Zwei an den Vorderbeinen gefesselte Pferde humpelten von der Weide herbei, hoben die Nüstern und schnaubten freudig. Joseph nahm einen Hammer und eine Schürze voll Nägel und wandte sich dann gereizt den Piepern zu.

»Macht, daß ihr fortkommt, und sucht Würmer. Hört auf mit dem Lärm. Ihr bringt mich noch dazu, daß ich auch noch nach Würmern suche. Fort mit euch!« Die drei Pieper hoben leicht überrascht den Kopf und sangen dann mit vereinten Kräften. Joseph nahm seinen weichen schwarzen Hut von einem Haufen Bauholz und zog ihn über die Augen. »Geht und sucht Würmer«, brummte er. Die Pferde schnaubten wieder, und eines wieherte laut. Erleichtert ließ Joseph den Hammer fallen. »Na, wer kann denn da kommen?« Hinter den Bäumen weit unten an der Straße antwortete ein Wiehern. Joseph hielt Ausschau und erblickte schließlich einen Reiter, der auf müdem Pferde langsam näher ritt. Joseph ging schnell zu dem verlöschenden Feuer, schürte es erneut und hängte den Kaffeekessel wieder darüber. »Heute hatte ich gar keine Lust zur Arbeit«, sagte er mit glücklichem Lächeln zu den Piepern. »Geht und sucht euch Würmer, ich habe jetzt keine Zeit für euch.« Dann kam Juanito angeritten. Gewandt sprang er vom Pferd, nahm mit zwei Bewegungen Sattel und Zaumzeug ab, zog den Sombrero und stand lächelnd da, gespannt auf den Empfang.

»Juanito! Freue mich, dich zu sehen. Du hast sicher noch nicht gefrühstückt. Ich werde dir Speckscheiben braten.«

Juanitos erwartungsvolles Lächeln löste sich in reine Freude auf. »Ich bin die ganze Nacht geritten, Señor. Ich bin hergekommen, um bei Ihnen als Vaquero zu dienen.«

Joseph reichte ihm die Hand. »Aber ich habe keine einzige Kuh, die du beaufsichtigen könntest.«

»Die wird schon noch kommen. Ich kann alles mögliche tun, und ich bin ein guter Vaquero.«

»Kannst du mir beim Hausbau helfen?«

»Gewiß, Señor.«

»Und der Lohn, Juanito? Wieviel Lohn bekommst du?«

Juanito senkte feierlich die Lider über seine glänzenden Augen.

»Ich bin schon mal Vaquero gewesen, und ein guter dazu. Damals bekam ich dreißig Dollar monatlich, mußte mir aber sagen lassen, daß ich ein Indio bin. Ich möchte Ihr Freund sein, Señor, und gar keinen Lohn bekommen.«

Joseph war einen Augenblick verdutzt. »Ich glaube, ich verstehe, was du sagen willst, aber du wirst doch Geld brauchen, um dir ein Glas leisten zu können, wenn du in die Stadt gehst. Und ab und zu brauchst du auch Geld, um mit einem Mädchen auszugehen.«

»Sie könnten mir ein Geschenk geben, wenn ich in die Stadt gehe, Señor. Ein Geschenk ist keine Bezahlung.« Er lachte wieder. Joseph schenkte ihm eine Tasse Kaffee ein.

»Du bist ein guter Freund, Juanito. Danke dir.«

Juanito faßte in seinen Sombrero und zog einen Brief hervor. »Da ich hierher ritt, habe ich dies mitgenommen, Señor.«

Joseph nahm den Brief und ging langsam fort. Er wußte eigentlich schon Bescheid. Er hatte die Nachricht schon einige Zeit erwartet. Auch das Land schien zu wissen, was er in Händen hielt, denn eine merkwürdige Stille hatte sich plötzlich auf die Grasflächen gesenkt, die Wiesenpieper waren fortgeflogen, und selbst die Hänflinge im Eichbaum zwitscherten nicht mehr. Joseph setzte sich unter die Eiche auf einen Holzhaufen und riß den Umschlag auf. Der Brief war von Burton.

»Thomas und Benjy haben mich gebeten, Dir zu schreiben. Das, von dem wir alle wußten, daß es einmal passieren würde, ist nun eingetreten. Der Tod entsetzt uns, selbst wenn wir wissen, daß er kommen muß. Vater ist vor drei Tagen in das Himmelreich eingegangen. Wir waren alle in seiner letzten Stunde bei ihm, nur Du nicht. Du hättest noch hierbleiben sollen.

Sein Geist war zuletzt verwirrt. Er sagte sehr sonderbare Dinge. Er sprach wenig von Dir, aber viel zu Dir. Er sagte, er könnte so lange leben, wie er wollte, und er hatte den Wunsch, Dein neues Land zu sehen. Er war wie besessen von diesem neuen Land. Natürlich konnte er nicht mehr klar denken. Folgendes sagte er: ›Ich weiß nicht, ob Joseph einen sicheren Blick für gutes Land hat. Ich weiß nicht, ob er genug davon versteht. Ich werde zu ihm gehen müssen und mir seinen Besitz anschauen.‹ Dann sprach er immer davon, er wolle durch die Luft dorthin schweben, und bildete sich ein, er sei bereits auf dem Wege. Schließlich schien er einzuschlafen. Benjy und Thomas verließen dann das Zimmer. Vater redete irre. Ich sollte wohl seine Worte für mich behalten und sie nie erzählen, denn er war nicht mehr ganz bei sich. Er sprach vom Paaren der Tiere. Die ganze Erde sei ein – nein, ich sehe nicht ein, warum ich es wiederholen soll. Ich wollte gemeinsam mit ihm beten, aber er war schon eigentlich nicht mehr da. Es bereitete mir Sorgen, daß seine letzten Worte keine christlichen waren. Ich habe den Brüdern nichts gesagt, weil seine letzten Worte an Dich gerichtet waren, als spräche er zu Dir.«

Der Brief gab dann eine eingehende Schilderung der Beerdigung. Er endete mit den Worten: »Thomas und Benjy meinen, wir könnten alle in den Westen ziehen, wenn dort noch Land zu haben ist. Wir wollen aber erst hören, was Du dazu sagst, ehe wir etwas unternehmen.«

Joseph ließ den Brief auf den Boden fallen und vergrub das Gesicht in seine Hände. Sein Gesicht war leer und taub, aber er spürte keine Traurigkeit. Er wunderte sich, warum er nicht traurig war. Burton würde ihm Vorwürfe machen, wenn er wüßte, daß ein Gefühl der Freude und Zufriedenheit in ihm wuchs. Er hörte, wie es ringsum wieder lebhafter wurde. Die Wiesenpieper bauten melodische Kristalltürmchen auf, ein Eichhörnchen, das aufrecht im Eingang seiner Höhle saß, ließ einen schrillen Laut hören, der Wind flüsterte zuerst leise im Gras und wurde dann zu einer starken, gleichmäßig wehenden Brise, die den scharfen Geruch des Grases und der feuchten Erde mit sich führte, und von dem Wind erwachte der große Baum zum Leben. Joseph hob den Kopf und betrachtete dessen knorrige, runzelige Äste. Seine Augen leuchteten vor Wiedersehensfreude, denn das Wesen seines Vaters, stark und einfach, das wie eine

Wolke des Friedens über seiner Jugend gelegen hatte, war in den Baum eingedrungen.

Joseph hob grüßend die Hand. Beinahe zärtlich sagte er: »Ich freue mich, daß du gekommen bist, Vater. Bisher war mir nicht bewußt, wie sehr ich mich nach dir gesehnt habe.«

Der Baum regte sich leise. »Das Land ist wirklich gut, wie du siehst«, fuhr Joseph mit sanfter Stimme fort. »Es wird dir hier gefallen, Vater.« Er schüttelte den Kopf, um die letzte Benommenheit zu verscheuchen. Er lachte über sich selbst, teils aus Scham und teils vor Erstaunen, daß er sich plötzlich dem Baum so verwandt fühlte. »Ich glaube, es ist wegen der Einsamkeit. Juanito wird dem ein Ende setzen, und ich will meine Brüder hierherkommen lassen. Ich rede bereits mit mir selbst.«

Plötzlich spürte er ein Schuldgefühl, als hätte er Verrat begangen. Er stand auf, ging zu dem alten Baum und küßte die Rinde. Da fiel ihm ein, daß Juanito ihn sicherlich beobachtete. Er drehte sich mit herausfordernder Miene nach ihm um. Aber Juanito blickte unverwandt auf den Boden. »Du mußt gesehen haben ...«, begann er ärgerlich.

Juanito starrte weiter auf den Boden. »Ich habe nichts gesehen, Señor.«

Joseph setzte sich neben ihn. »Mein Vater ist gestorben, Juanito.«

»Mein herzliches Beileid.«

»Ich möchte mit dir reden, Juanito, weil du mein Freund bist. Mir brauchst du kein Beileid zu sagen, weil mein Vater hier ist.«

»Die Toten sind immer gegenwärtig, Señor. Sie gehen niemals fort.«

»Nein«, sagte Joseph ernst. »Es ist mehr als das. Mein Vater ist in dem Baum! Es ist zwar töricht, aber ich will es glauben. Kannst du einfach nur ein bißchen mit mir reden,

Juanito? Du bist doch hier geboren. Seitdem ich hier bin, ja seit dem ersten Tage, habe ich gewußt, daß dieses Land voll von Geistern ist.« Unsicher machte er eine Pause. »Nein, das ist nicht richtig. Geister sind nur schwache Schatten der Wirklichkeit. Was hier lebt, ist wirklicher als wir selbst. Wir sind wie Geister dieser Wirklichkeit. Was ist das, Juanito? Hat mein Verstand nachgelassen, weil ich zwei Monate allein war?«

»Die Toten gehen niemals fort«, wiederholte Juanito. Dann blickte er geradeaus, und seine Augen kündeten etwas Tragisches an. »Ich habe Sie angelogen, Señor. Ich bin kein Kastilianer. Meine Mutter war Indianerin, und sie hat mich allerlei gelehrt.«

»Was zum Beispiel?« fragte Joseph.

»Pfarrer Angelo dürfte das nicht hören. Meine Mutter sagte, die Erde sei unsere Mutter, und alles, was lebt, habe das Leben von der Mutter und ginge in die Mutter zurück. Wenn ich daran denke, Señor, und wenn ich mir bewußt werde, daß ich diese Dinge glaube, weil ich sie sehe und höre, dann weiß ich, daß ich weder ein Kastilianer noch ein Caballero bin. Ich bin ein Indio.«

»Ich bin kein Indianer, Juanito, aber mir ist jetzt, als sähe auch ich sie.«

Juanito blickte dankbar auf und senkte dann die Augen, und die beiden Männer starrten auf den Boden. Joseph wunderte sich, warum er nicht versuchte, der Macht, die von ihm Besitz ergriff, zu entrinnen.

Nach einer Weile hob Joseph die Augen zu der Eiche und zu dem noch unfertigen Hause unter ihr. »Schließlich hat das alles nichts zu sagen«, verkündete er plötzlich. »Was ich fühle oder denke, kann weder Geister noch Götter töten. Wir müssen arbeiten, Juanito. Das Haus muß fertig werden, und auf die Ranch gehören Kühe. Trotz der Geister werden wir weiterarbeiten. Komm«, setzte er eilig hinzu, »wir haben zu solchen Gedanken keine Zeit.« Und sie machten sich schnell an die Arbeit am Haus.

An jenem Abend schrieb er einen Brief an seine Brüder.

»Es ist noch Land neben meinem zu haben. Jeder von Euch kann hundertsechzig Morgen bekommen, dann werden wir sechshundertvierzig Morgen unser eigen nennen. Das Gras ist hoch und dicht, der Boden braucht nur umgepflügt zu werden. Keine Steine, Thomas, die den Pflug zu Bocksprüngen veranlassen, keine Felsplatten, die plötzlich hervorragen. Wir werden hier eine neue Gemeinde aufbauen, wenn Ihr alle kommt.«

5

Als die Brüder eintrafen und sich auf dem Land niederließen, war das Gras sommerbraun und schnittbereit. Thomas war der Älteste, zweiundvierzig, ein beleibter, starker Mann mit goldblondem Haar und einem langen blonden Schnurrbart. Seine Wangen waren rund und rot und seine Augen von einem kalten winterlichen Blau unter schmalen, länglichen Lidern. Er hatte eine starke, fast verwandtschaftliche Beziehung zu allen Arten von Tieren. Oft saß er auf dem Rand einer Krippe, während die Pferde ihr Heu fraßen; das leise Stöhnen einer kalbenden Kuh konnte Thomas zu jeder Stunde der Nacht aus dem Bett treiben, denn er wollte sehen, ob die Geburt richtig verlief, und helfen, wenn es nötig war. Lief Thomas durch die Felder, hoben Pferde und Kühe den Kopf vom Boden und gingen schnuppernd auf ihn zu. Er zog die Hunde bei den Ohren, bis der Schmerz, den seine schlanken, starken Finger ihnen unbewußt zufügte, sie zum Jaulen brachte; er hörte dann gleich wieder auf – sie aber hielten die Ohren erneut hin, damit er von neuem dran zöge. Thomas hatte immer eine Schar halbwilder Tiere um sich herum. Er war kaum einen Monat auf dem neuen Land, als er schon einen Waschbären, zwei halberwachsene junge Präriewölfe, die ihm stets auf den Fersen blieben, einen Habicht und vier Köter unbestimmter Herkunft zusammengebracht hatte. Er war nicht unbedingt freundlich zu den Tieren, wenigstens nicht viel freundlicher, als sie selbst zueinander waren, aber er behandelte sie mit einer gelassenen Ruhe, welche die Tiere verstanden, denn sie hatten alle Vertrauen zu ihm. Wenn die Hunde unvorsichtigerweise die Waschbären angriffen und bei dem Kampfe verletzt wurden, blieb Thomas gleichgültig. Er versorgte ihre Wunden und behandelte sie wie immer. Thomas hatte Tiere gern und verstand sie. Wenn er sie töten mußte, empfand er jedoch dabei kein größeres Mitgefühl, als sie selbst hatten, wenn sie einander umbrachten. Er war dann selbst zu sehr Tier, um mit ihnen Mitleid zu haben. Thomas ging nie eine Kuh verloren, denn er schien mit instinktiver Sicherheit zu wissen, wo ein verirrtes Tier herumstreifen konnte. Er ging sehr selten auf Jagd, aber wenn er einmal sein Gewehr nahm, marschierte er genau auf das Versteck seiner Beute los und tötete sie mit der Schnelligkeit und Genauigkeit eines Pumas.

Tiere verstand Thomas, aber Menschen verstand er nicht und traute ihnen auch nicht über den Weg. Er wußte ihnen auch nicht viel zu sagen. Handelsverkehr und Gesellschaft, kirchliche Bräuche und Politik brachten ihn in Verlegenheit oder schüchterten ihn ein. Wenn er an einer Versammlung teilnehmen mußte, machte er sich möglichst klein, sagte nichts und war froh, wenn sie vorbei war. Joseph war der einzige, mit dem Thomas ohne Furcht sprechen konnte.

Rama, Thomas' Frau, war ein starkes, vollbusiges Weib mit schwarzen Brauen, die über der Nase beinahe zusammenwuchsen. Fast immer nahm sie allem gegenüber, was Männer dachten oder sagten, eine verächtliche Haltung ein. Sie war eine gute und tüchtige Hebamme. Unartige Kinder hatten vor ihr eine entsetzliche Angst. Obschon sie ihren drei kleinen Töchtern nie Prügel gab, fürchteten die Kinder ihren Unmut, denn sie wußte stets eine empfindliche Stelle in ihrer Seele zu finden und sie dort strafend zu treffen. Sie verstand Thomas, behandelte ihn, als sei er ein Tier, sorgte für Sauberkeit, gutes Essen und eine gewisse Wärme und versetzte ihn nicht allzuoft in Furcht. Rama lebte in ihrer eigenen Welt. Kochen, Nähen, Kinderkriegen, Hausputz schienen ihr die wichtigsten Dinge in der Welt, viel wichtiger als die Angelegenheiten der Männer. Wenn die Kinder brav gewesen waren, beteten sie Rama an, denn sie verstand es auch, die empfindlichen Stellen in ihrer Seele zu streicheln. Ihr Lob konnte so fein und ungeschliffen sein wie ihre Strafe schrecklich. Sie nahm automatisch alle Kinder, die ihr nahe kamen, unter ihre Fittiche. Burtons zwei Kinder akzeptierten Ramas Autorität eher, da sie weit stärker und fester gegründet schien als die veränderlichen Vorschriften, die ihnen ihre eigene sanfte Mutter machte; denn Ramas Gebote kannten keine Ausnahme. Schlecht war schlecht und wurde bestraft – und Gut war ewig und wunderbar. Es war herrlich, in Ramas Hause brav zu sein.

Burton war ein Mensch, den die Natur zu einem religiösen Leben bestimmt hatte. Er mied das Böse, und Böses fand er in fast allen engen menschlichen Beziehungen. Einmal war er nach dem Gottesdienst von der Kanzel aus gelobt worden. »Ein starker Mann im Herrn«, hatte der Pastor ihn genannt, und Thomas hatte Joseph ins Ohr geflüstert: »Ein schwacher Mann im Magen.« Burton hatte seine Frau viermal umarmt. Er hatte zwei Kinder. Das Zölibat war für ihn ein natürlicher Zustand. Burton war nie bei guter Gesundheit. Er hatte magere, eingefallene Wangen, und in seinen Augen stand die Sehnsucht nach Wonnen, die er erst im Jenseits erwartete. In gewisser Hinsicht war ihm seine schlechte Gesundheit sogar angenehm, denn sie bewies, daß Gott genug an ihn dachte, um ihn leiden zu lassen. Burton besaß die mächtige Widerstandskraft der chronisch Kranken. Seine Arme und Beine waren stark wie Drahtseile.

Burton regierte seine Frau mit fester Hand nach den Vorschriften der Bibel. Er vermittelte ihr seine Gedanken in Bruchstücken und dämpfte ihre Gefühle, wenn sie die zulässige Grenze überschritten. Er wußte, wann sie die Gesetze übertrat. Wenn sie, wie es ab und zu vorkam, krank wurde und irre redete, betete Burton an ihrem Bett, bis sie wieder Sicherheit gewann und ihr Geschwätz einstellte.

Benjamin, der jüngste der vier, war eine Belastung für seine Brüder. Er war ausschweifend und unzuverlässig. Wenn er Gelegenheit hatte, trank er sich in einen romantischen Rausch hinein, zog in der Gegend umher und sang aus vollem Halse. Er sah so jung, so hilflos und verloren aus, daß viele Frauen ihn bemitleideten – und aus diesem Grunde steckte Benjamin fast immer tief in Liebesgeschichten; denn wenn er betrunken war und sang und der verlorene Blick in seine Augen kam, hatten die Frauen das Verlangen, ihn an die Brust zu drücken und vor Fehlern zu bewahren. Alle, die Benjy so bemutterten, waren ziemlich überrascht, wenn er sie verführte. Sie wußten nie genau, wie das eigentlich passiert war, denn seine Hilflosigkeit war atemberaubend. Er tat alles so unbeholfen, daß jede ihm zu helfen suchte. Seine neue junge Frau, Jennie, strengte sich an, ihn vor Schlimmem zu bewahren. Wenn sie ihn nachts singen hörte und wußte, daß er wieder betrunken war, betete sie, er möge ja nicht fallen und sich weh tun. Das Lied verhallte in der Ferne, und Jennie wußte genau, daß, ehe die Nacht verstrichen war, ein überraschtes und verdutztes Mädchen bei ihm liegen würde. Sie aber schluchzte nur aus Angst, er könne sich weh tun.

Benjamin war ein glücklicher Mensch und brachte jedem, der ihn kennenlernte, Glück und Leid. Er log, er stahl ein bißchen, er betrog, er brach sein Wort, und er nützte die Güte anderer aus – aber alle liebten Benjamin, entschuldigten und beschützten ihn. Als die Familien nach Westen zogen, nahmen sie Benjamin mit, aus Furcht, er könne daheim verhungern. Thomas und Joseph achteten darauf, daß mit seinem Landanteil alles gutging. Er lieh sich Josephs Zelt und wohnte darin, bis seine Brüder Zeit fanden, ihm ein Haus zu bauen. Selbst Burton, der Benjamin mitunter verfluchte, seine Lebensweise haßte und mit ihm betete, konnte es nicht über sich bringen, ihn in einem Zelt wohnen zu lassen. Woher er Whisky bekam, wußte keiner zu sagen, aber er hatte immer welchen. Im Tal zu Unserer Lieben Frau gaben ihm die Mexikaner zu trinken und brachten ihm ihre Lieder bei. Dafür nahm Benjamin ihre Frauen, wenn sie nicht auf der Hut waren.

6

Die Familien ließen sich rings um das Haus nieder, das Joseph gebaut hatte. Sie errichteten zwar kleine Hütten auf ihrem eigenen Land, wie das Gesetz es verlangte, aber nie wäre ihnen in den Sinn gekommen, daß das Land in vier Teile aufgeteilt war. Es war eine Ranch, und nach Erfüllung der gesetzlichen Formalitäten war es eben die Wayne-Ranch. Vier quadratische Häuser standen um die große Eiche, und die große Scheune gehörte der ganzen Familie.

Vielleicht weil er den Segen empfangen hatte, wurde Joseph ohne weiteres als das Oberhaupt des Clans anerkannt. Auf dem alten Hof in Vermont war der Vater so mit dem Land verbunden gewesen, daß er zum lebenden Symbol der Einheit von Land und Bewohnern geworden war. Diese Autorität ging nun auf Joseph über. Wenn er sprach, so hatte er das Gras, den Boden und die wilden und zahmen Tiere hinter sich, die seine Worte guthießen. Er war der Vater des Hofes. Wenn er sah, wie eine neue Gemeinde aus dem Boden sproß, wenn er in die Wiege des ersten Neugeborenen blickte – Thomas' jüngstes Kind –, wenn er die Ohren der ersten Kälber einkerbte, fühlte er die Freude, die Abraham gefühlt haben mußte, als die große Verheißung Frucht trug, als seine Stammesangehörigen und seine Ziegen sich zu vermehren begannen. Joseph hatte immer eine Vorliebe für Fruchtbarkeit gehabt, jetzt aber wurde sie zur Leidenschaft. Er beobachtete die schwerlastende, unaufhörliche Wollust seiner Bullen und die geduldige, nie ermüdende Fruchtbarkeit seiner Kühe. Wenn er den großen Zuchthengst zu den Stuten führte, schrie er: »Los, mein Junge, rein mit dir!« Das Land bestand nicht aus vier Anwesen, sondern es war ein einziges – und er war dafür verantwortlich. Wenn er barhäuptig durch die Felder ging und den Wind durch seinen Bart streichen fühlte, schwelte Wollust in seinen Augen. Alle Dinge um ihn, der Boden, das Vieh und die Menschen, waren fruchtbar, und Joseph war die Quelle, die Wurzel ihrer Fruchtbarkeit, denn er wollte, daß alles um ihn herum wuchs, empfing und sich vermehrte. Die schlimmste Sünde, eine unerträgliche und unverzeihliche Sünde, war Unfruchtbarkeit. Josephs blaue Augen glühten von diesem neuen Glauben. Unfruchtbare Tiere jagte er erbarmungslos fort, aber wenn eine Hündin hochschwanger mit dickgeschwollenem Bauch herumkroch, wenn eine Kuh trächtig war, so waren sie ihm fast heilig. Joseph dachte dies nicht mit dem Gehirn, sondern es war ihm gleichsam übergegangen in sein Herz und seine Muskeln. Es war die Erbschaft eines Menschengeschlechts, das eine Million Jahre hindurch den Boden bebaut und mit der Erde gebuhlt hatte.

Eines Tages stand Joseph am Weidenzaun und beobachtete einen Bullen mit einer Kuh. Er schlug mit den Händen gegen die Zaunlatten, ein rotes Licht brannte in seinen Augen. Als Burton von hinten auf ihn zuschritt, schleuderte Joseph den Hut vom Kopf auf den Boden und riß sich den Hemdkragen auf.

»Steig drauf, du Tölpel!« schrie er. »Sie ist bereit. Los doch, drauf!«

»Bist du verrückt, Joseph?« fragte Burton mit finsterer Miene.

Joseph drehte sich hastig um. »Verrückt? Wieso?«

»Du benimmst dich sonderbar, Joseph! Es könnte dich jemand hören.« Burton sah sich um, um den Worten mehr Nachdruck zu verleihen. »Ich brauche Kälber«, sagte Joseph verdrießlich. »Daran kannst doch nicht einmal du Anstoß nehmen.«

»Ich will dir mal was sagen, Joseph«, Burton sprach mit fester und gütiger Stimme, als er seine Rüge vortrug. »Jeder weiß, daß solche Dinge natürlich sind und geschehen müssen, um Nachkommenschaft zu zeugen. Aber man schaut dabei nicht zu, wenn es nicht unbedingt notwendig ist. Es könnte dich jemand sehen.«

Joseph richtete den Blick widerwillig von dem Bullen weg auf den Bruder. »Nun, und was wäre dabei?« fragte er. »Ist es ein Verbrechen? Ich brauche Kälber.«

Burton blickte aus Scham über das, was er zu sagen hatte, auf den Boden. »Es könnte ein dummes Geschwätz geben, wenn dich jemand so reden hörte wie eben.«

»Und was könnte man sagen?«

»Du willst sicher nicht, daß ich dir das sage, Joseph … Die Heilige Schrift erwähnt solche verbotenen Dinge. Die Leute könnten denken, dein Interesse wäre … persönlicher Art.« Er blickte auf seine Hände und verbarg sie dann schnell in den Taschen, als wenn er sie davor schützen wollte, seine Worte zu hören.

Joseph verstand zuerst nicht recht. »Was? Sie könnten

sagen … ah so!« Seine Stimme wurde brutal. »Sie könnten sagen, ich fühlte wie der Bulle. Das tue ich auch! Meinst du vielleicht, ich würde auch nur einen Augenblick zögern, wenn ich eine Kuh besteigen und sie befruchten könnte? Schau, Burton, dieser Bulle kann täglich zwanzig Kühe bespringen. Wenn das Gefühl allein eine Kuh trächtig machen könnte, würde ich hundert besteigen können. So ist mir zumute.« Da sah er, daß das Gesicht seines Bruders vor Entsetzen grau und welk war. »Du verstehst das nicht, Burton«, sagte er beschwichtigend. »Ich bin auf Vermehrung aus. Ich möchte, daß das Land brodelt. Überall möchte ich alles wachsen sehen.« Burton drehte sich bedrückt um. »Hör mich an, Burton. Ich glaube, ich brauche eine Frau. Alles hier auf dem Land vermehrt sich. Ich bin das einzige unfruchtbare Wesen. Ich brauche eine Frau.«

Burton war schon im Gehen, aber er wandte sich um und spuckte die Worte geradezu aus: »Mehr als alles andere brauchst du das Gebet! Komm zu mir, wenn du beten kannst.«

Joseph sah seinem Bruder nach und schüttelte verdutzt den Kopf. Weiß er etwas, was ich nicht weiß? dachte er. Er trägt ein Geheimnis in sich, das alles, was ich denke oder tue, beschmutzt. Ich kenne das Geheimnis sogar, weil man es mir verraten hat – aber ich kann nichts damit anfangen. Er fuhr sich mit den Fingern durch das lange Haar, griff nach seinem staubigen Hut und setzte ihn auf. Der Bulle kam an den Zaun, senkte den Kopf und schnaubte. Da lächelte Joseph und pfiff schrill, worauf Juanito den Kopf aus dem Stall steckte. »Sattle ein Pferd«, rief Joseph. »Dieser alte Sünder ist noch nicht zufrieden. Treib eine andere Kuh herein.«

Er arbeitete wie wild – wie Berge langsam und mühelos arbeiten, um einen Eichbaum hervorzubringen, wobei kein Zweifel darüber besteht, daß es zugleich die Strafe und die ererbte Aufgabe der Berge ist, sich so anzustrengen. Bevor das Morgenlicht über den Berggrat dämmerte, sah man Josephs Laterne über den Hof flackern und im Stall verschwinden. Dort arbeitete er dann zwischen den warmen und noch schläfrigen Tieren, besserte das Geschirr aus, fettete das Leder ein, putzte die Beschläge. Fest führte er die scharfen Striegel über die muskulösen Flanken der Pferde. Manchmal fand er Thomas im Dunkeln auf einer Raufe sitzen, während ein junger Präriewolf hinter ihm im Heu schlief. Die Brüder nickten sich zu. »Alles in Ordnung?« fragte Joseph.

Dann berichtete Thomas: »Täubchen hat ein Eisen verloren und sich den Huf aufgespalten. Besser, wenn er heute nicht ausrückt. Oma, die schwarze Teufelin, hat wieder die Box kurz und klein geschlagen. Eines Tages wird sie jemandem die Knochen zerschlagen, wenn sie sich vorher nicht selber umbringt. Die Blaue hat heute gefohlt, wie ich es erwartet habe.«

»Woher hast du denn das gewußt, Thomas? Wie kamst du darauf, daß das Fohlen gerade heute kommen würde?«

Thomas griff einem Pferd in die Stirnhaare und zog sich von der Raufe herunter. »Ich weiß es nicht, aber ich kann immer sagen, wenn eine Stute fohlen wird. Schau dir mal den kleinen Burschen an. Die Blaue wird jetzt brav sein, sie hat ihn schon geleckt.«

Sie gingen zu der Box und sahen sich das Fohlen mit den Spinnenbeinen, den knotigen Knien und dem besenartigen Schwanz an. Joseph fuhr streichelnd über das feuchte, glänzende Fell. »Bei Gott!« sagte er, »warum hab ich nur diese kleinen Dinger so gern?« Das Fohlen hob den Kopf, sah ausdruckslos aus umwölkten dunkelblauen Augen nach oben und wich dann vor Josephs Hand zurück.

»Du willst sie immer anfassen«, murrte Thomas. »Sie haben das gar nicht gern, wenn sie noch so klein sind.«

Joseph zog die Hand zurück. »Ich werde jetzt frühstücken.«

»Was ich noch sagen wollte, Joseph, gestern sah ich hier Schwalben herumfliegen. Die werden im Frühling Nester unter das Stalldach und den Windmühlensims bauen.«

Die Brüder hatten die ganze Zeit gut zusammengearbeitet, nur Benjamin drückte sich, wo er nur konnte. Unter Josephs Leitung wurde ein langgestreckter Gemüsegarten hinter den Häusern angelegt. Auf hohen Stelzen stand eine Windmühle, die jeden Nachmittag, wenn der Wind aufkam, ihre Flügel blitzen ließ. Neben dem großen Stall erhob sich eine lange Überdachung für die Rinder. Das Land war mit Stacheldrahtzäunen umgeben. Wildheu wuchs in üppiger Fülle auf den ebenen Flächen und an den Berghängen. Der Viehbestand vermehrte sich schnell.

Als Joseph den Stall verlassen wollte, kam die Sonne über die Berge und schickte warme weiße Strahlenbündel durch die quadratischen Fenster. Joseph trat in einen solchen Lichtstrom und breitete für einen Augenblick die Arme aus. Draußen auf dem Dunghaufen vor dem Fenster stand ein roter Hahn und blickte zu Joseph hinein, kollerte dann, schlug mit den Flügeln, lief zu den Hennen und erzählte ihnen mit rauher Stimme, daß wahrscheinlich etwas Schreckliches an einem so schönen Tage passieren würde. Joseph ließ die Arme sinken und wandte sich wieder Thomas zu. »Mach ein paar Pferde fertig, Tom. Wir wollen heute ausreiten und nachschauen, ob neue Kälber da sind. Gib Juanito Bescheid, wenn du ihn siehst.«

Nach dem Frühstück ritten die drei fort, Joseph und Thomas nebeneinander, während Juanito ihnen folgte. Juanito war am frühen Morgen von Nuestra Señora heimgekommen, nachdem er heimlich einen sehr konventionellen Abend in der Küche der Familie Garcia zugebracht hatte. Alice Garcia hatte ihm gegenübergesessen, wobei sie zärtlich ihre auf dem Schoß gefalteten Hände betrachtete, während die alten Garcias als Wächter Juanito in die Mitte genommen hatten.

»Ich bin nicht nur der Haushofmeister des Señor Wayne«, erklärte Juanito seinen bewundernden, aber leicht skeptischen Zuhörern, »sondern Don Joseph betrachtet mich eher als seinen Sohn. Wohin er geht, dorthin gehe auch ich. In wichtigen Dingen hat er nur zu mir Vertrauen.«

So gab er sich für ein paar Stunden einer milden Ruhmseligkeit hin, und als Alice und ihre Mutter, wie es der Anstand erforderte, sich zurückzogen, stellte Juanito in der vorgeschriebenen Weise einen formellen Antrag und wurde schließlich von Jesus Garcia mit geziemender Zurückhaltung als Schwiegersohn angenommen.

Dann ritt Juanito ziemlich müde und sehr stolz, denn die Garcias konnten sich wenigstens eines echten spanischen Vorfahren rühmen, zur Ranch zurück.

Und jetzt ritt er hinter Joseph und Thomas und bereitete sich im stillen darauf vor, wie er seine Ankündigung vorbringen sollte.

Die Sonne beschien prall das Land, als sie eine grasbestandene Bodenschwelle hinaufritten, um nach Kälbern Ausschau zu halten, die gekerbt und kastriert werden mußten. Das trockene Gras raschelte unter den Hufen der Pferde. Thomas' Pferd tänzelte nervös, denn vor Thomas hockte auf dem Sattelknopf ein Waschbär, der mit kleinen Kugelaugen aus einer schwarzen Maske schielte. Er hielt sich im Gleichgewicht, indem er sich mit einem schwarzen Pfötchen in die Mähne des Pferdes krallte. Thomas schaute geradeaus, die Lider wegen der Sonne fast geschlossen. »Ich war Samstag in Nuestra Señora«, berichtete Thomas.

»Ja«, sagte Joseph unwillig. »Benjy muß auch dort gewesen sein. Ich hörte ihn spätnachts singen. Tom, der Junge wird noch mal in Schwierigkeiten geraten. Es gibt Dinge, welche die Leute hier nicht dulden. Eines Tages werden wir ihn tot finden, mit einem Messer im Rücken.«

»Laß ihn nur«, sagte Thomas lachend. »Er wird dann wenigstens mehr Spaß gehabt haben als ein ganzes Dutzend nüchterner Burschen.«

»Aber Burton grämt sich die ganze Zeit über ihn. Immer wieder kommt er darauf zurück.«

»Was anderes«, sagte Thomas. »Ich saß am Samstag nachmittag in Nuestra Señora in der Wirtschaft. Dort waren auch die Viehtreiber von Chinita. Sie kamen auf die Dürre während der achtziger Jahre zu sprechen. Hast du davon gehört?«

Joseph band einen neuen Knoten in die Lassoschnur an seinem Sattel. »Ja«, sagte er leichthin, »sie richtete ziemlich großen Schaden an, aber sie wird nicht wiederkehren.«

»Jedenfalls sprachen die Viehtreiber davon. Das ganze Land sei der Dürre anheim gefallen, das Vieh verendet und die Erde zu Pulver geworden. Sie hätten versucht, die Kühe ins Landesinnere zu treiben, aber die meisten seien unterwegs umgekommen. Erst nach ein paar Jahren habe es wieder geregnet.«

Thomas zog den Waschbären an den Ohren, so daß das kleine wilde Tier mit seinen scharfen Zähnen nach seiner Hand schnappte.

Josephs Augen waren voll Sorge. Er strich sich den Bart, wie das sein Vater getan hatte, und glättete die Enden. »Ja, ich habe davon gehört. Aber das ist jetzt vorüber. Es war da etwas nicht in Ordnung. Das wird sich nie mehr wiederholen. Die Berge triefen jetzt von Wasser.«

»Woher willst du denn wissen, daß es nicht wieder passieren kann? Die Viehtreiber sagten, es sei früher auch schon geschehen. Wie kannst du sagen, daß es sich nicht wiederholen wird?«

»Das ist unmöglich«, sagte Joseph entschieden. »Die Quellen in den Bergen fließen. Es wird sich nicht wiederholen. Ich sehe nicht, wie das möglich sein sollte.«

Juanito trieb sein Pferd neben sie. »Ich höre eine Kuhglocke an der anderen Seite, Don Joseph.«

Die drei wandten ihre Pferde nach rechts und fielen in leichten Trab.

Der Waschbär sprang Thomas auf die Schulter und umklammerte mit seinen starken kleinen Armen dessen Hals. Dann galoppierten sie über den Hügelrücken. Sie trafen auf eine kleine Herde roter Kühe, zwischen denen zwei Kälber trotteten. Im nächsten Augenblick schon lagen die Kälber am Boden. Juanito zog eine Flasche mit einem Einreibungsmittel aus der Tasche, und Thomas öffnete ein Messer mit einer breiten Klinge. Das blitzende Messer schnitt beiden Kälbern die Markierung der Wayne-Ranch in die Ohren. Die Kälber blökten erbärmlich, während die Muttertiere mit ängstlichem Muhen danebenstanden. Dann kniete Thomas neben dem Bullenkalb nieder. Mit zwei raschen Schnitten kastrierte er es und schüttete Medizin auf die Wunde. Die Kühe schnaubten vor Angst, als sie Blut rochen. Juanito band die Füße los, und der neue Ochse krabbelte und humpelte kläglich zu seiner Mutter. Die drei stiegen auf und ritten weiter.

Juanito hatte die kleinen Ohrstücke aufgelesen. Er schaute die braunen Fetzen an und steckte sie dann in die Tasche. Thomas sah es. »Joseph«, sagte er plötzlich, »warum hängst du die geschossenen Habichte in die Eiche neben deinem Haus?«

»Nun, damit andere Habichte die Hühner in Ruhe lassen. Das ist doch so der Brauch.«

»Aber verdammt noch mal, du mußt doch wissen, daß es gar nichts nützt! Kein Habicht wird ein Küken laufenlassen, nur weil sein toter Kollege dort hängt. Er wird sogar noch diesen Artgenossen verspeisen, wenn er kann.«

Nach einer Weile fuhr er ruhig fort. »Du nagelst auch die Kerbstückchen an den Baum, Joseph?«

Sein Bruder drehte sich im Sattel ärgerlich nach ihm um. »Ich nagele die Kerbabfälle an, um zu wissen, wieviel Kälber ich habe.«

Thomas machte ein verdutztes Gesicht. Er hob den Waschbären wieder auf seine Schulter, wo er still saß und ihm sorgfältig die Ohren ausleckte. »Ich weiß ungefähr, was du tust, Joseph. Manchmal wird mir klar, was du damit erreichen willst. Es ist wegen der trockenen Jahre, nicht wahr? Arbeitest du jetzt schon gegen sie an?«

»Wenn es nicht aus dem Grunde geschieht, den ich dir genannt habe, dann geht dich die Sache einen Dreck an«, grollte Joseph verdrossen. Dann bekamen seine Augen einen sinnenden Ausdruck, und seine Stimme wurde sanft vor Erstaunen über sich selbst. »Ich verstehe eigentlich selbst nicht, warum ich das tue. Wenn ich wüßte, daß du es Burton nicht weitererzähltest, würde ich es dir sagen. Burton macht sich um uns alle Sorgen.«

Thomas lachte. »Aber dem Burton sagt doch kein Mensch etwas. Er weiß immer alles von selbst.«

»Nun, dann will ich's dir sagen. Unser Vater gab mir den Segen, bevor ich hierherging, einen alten Segen, wie er in der Bibel steht, glaube ich. Aber trotzdem würde Burton ihn wohl nicht billigen. Ich habe immer ein sonderbares Gefühl bei Vater gehabt. Er hatte so eine unerschütterliche Ruhe. Er war nicht so wie andere Väter, aber er war so etwas wie eine letzte Zuflucht, etwas, auf das man bauen konnte, das sich nie verändern würde. Hast du ein ähnliches Gefühl gehabt?«

Thomas nickte langsam. »Ja, ich kenne das.«

»Also dann kam ich hierher und fühlte mich noch immer geborgen. Schließlich bekam ich einen Brief von Burton, dann sank mir eine Sekunde lang der Boden unter den Füßen weg, und es war mir, als befände ich mich außerhalb der Welt. Ich las weiter und kam an die Stelle, wo Vater sagte, er würde, wenn er tot wäre, zu mir herauskommen. Das Haus war damals noch nicht gebaut, ich saß auf einem Holzhaufen. Ich schaute auf und sah den Baum ...« Joseph schwieg und starrte auf die Mähne des Pferdes. Dann blickte er zu seinem Bruder hinüber, aber Thomas wich dem Blick aus. »Nun, das ist alles. Vielleicht kannst du nun mehr damit anfangen. Ich tue, was ich tue, ohne zu wissen, warum; ich fühle nur, daß es mich glücklich macht. Schließlich«, setzte er etwas hilflos hinzu, »braucht der Mensch doch etwas, worauf er bauen kann, wovon er sicher weiß, daß es am nächsten Morgen noch da ist.«

Thomas streichelte den Waschbären immer zärtlicher, aber er sah Joseph noch immer nicht an. »Du weißt vielleicht noch«, sagte er, »daß ich mir einmal den Arm brach, als ich noch klein war. Ich trug ihn geschient in einer Schlinge und hatte verteufelte Schmerzen. Da kam Vater zu mir, öffnete mir die Finger und küßte mich in die Handfläche. Mehr tat er nicht. Es sah ihm gar nicht ähnlich, aber es war doch das Richtige; es war mehr ein Heilverfahren als ein Kuß. Es floß mir wie Wasser den Arm hinauf. Und es half. Sonderbar, daß ich mich so genau daran erinnere.«

Weit vor ihnen hörte man den Klang einer Kuhglocke. Juanito kam herbeigeritten. »In den Tannen, Señor! Warum sie dort sind, weiß ich nicht. Es gibt doch da gar kein Futter.«

Sie ritten den Berg hinauf, der mit dunklen Tannen gekrönt war. Die ersten Bäume waren wie Vorposten aufgestellt. Ihre Stämme waren gerade wie Masten, im Schatten glühte die Rinde purpurrot. Der mit braunen Nadeln bestreute und schwammig weiche Boden trug kein Gras. In dem Hain war es bis auf das kaum merkliche Flüstern des Windes ganz still. Den Vögeln behagten die Tannen nicht, und der braune Teppich dämpfte das Geräusch von Schritten und Tritten. Die Reiter ritten aus der gelben Sonne in das purpurne Dunkel des Schattens. Je mehr sie in den Hain hineingerieten, desto dichter wurden die Bäume, deren Zweige sich schließlich verschlangen und oben ein festes und dichtes Nadeldach bildeten. Unter den Bäumen wuchsen Brombeeren und die bleichen lichthungrigen Guatrasblätter. Das Dickicht wurde bei jedem Schritt undurchdringlicher, bis schließlich die Pferde stehenblieben und sich weigerten, weiter in die Dornenmauer einzudringen.

Da wandte Juanito sein Pferd scharf nach links. »Hierher, hier muß irgendwo ein Weg sein, soweit ich mich erinnere.«

Er führte sie auf einen alten, tief mit Nadeln bedeckten, aber von Unterholz freien Waldweg, der so breit war, daß zwei nebeneinander reiten konnten. Sie folgten dem Weg etwa hundert Meter weit, bis plötzlich Joseph und Thomas ihre Pferde anhielten und auf das Bild starrten, das sich ihren Blicken darbot.

Sie waren zu einer fast kreisrunden, flach wie ein Weiher daliegenden Lichtung gekommen. Dunkle, säulengerade emporwachsende Bäume umstanden sie wie mißtrauische, dichtgescharte Wächter. In der Mitte der Lichtung stand ein riesiger, haushoher, geheimnisvoll aussehender Felsblock. Er schien weise und doch schwer deutbar geformt zu sein – aber man konnte sich an keine Form erinnern, die ihm glich. Ein kurzes, polsterartiges, grünes Moos umschmiegte weich den Felsen. Er hatte etwas von einem Altar an sich, der geschmolzen und in sich zusammengesunken war. An einer Seite des Blockes war eine kleine schwarze, mit fünffingrigem Farnkraut umsäumte Höhlung, und aus ihr floß geräuschlos ein Bach, der die Lichtung durchzog und in dem wuchernden Gestrüpp verschwand. Neben dem Bach lag ein großer schwarzer Bulle; er hatte die Vorderbeine unter sich geknickt, so daß man nur den massiven Körper sah – ein hornloser Bulle mit glänzenden schwarzen Haarkräuseln auf der Stirn. Als die drei Reiter die Lichtung betraten, käute er gerade wieder, wobei er das Gesicht dem grünen Felsblock zuwandte. Er drehte den Kopf und sah die Männer mit rotgeränderten Augen an. Er schnaubte, arbeitete sich unbeholfen hoch und senkte angriffslustig den Kopf, dann stürmte er mit einer plötzlichen Wendung in das Unterholz. Man sah einen Augenblick seinen schlagenden Schwanz und den langen schwingenden Hodensack, der ihm fast bis zu den Knien hing. Dann verschwand er, und man hörte nur noch das Krachen des Holzes.

All dies geschah in wenigen Augenblicken.

»Der Bulle gehört nicht uns«, rief Thomas. »Ich habe ihn noch nie gesehen.« Es war ihm unbehaglich zumute; er schaute Joseph an. »Hier bin ich noch nie gewesen. Ich weiß nicht recht – dieser Platz gefällt mir nicht.« Er lallte die Worte mehr, als daß er sie sprach. Er hielt den zappelnden und beißenden Waschbären, der sich loszumachen suchte, fest unter dem Arm.

Joseph nahm mit weit aufgerissenen Augen das Bild der Lichtung in sich auf. Er sah keine Einzelheiten. Sein Kinn war vorgestreckt. Ein tiefer Atemzug spannte seine Brust, daß sie schmerzte. Die Arm- und Schultermuskeln strafften sich. Er hatte den Zügel fallen lassen und die Hände über dem Sattelknopf gefaltet.

»Sei mal einen Augenblick still, Tom«, sagte er träumerisch. »Hier ist etwas Besonderes. Du fürchtest dich davor, aber mir kommt es bekannt vor. Irgendwo, vielleicht vor langer Zeit im Traum, habe ich diesen Platz schon einmal gesehen oder vielleicht die Stimmung gefühlt, die er ausströmt.« Er ließ die Hände sinken und rang nach den richtigen Worten. »Dieser Ort ist heilig – und sehr alt. Aus fernen Zeiten stammt er – und er ist heilig.« Still lag die

Lichtung da. Ein Bussard schwebte über den Gipfeln in dem kreisrunden Ausschnitt des Himmels.

Joseph drehte sich langsam um. »Juanito, du kennst diesen Platz. Du bist schon mal hier gewesen.«

In den hellblauen Augen Juanitos standen Tränen. »Meine Mutter hat mich einmal hierhergeführt, Señor. Meine Mutter war Indianerin. Ich war ein kleiner Junge, und meine Mutter sollte bald wieder ein Kind bekommen. Sie kam hierher und setzte sich neben den Felsen. Lange hat sie dagesessen, und dann sind wir wieder fortgegangen. Sie war Indianerin, Señor. Manchmal glaube ich, daß die Alten diesen Platz noch besuchen.«

»Die Alten?« fragte Joseph schnell. »Welche Alten?«

»Die alten Indianer, Señor. Es tut mir leid, daß ich Sie hergeführt habe. Als ich so nahe war, hat der Indianer in mir keine Ruhe gegeben, bis ich hinritt.«

»Beim Teufel, laß uns nur von hier wegkommen«, rief Thomas nervös. »Wir müssen die Kühe finden.«

Und Joseph wendete gehorsam sein Pferd. Aber als sie aus der stillen Lichtung wieder auf den Weg hinunter ritten, sprach er beruhigend auf seinen Bruder ein. »Du brauchst keine Angst zu haben, Tom. Da drinnen ist etwas Starkes, Liebliches und Gutes. Es ist, als böte der Ort uns Nahrung – und kühles Wasser ist auch da. Wir wollen ihn jetzt vergessen, Tom. Aber vielleicht werden wir einmal, wenn wir in Not sind, wieder dort hingehen – und uns sättigen.«

Die drei Männer fielen in Schweigen und lauschten, ob sie irgendwo Kuhglocken hörten.

7

In Monterey wohnte und arbeitete ein Sattler namens McGreggor, ein mürrischer Philosoph und streitsüchtiger Marxist. Das Alter hatte seine revolutionären Ansichten nicht gemildert, im Gegenteil, er hatte die sanften, utopischen Theorien von Marx weit hinter sich gelassen. Vom ständigen Eifern und Keifen gegen die Zustände dieser Welt hatte er tiefe Furchen in die Wangen bekommen. In seinen matten Augen stand ein mürrischer Ausdruck. Er verklagte seine Nachbarn wegen Eingriffs in seine Rechte und entdeckte dabei immer wieder, wie wenig das Gesetz diese Rechte anerkannte. Er versuchte seine Tochter Elisabeth einzuschüchtern und hatte damit bei ihr ebensowenig Erfolg wie früher bei ihrer Mutter, denn Elisabeth gab ihre Meinungen nie kund und entzog sie so dem Bereich seiner Argumente. Der Gedanke, daß er ihren Vorurteilen mit seinen eigenen nichts entgegenstellen konnte, weil er nicht wußte, was sie dachte, machte den Alten wütend.

Elisabeth war ein hübsches und energisches Mädchen. Sie hatte weiches, lockiges Haar, eine kleine Nase und ein Kinn, das wie vom ständigen Widerstand gegen ihren Vater fest und stark geworden war. Ihre Schönheit lag in den Augen. Es waren graue, weit auseinanderstehende und so dicht bewimperte Augen, daß man glaubte, sie verbärgen ein übernatürliches Wissen, das anderen nicht zugänglich war. Sie war groß, nicht so sehr mager als sehnig und straff, und bewegte sich schnell und mit viel Elan. Ihr Vater wies sie oft auf ihre Fehler hin oder vielmehr auf Fehler, die sie seiner Meinung nach hatte.

»Du bist wie deine Mutter«, sagte er. »Dein Geist ist störrisch. Es ist auch nicht ein einziger Funke Vernunft darin. Du tust alles so, wie es dir dein Gefühl eingibt. Ich sehe noch deine Mutter, wie sie gerade aus dem Hochland kam – sie glaubte tatsächlich, daß es Feen gäbe, weil ihre Eltern daran glaubten; und als ich erklärte, das sei doch nur ein Kindermärchen, sperrte sie vor Erstaunen den Mund wie ein Scheunentor auf. ›Es gibt Dinge‹, sagte sie dann oft, ›die man mit dem Verstand nicht fassen kann und die doch wahr sind.‹ Ich wette, daß deine Mutter dir vor ihrem Tod den Kopf mit lauter Feen gefüllt hat.«

Er malte ihre Zukunft aus. »Es kommt eine Zeit«, verkündete er prophetisch, »wo die Frauen ihr Brot selbst verdienen werden! Warum sollte eine Frau keinen Beruf lernen können? Du zum Beispiel! Es kommt eine Zeit, und sie ist gar nicht mehr so weit entfernt, wo ein Mädchen wie du Geld verdienen und doch auf den erstbesten Mann hereinfallen wird, der sie heiraten will.«

Trotzdem war McGreggor entsetzt, als Elisabeth sich auf das Staatsexamen vorbereitete, um Lehrerin zu werden. Ihr Vater wurde fast zärtlich. »Du bist noch zu jung, Elisabeth«, riet er ihr ab. »Du bist erst siebzehn. Laß deine Knochen wenigstens erst hart werden.« Aber Elisabeth lächelte leise triumphierend und sagte nichts. In einem Hause, in dem die kleinste Aussage zermalmende Abwehrkräfte auf den Plan rief, hatte sie gelernt zu schweigen.

Für ein intelligentes Mädchen bedeutete der Lehrerberuf mehr, als nur Kinder zu unterrichten. Mit siebzehn konnte sie ihr Examen machen und auf Abenteuer ausziehen. Das Examen war ein unanstößiges Mittel, von zu Hause und aus der Stadt, wo jeder sie kannte, wegzukommen – ein Mittel, die immer auf dem Sprung stehende und so leicht zu erschütternde Würde eines jungen Mädchens zu bewahren. In der Gemeinde, der sie zugewiesen wurde, war sie ein unbekanntes, geheimnisvolles und begehrenswertes Wesen. Sie kannte sich in der Bruchrechnung und in der Poesie aus, sie konnte ein wenig Französisch lesen und dann und wann ein Wort in die Unterhaltung werfen. Manchmal trug sie Unterwäsche aus Batist oder gar aus Seide, was man sehen konnte, wenn ihre Wäsche auf der Leine hing. Diese Dinge, die bei einer gewöhnlichen Person als unverschämt galten, wurden bei einer Lehrerin bewundert, ja von ihr erwartet, denn sie spielte gesellschaftlich eine wichtige Rolle und gab dem ganzen Umkreis einen intellektuellen und kulturellen Anstrich. Die Leute, unter denen sie nun lebte, kannten ihren Mädchennamen nicht. Sie nahm den Titel »Fräulein« an. Der Mantel des Geheimnisses und der Gelehrsamkeit hüllte sie ein, und dabei war sie erst siebzehn ... Wenn sie nicht innerhalb eines halben Jahres den begehrenswertesten Junggesellen der Gegend heiratete, mußte sie häßlich wie eine Vogelscheuche sein, denn eine Lehrerin konnte einen Mann auf eine höhere Gesellschaftsstufe heben. Ihre Kinder würde man für intelligenter halten als gewöhnliche. Ihr Beruf konnte, wenn sie es so wollte, ein unauffälliger, aber sicherer Schritt zur Ehe sein.

Elisabeth McGreggor war sogar gebildeter als die meisten Lehrerinnen. Außer dem mathematischen Lehrbuch und der französischen Grammatik hatte sie Auszüge aus Plato und Lukrez gelesen, kannte die Titel der Dramen von Aischylos, Euripides und Aristophanes und besaß ein auf Homer und Vergil gegründetes Fundament klassischer Bildung. Nach der Prüfung wurde sie der Schule in Nuestra Señora zugewiesen. Der einsam gelegene Ort gefiel Elisabeth. Sie wollte über die Dinge, die sie kannte, nachdenken, jedes an den richtigen Platz stellen und mit ihrer endgültigen Ordnung auch die neue Elisabeth McGreggor aufbauen ... In dem Dorf Nuestra Señora wohnte sie bei der Familie Gonzales.

Im ganzen Tal verbreitete sich das Gerücht, die neue Lehrerin sei jung und sehr hübsch. Wenn Elisabeth ausging, wenn sie zur Schule oder zum Einkaufen eilte, sah sie junge Männer, die ansonsten müßig herumstanden, intensiv mit ihren Uhren oder mit dem Drehen von Zigaretten beschäftigten oder einen nicht genau fixierbaren, doch offenbar lebenswichtigen Punkt in der Ferne anvisierten. Gelegentlich war unter den herumstehenden Männern ein sonderbarer, der ganz auf Elisabeth konzentriert war, ein großer Mann mit schwarzem Bart und blauen Augen. Elisabeth ärgerte sich über diesen Mann, denn er starrte sie so unverschämt an, wenn sie vorüberging, daß sie das Gefühl hatte, seine Blicke durchdrängen ihre Kleider.

Als Joseph von der neuen Lehrerin hörte, zog er immer engere Kreise um sie, bis er schließlich im Wohnzimmer der Gonzales saß, einem tapezierten, gutbürgerlich aussehenden Raum, und gegenüber von ihm Elisabeth still betrachtete. Es war ein formeller Antrittsbesuch. Wenn Elisabeths weiches Haar auch unordentlich zu einem Wulst hochgekämmt war, so war sie doch die Lehrerin. Ihr Gesicht trug einen dieser Gelegenheit entsprechenden, fast abweisenden Ausdruck. Man hätte sie für ruhig und gleichmütig halten können, wenn sie nicht immer wieder ihren Rock über den Knien glattgestrichen hätte. Mitunter blickte sie in Josephs forschende Augen und dann gleich wieder weg.

Joseph trug einen schwarzen Anzug und neue Schuhe. Haar und Bart waren geschoren und seine Nägel so rein, wie es ihm nur irgend möglich war.

»Interessieren Sie sich für Gedichte?« fragte Elisabeth und blickte dabei ganz kurz in seine scharfen, unbeweglichen Augen.

»Ja – ja, schon, mag ich recht gern, was ich so davon gelesen habe.«

»Neuere Dichter, die sich beispielsweise mit den Griechen, wie Homer, vergleichen können, gibt es natürlich nicht, Mr. Wayne.«

In Josephs Gesicht zuckte es ungeduldig. »Ja, ich erinnere mich – ein Mann kam auf eine Insel und wurde in ein Schwein verwandelt.«

Jetzt zuckten Elisabeths Mundwinkel. Sofort war sie die Lehrerin, die sich ihrem Schüler haushoch überlegen fühlt. »Sie meinen die Odyssee«, sagte sie. »Homer soll um 900 vor Christus gelebt haben. Er hatte entscheidenden Einfluß auf die gesamte griechische Literatur.«

»Miss McGreggor«, begann Joseph ernst, »es gibt einen Weg, diese Sache anzugehen, aber ich kenne ihn nicht. Manche scheinen ihn instinktiv zu finden, ich nicht. Ich habe vorhin versucht, mir zu überlegen, was ich Ihnen sagen wollte – aber mir fiel einfach nicht ein, wie man das macht, weil ich noch nie so etwas unternommen habe. Man muß vorher wohl so ein bißchen um den Brei herumreden, glaube ich, aber ich weiß nicht, wie man das anstellt. Es erscheint mir auch sinnlos.«

Elisabeth konnte jetzt seinen Augen nicht mehr ausweichen. Die Heftigkeit, mit der er sprach, machte sie stutzig. »Ich weiß nicht, wovon Sie sprechen, Mr. Wayne.« Sie war plötzlich vom Katheder geflogen, und der Sturz erschreckte sie.

»Ich weiß, ich mache es ganz verkehrt«, begann er wieder, »aber ich habe keine Ahnung, wie ich sonst vorgehen soll. Schauen Sie, Miss McGreggor, ich fürchte, daß ich mich verhaspele und verheddere. Ich möchte, daß Sie meine Frau werden – das sollten Sie wissen. Meine Brüder und ich besitzen sechshundertvierzig Morgen Land. Unser Blut ist rein. Ich denke, es könnte doch sein, daß ich Ihnen gefalle – aber ich weiß eben nicht, was Sie erwarten.«

Bei diesen Worten hatte er die Augen gesenkt. Als er jetzt aufblickte und sah, daß ihr das Blut in die Wangen schoß und sie eine sehr klägliche Miene machte, sprang er auf. »Ich glaube, ich habe es wirklich verkehrt angefangen. Jetzt schwindelt mir der Kopf, aber herausgebracht habe ich es immerhin. Und jetzt gehe ich, Miss McGreggor. Ich komme wieder, wenn wir beide nicht mehr so verlegen sind.« Er stürmte davon, ohne sich zu verabschieden, sprang aufs Pferd und galoppierte in die Nacht hinaus.

Brennende Scham saß ihm in der Kehle, und zugleich hätte er jubeln können. Als er zur bewaldeten Talsohle kam, hielt er sein Pferd an, hob sich in den Steigbügeln hoch und brüllte, um das Brennen loszuwerden. Schauerlich hallte das Echo wider. Stockfinster war die Nacht. Hochnebel verschleierte den Glanz der Sterne und dämpfte die Geräusche der Dunkelheit. Sein Schrei hatte das tiefe Schweigen lärmend durchbrochen und ihn selbst erschreckt. Einen Augenblick saß er benommen im Sattel und fühlte die auf und ab wogenden Flanken des Pferdes.

Die Nacht ist zu still, sagte er sich, zu gleichgültig. Ich muß etwas tun. Er fühlte, daß die Stunde ein Zeichen verlangte, eine einprägsame Handlung. Er mußte handeln, um mit dem Augenblick eins zu werden – oder der Augenblick würde vorübergehen, und nichts würde bleiben … Er riß den Hut vom Kopf und schleuderte ihn in die Dunkelheit. Aber das reichte noch nicht. Er fühlte nach der Reitpeitsche, die am Sattelknopf hing, schwang sie hoch und schlug sie heftig auf sein eigenes Bein, um Schmerz zu fühlen. Das Pferd sprang bei dem Sausen des Peitschenhiebes zur Seite und bäumte sich. Joseph warf die Peitsche in das Gebüsch, brachte das nervöse Pferd mit einem starken Kniedruck wieder zur Ruhe und ritt dann gemächlich heim. Er machte den Mund weit auf, damit die kühle Luft in seine Kehle strömen konnte.

Elisabeth starrte auf die Tür, die sich hinter ihm geschlossen hatte. Unter der Tür ist ein zu großer Spalt, dachte sie. Wenn der Wind bläst, zieht es ganz scheußlich. Soll ich in ein anderes Haus ziehen? Sie glättete das Kleid so straff, daß sich das Tuch eng an die Beine schmiegte und deren Linien betonte. Aufmerksam betrachtete sie ihre Hände.

Jetzt weiß ich, was ich tue. Er soll seine Strafe bekommen. Er ist ein Bauernlümmel und unbeholfener Tölpel. Er hat keine Manieren. Er würde nicht einmal wissen, was Manieren sind, wenn er sie sähe. Er weiß sich überhaupt nicht zu benehmen. Sein Bart gefällt mir nicht. Er starrt einen immer an. Sein Anzug ist erbärmlich.

Sie dachte über die Art der Strafe nach und nickte langsam. Um den Brei herumreden! Abscheulich! Und dabei will er mich heiraten! Mein ganzes Leben lang müßte ich diese Augen ertragen. Wahrscheinlich ist sein Bart ungepflegt, aber eigentlich kam es mir gar nicht so vor. Nein, ich fand ihn ganz erträglich. Und es gehört schon etwas dazu, so direkt aufs Ziel loszugehen. Sein Anzug – er würde den Arm um mich legen.

Sie konnte ihre Gedanken nicht mehr zusammenhalten. Wenn ich nur wüßte, was ich tun soll. Die Person, die nun handeln mußte, war ihr fremd, und sie verstand deren Gefühle nicht ganz. Sie stieg die Treppe zu ihrem Schlafzimmer hinauf und zog sich langsam aus. Ich muß mir das nächste Mal seine Handfläche ansehen, die wird mir alles verraten. Sie unterstützte diesen Entschluß durch ein bedächtiges Kopfnicken. Dann warf sie sich mit dem Gesicht aufs Bett und weinte. Dieses Weinen war so angenehm und wohltuend wie ein morgendliches Gähnen. Nach einer Weile stand sie auf, blies die Lampe aus und zog einen kleinen samtgepolsterten Schaukelstuhl ans Fenster. Sie stützte die Ellbogen aufs Fensterbrett und sah in die Nacht hinaus. Es lag jetzt ein schwerer, feuchter Dunst in der Luft. Ein erleuchtetes Fenster an der ausgefahrenen Straße trug einen hellen Lichtsaum.

Elisabeth hörte drunten im Hof ein Schleichen und lehnte sich aus dem Fenster, um nachzusehen. Plötzlich ein Sprung, ein zischender, röchelnder Schrei und dann das Krachen von Knochen. In der grauen Dunkelheit sah sie schattenhaft eine langgestreckte, kurzbeinige Katze mit einem kleinen Lebewesen im Maul weghuschen. Eine Fledermaus schwirrte ihr um den Kopf, als sie ihn aus dem Fenster streckte.

Wo er wohl jetzt sein mag? dachte sie. Er reitet sicher heim, und sein Bart weht im Wind. Er wird sicher sehr müde sein, wenn er heimkommt. Und ich bin hier, ruhe mich aus und tue nichts. Geschieht ihm recht.

Sie hörte eine Ziehharmonika spielen. Die Musik kam näher, vom anderen Ende des Dorfes her, wo sich die Wirtschaft befand. Als sie ganz nahe war, fiel eine Stimme ein – eine Stimme so weich und verzweifelt wie ein müde verwehender Seufzer.

»Schön sind Maxwelltons Berge …« Zwei schwankende Gestalten gingen vorüber. »Hör auf! Du spielst ja falsch. Mit deiner verdammten mexikanischen Dudelei kriegst du dieses Lied nicht hin! Los, noch mal! ›Schön sind Maxwelltons Berge …‹, wieder falsch!« Sie blieben stehen.

»Wenn ich nur diesen verfluchten Quetschkasten selbst spielen könnte.«

»Versuchen Sie es, Señor.«

»Ich hab's ja schon versucht. Zum Teufel damit. Bei mir rülpst er nur.«

»Sollen wir Maxwelltons Berge noch einmal probieren?« Einer von ihnen trat nahe an den Zaun. Elisabeth konnte sehen, wie er zu ihrem Fenster emporblickte.

»Komm«, bat er schmeichelnd. »Bitte, komm herunter.« Elisabeth saß ganz still, sie wagte nicht, sich zu bewegen. »Ich werde den cholo heimschicken.«

»Ich bin kein cholo, Señor.«

»Ich werde den Herrn heimschicken, wenn du herunterkommst. Ich fühle mich so allein.«

»Nein«, sagte sie und war überrascht über ihre eigene Stimme.

»Ich werde dir etwas vorsingen, wenn du herunterkommst. Hör, wie ich singen kann. Pancho, spiel ›Sobre las Olas‹.« Sein Gesang erfüllte die Luft, als wäre sie mit verdunstetem Gold geschwängert, köstliche Trauer lag in dieser Stimme. Das Lied klang so zart aus, daß sie sich vorbeugte, um zu hören.

»Willst du jetzt nicht kommen? Ich warte auf dich.«

Sie schrak heftig zusammen, streckte den Arm nach oben und zog das Fenster nieder, aber selbst durch das Glas konnte sie die Stimme hören. »Sie will nicht, Pancho. Wie ist es mit dem nächsten Haus?«

»Alte Leute, Señor, fast achtzig.«

»Und mit dem übernächsten?«

»Nun, immerhin möglich – ein vierzehnjähriges Mädchen.«

»So laß es uns bei der Vierzehnjährigen versuchen. Los! Schön sind Maxwelltons Berge …«

Elisabeth hatte die Bettdecke über den Kopf gezogen; sie zitterte vor Angst. »Ich wäre fast hinuntergegangen«, wimmerte sie. »Ich glaube, ich wäre zu ihm gegangen, wenn er mich noch einmal gebeten hätte.«

8

Joseph ließ zwei Wochen verstreichen, bevor er Elisabeth wieder besuchte.

Die Luft war mit herbstlichem Dunst erfüllt, grauer Hochnebel verschleierte den Himmel. Wie große Baumwollballen zogen jeden Tag vom Ozean her Wolken, hingen eine Weile dicht über den Bergspitzen und zogen sich dann wieder auf das Meer zurück, glichen Aufklärungsschiffen und Wolkenflotten. Die Rotdrosseln sammelten sich in Scharen und übten sich auf den Feldern im Langflug. Die Tauben, die man im Frühling und Sommer nicht sah, kamen aus ihren Verstecken in den Wäldern und saßen in Schwärmen auf Zäunen und abgestorbenen Bäumen. Morgens und abends stand die Sonne rot hinter dem herbstlichen Dunstschleier.

Burton war mit seiner Frau zu einem Lagertreffen in Pacific Grove gefahren. Thomas sagte sarkastisch: »Er mästet sich mit Gott wie ein Bär mit Fleisch vor dem Winterschlaf.«

Thomas legte sich der kommende Winter auf das Gemüt. Er fürchtete die nasse und windige Jahreszeit, denn er konnte sich in keiner Höhle verkriechen.

Die Kinder auf der Ranch sahen jetzt Weihnachten nicht mehr in nebelhafter Ferne liegen und gaben sich schon der Vorfreude hin. Sie suchten auf listige Weise von Rama herauszubekommen, welches Betragen die Heiligen der Sonnwendzeit wohl am meisten schätzten, und Rama zog natürlich aus dieser Haltung den größtmöglichen Nutzen.

Benjamin war vor lauter Faulheit bettlägerig. Seine junge Frau konnte gar nicht verstehen, warum niemand dieser Krankheit Beachtung schenkte.

Auf der Ranch war wenig zu tun. Das hohe, trockene Gras auf den Vorbergen genügte, um das Vieh den ganzen Winter hindurch zu füttern. Für die Pferde waren die Scheunen mit Heu vollgestopft. Joseph saß die meiste Zeit unter der Eiche und dachte an Elisabeth. Er hatte das Bild vor Augen, wie sie mit festgeschlossenen Füßen dasaß und den Kopf so hoch hielt, daß man den Eindruck hatte, er würde hochfliegen, wenn er nicht am Körper festgesessen hätte. Juanito kam und setzte sich zu ihm. Er sah verstohlen nach Josephs Gesicht, um daraus dessen Laune abzulesen und sich ihr anzupassen.

»Vielleicht habe ich eine Frau, noch bevor der Frühling kommt, Juanito«, sagte Joseph. »Eine Frau, die in meinem Hause wohnt und immer hierbleibt. Wenn es Mittag ist, würde sie mit einem Glöckchen läuten – mit einem Glöckchen, nicht mit einer Kuhglocke. Ich möchte ein silbernes Glöckchen kaufen. Das würde dir doch auch gefallen, Juanito, so ein Silberglöckchen zur Mittagszeit?«

Juanito, durch dieses Vertrauen geschmeichelt, offenbarte nun sein eigenes Geheimnis. »Bei mir ist es dasselbe, Señor.«

»Was? Willst du etwa auch heiraten?«

»Ja, Señor, Alice Garcia. Sie haben ein Schriftstück, aus dem hervorgeht, daß der Großvater Kastilianer war.«

»Das freut mich aber, Juanito. Du baust dir hier ein Haus, und wir werden dir dabei helfen. Dann brauchst du nicht mehr umherzuziehen, sondern kannst dich hier niederlassen.«

Juanito kicherte vor Freude. »Draußen werde ich auf die Veranda eine Glocke hängen, aber natürlich eine Kuhglocke. Anders geht es nicht, denn sonst würde ich, wenn Ihre Glocke läutet, zu meinem Mittagessen eilen.«

Joseph legte den Kopf zurück und sah lächelnd in die knorrigen Äste hinauf. Manchmal hatte er das Verlangen gehabt, dem Baum leise etwas von Elisabeth zu erzählen, aber aus Scham über das Unsinnige eines solchen Verhaltens hatte er es unterlassen. »Übermorgen will ich in die Stadt fahren, Juanito. Ich denke, du würdest ganz gern mitfahren …«

»O ja, Señor. Ich werde vorne sitzen, und Sie können dann sagen: ›Das ist mein Kutscher, er kann sehr gut mit Pferden umgehen, da werde ich doch nicht selbst die Zügel in Händen halten.‹«

Joseph lachte. »Du möchtest wohl, daß ich dir dann denselben Dienst erweise?«

»O nein, Señor, das nicht!«

»Wir wollen früh fahren. Für eine solche feierliche Gelegenheit solltest du einen neuen Anzug haben.«

Juanito sah ihn ungläubig an. »Einen richtigen Anzug, Señor? Nicht nur einen Arbeitskittel? Einen Anzug mit Jacke?«

»Mit Jacke und Weste und für die Weste eine Uhrkette als Hochzeitsgeschenk.«

Es war zuviel. »Señor«, sagte Juanito, »ich muß einen zerrissenen Gurt flicken.« Damit ging er auf den Stall zu.

Ein Anzug und eine Uhrkette – da gab es viel zum Nachdenken. Man mußte genau überlegen, wie und wann man das am besten trug, und sich sicherlich erst daran gewöhnen.

Joseph lehnte sich gegen den Baum. Langsam wich das Lächeln aus seinen Augen. Er blickte wieder in die Äste. Ein Schwarm Hornissen hatte über seinem Kopf eine Verdickung an einem Ast gebildet und begann, um diesen Kern herum sein Nest zu bauen. Joseph erinnerte sich plötzlich an die runde Lichtung im Tannenwald. Er sah jede Einzelheit des Ortes vor sich, den sonderbaren moosbedeckten Felsblock, die dunkle, von Farnkräutern eingefaßte Höhlung und das still herausfließende und davoneilende klare Wasser. Er sah, wie im Wasser die Kresse wuchs und wie ihre Blätter sich in der Strömung bewegten. Er spürte plötzlich das Verlangen, jenen Platz aufzusuchen, neben dem Felsen zu sitzen und das weiche Moos zu streicheln.

Das wäre ein Zufluchtsort, dachte er, wenn man einem Schmerz, einer Sorge, Enttäuschung oder Angst entgehen will. Das ist zwar im Moment nicht der Fall, dennoch muß ich mir diesen Platz merken. Wenn ich mal einen Kummer loswerden will, muß ich mich an jenen Ort begeben. Er erinnerte sich, wie die hohen Stämme sich nach oben reckten, wie die friedvolle Stimmung dort beinahe zum Greifen war. Ich muß einmal in die Höhle schauen, um zu sehen, wo die Quelle ist, dachte er.

Juanito arbeitete den ganzen nächsten Tag an dem Geschirr, den zwei Kutschpferden und dem Kastenwagen. Er wusch und polierte, striegelte und bürstete. Und wenn er fertig war, fing er aus Augst, er könnte eine Stelle vergessen haben, wieder von vorn an. Der Messingknopf an der Deichsel glitzerte, jede Schnalle glänzte silbrig, das Geschirr leuchtete wie Lackleder. Eine rote Schleife flatterte am Peitschenstock.

Schon am Vormittag des bedeutenden Tages holte er den

Wagen heraus, um zu prüfen, ob die neu geschmierten Räder auch nicht knirschten. Noch vor dem Essen schirrte er die Pferde und band sie im Schatten an. Keiner von beiden hatte rechten Appetit, sie nahmen nur ein paar in Milch getauchte Brotbrocken zu sich. Als sie satt waren, nickten sie einander zu und standen auf. Im Wagen saß, geduldig auf sie wartend, Benjamin. Joseph wurde ärgerlich. »Du solltest doch nicht mitfahren ... Du warst doch krank.«

»Mir geht's wieder gut«, versicherte Benjamin.

»Ich nehme Juanito mit, für dich ist kein Platz mehr.«

Benjy lachte entwaffnend. »Ich setze mich in den Kasten.« Er kletterte über den Sitz und hockte sich auf den Bretterboden.

Sie fuhren los und ratterten über die holprige Straße. Benjamins Gegenwart dämpfte ihre Stimmung ein wenig. Joseph lehnte sich über den Sitz zurück. »Du darfst nichts trinken. Du warst krank.«

»Nein, ich fahre nur in die Stadt, um mir eine neue Uhr zu kaufen.«

»Denk an meine Worte, Benjy. Ich möchte nicht, daß du dir einen Rausch antrinkst.«

»Nicht einen Tropfen würde ich hinunterbringen – selbst wenn ich ihn schon im Munde hätte.«

Joseph gab es auf. Er wußte, daß Benjamin eine Stunde nach seiner Ankunft schon betrunken sein würde und daß er dies nicht verhindern konnte.

Der Bergahorn am Fluß warf bereits Blätter ab. Dicht war die Straße mit dem raschelnden braunen Laub bedeckt. Joseph zog die Zügel an. Die Pferde fielen in Trab, das Laub rauschte unter ihren Hufen.

Elisabeth saß auf der Veranda, hörte Josephs Stimme und eilte nach oben, damit sie wieder herunterkommen konnte. Sie hatte Angst vor Joseph Wayne. Seit seinem letzten Besuch hatte sie fast unablässig an ihn gedacht. Wie konnte sie seinen Antrag ablehnen, selbst wenn sie ihn haßte? Da könnte etwas Schreckliches passieren – vielleicht würde er an Liebeskummer sterben … oder er würde sie schlagen … Bevor sie ins Wohnzimmer ging, raffte sie ihr ganzes Wissen zusammen, das ihr als Schutz dienen sollte – Algebra, das Jahr der Landung Cäsars in England, das Konzil von Nikaia und das Zeitwort être. So etwas kannte Joseph nicht. Das einzige Datum, das er mit einiger Sicherheit wußte, war vermutlich das Jahr 1776 … Wirklich, ein unwissender Mensch … Vor Verachtung kniff sie den Mund zusammen. Ein strenger Ausdruck trat in ihre Augen.

Wie einem frechen Bengel in der Schule würde sie ihm schon zeigen, was sich gehört. Elisabeth ließ die Finger um die Taille und an der Innenseite des Rockes entlanggleiten, um sich zu vergewissern, daß ihre Bluse gut festgesteckt war. Sie strich sich über das Haar, rieb die Lippen heftig mit den Knöcheln, damit sie schön durchblutet waren, und blies schließlich die Lampe aus. Majestätisch betrat sie das Wohnzimmer, in dem Joseph stehend wartete.

»Guten Abend«, sagte sie. »Ich las gerade, als Sie mich rufen ließen. ›Pippa tanzt‹ von Browning. Lesen Sie Browning gern, Mr. Wayne?«

Er harkte sich nervös durchs Haar und zerstörte den sorgfältig gezogenen Scheitel. »Haben Sie sich entschlossen?« fragte er. »Das ist mir wichtig. Wer Browning ist, weiß ich nicht.« Er flammte sie mit so hungrigen, so flehenden Augen an, daß ihre Überheblichkeit schwand und Namen, Titel und Daten in ihre Zellen zurückkrochen.

Sie machte eine hilflose Geste mit den Händen. »Ich – ich weiß nicht …«, stammelte sie.

»Dann werde ich wieder gehen. Sie sind noch nicht bereit. Sie würden gerne über Browning sprechen … Oder vielleicht haben Sie Lust, eine kleine Spazierfahrt mit mir zu machen? Ich habe den Wagen draußen.«

Elisabeth blickte auf den grünen Teppich, der an den Stellen, wo ihn die Füße abgetreten hatten, braun war. Dann glitten ihre Blicke weiter zu Josephs Schuhen, die von schlechter Politur glänzten, sie waren nicht eigentlich schwarz, sondern schillerten grün, blau und purpurn. Elisabeth heftete ihre Gedanken auf die Schuhe und fühlte sich für einen Augenblick in Sicherheit. Die Politur war alt, dachte sie. Er hatte wahrscheinlich die Flasche schon lange und sie ohne Kork stehenlassen. Dadurch fällt die Färbung dann bunt aus. Bei schwarzer Tinte ist es ebenso, wenn man sie offen stehenläßt. Er weiß das wahrscheinlich nicht, und ich werde mich hüten, es ihm zu sagen, denn dann wäre es mit meiner Ruhe vorbei. Sie wunderte sich, daß er die Füße nicht bewegte.

»Wir könnten zum Fluß fahren«, sagte Joseph. »So schön der Fluß auch ist – es ist doch gefährlich, ihn zu Fuß zu überqueren. Die Steine sind ziemlich schlüpfrig. Deshalb geht man besser nicht zu Fuß hinüber.« Er wollte ihr erzählen, wie die Räder durch die spröden, trockenen Blätter rauschten, wie dann und wann durch den Zusammenprall von Eisen und Stein ein langer blauer Funke aufsprang, der an seinem vorderen Ende wie die Zunge einer Schlange aussah. Er wollte ihr sagen, daß der Himmel an diesem Abend ganz niedrig hing, so niedrig, daß man mit dem Kopf hineintauchen konnte. Aber er brachte das alles einfach nicht heraus. »Es wäre mir lieb, wenn Sie mitführen«, sagte er. Er machte einen kurzen Schritt auf sie zu und zerstörte damit die Sicherheit, die ihr Geist gefunden hatte.

Elisabeth hatte plötzlich den Einfall, alles von der leichten Seite zu nehmen. Sie legte ihm schüchtern die Hand auf den Arm und fuhr ihm tätschelnd über den Ärmel. »Ja, ich komme mit«, sagte sie. Ihre Stimme kam ihr selbst unnötig laut vor. »Ja, ich fahre gern mit. Das Unterrichten ist anstrengend. Ich muß ein wenig an die Luft.« Leise in sich hineinsummend eilte sie nach oben, um ihren Mantel zu holen, und oben auf der Treppe ließ sie zweimal ihre Zehen hochwippen, wie es kleine Mädchen beim Tanz um den Maibaum tun. Jetzt liefere ich mich ihm aus, dachte sie. Die Leute werden sehen, wie wir allein in der Dunkelheit spazierenfahren. Das bedeutet, daß wir verlobt sind.

Joseph stand am Fuße der Treppe und blickte nach oben. Er konnte es kaum erwarten, bis sie wieder auftauchte.

Er hatte das unklare Verlangen, ihr Leib und Seele offen darzubieten, so daß sie alle verborgenen Dinge in ihm sehen konnte, selbst solche, von deren Existenz er selbst nichts wußte.

Das wäre das Richtige, dachte er. Dann würde sie wissen, was für ein Mann ich bin – und wenn sie das wirklich wüßte, wäre sie schon ein Teil von mir.

Sie blieb auf dem Treppenabsatz stehen und sah lächelnd zu ihm hinunter. Sie hatte ein langes blaues Cape über die Schultern geworfen. Ein paar Haarsträhnen hatten sich losgelöst und in der blauen Wolle verfangen. Diese lockeren Haare lösten in Joseph eine Welle von Zärtlichkeit aus. Er lachte aus trockener Kehle.

»Schnell, schnell«, rief er, »bevor die Pferde verblassen und der Augenblick vergeht! Ich meine natürlich den Hochglanz, den Juanito dem Geschirr gegeben hat.« Er öffnete ihr die Tür und ließ sie vorgehen. Dann half er ihr auf den Sitz zur Linken, bevor er die Pferde losband und die elfenbeinfarbenen Schlingen der Zugschnüre festmachte. Die Pferde tänzelten ein wenig, und Joseph freute sich darüber. »Frieren Sie nicht?« fragte er.

»O nein.«

Die Pferde trabten los. Joseph wünschte, er könnte eine Gebärde mit Armen und Händen machen, welche die Sterne und das ganze Himmelsgewölbe umfaßte und symbolisierte, das mit schwarzen Bäumen dahinströmende Land, die

Wogenkämme der Berge, einen auf dem Höhepunkt seiner tosenden Gewalt eingefrorenen Erdsturm, die Steinwellen, die sich mit unendlicher Langsamkeit nach Osten bewegten … Joseph hätte gern gewußt, ob es wohl Worte gäbe, so etwas auszudrücken.

»Ich liebe die Nacht«, sagte er. »Sie ist stärker als der Tag.«

Vom ersten Augenblick ihrer Bekanntschaft an hatte Elisabeth ihre ganze Aufmerksamkeit darauf gerichtet, seinen Angriff auf ihr befestigtes Selbst zurückzuweisen, aber jetzt war plötzlich etwas Sonderbares geschehen. Vielleicht waren es der Ton, der Rhythmus seiner Worte, vielleicht die in ihnen liegende persönliche Anteilnahme … Die Festungswälle jedenfalls waren hinweggespült. Sie berührte mit den Fingerspitzen seinen Arm und zog sie, vor Wonne zitternd, zurück. Die Erregung schnürte ihr die Kehle zusammen. Ich keuche ja wie ein Pferd, dachte sie. Er wird es hören. Es ist peinlich. Sie lachte leise bei diesem Gedanken und fühlte, daß es sie wenig kümmerte. Gedanken, die außerhalb der Reichweite ihres Bewußtseins dunkel und unklar durch die entlegensten Winkel ihres Gehirns gespukt hatten, wagten sich nun offen hervor – und sie sah, daß sie nicht, wie sie immer geglaubt hatte, übel und widerlich wie schleimige Schnecken waren, sondern vielmehr lichte, fröhliche und glückverheißende Geschöpfe. Es wäre herrlich, wenn er meine Brust küßte, dachte sie. Ich glaube, ich würde vor Lust vergehen, wenn er es täte. Ich würde meine Brust mit beiden Händen seinen Lippen entgegenhalten. Sie sah im Geiste, wie sie das tat, und spürte dabei, was für ein Gefühl sie haben würde – es war, als ob sie die heiße Glut ihres innersten Selbst auf seine Lippen sprühte …

Die Pferde sprangen laut schnaubend zur Seite, denn vor ihnen auf der Straße stand eine dunkle Gestalt. Juanito trat schnell neben den Wagen, um mit Joseph zu sprechen.

»Fahren Sie heim, Señor? Ich habe hier gewartet.«

»Nein, Juanito, so bald nicht.«

»Ich werde warten, Señor. Benjy ist betrunken.«

Joseph fuhr zusammen. »Ich habe es auch gar nicht anders erwartet.«

»Er ist dahinten auf der Straße, Señor. Vor einer Weile habe ich ihn noch singen hören. Auch Willie Romas ist betrunken. Er ist glücklich. Vielleicht bringt er noch heute einen um.«

Joseph hielt die Zügel fest in seinen Händen, die weiß im Sternenlicht schimmerten. Wenn die Pferde die Köpfe hochwarfen, schwankte er ruckartig ein wenig nach vorne.

»Kümmere dich um Benjy«, sagte er bitter. »In ein paar Stunden werde ich heimfahren.« Die Pferde schossen vorwärts, und Juanito tauchte ab in die Dunkelheit.

Jetzt, da die Mauern eingerissen waren, konnte Elisabeth fühlen, daß Joseph unglücklich war. Er wird mir alles sagen, und dann will ich ihm helfen.

Joseph saß starr aufrecht. Als die Pferde den nicht nachgebenden Druck seiner geballten Fäuste an den Zügeln spürten, verlangsamte sich ihr scharfer Trab zu gemächlichem Schritt. Sie näherten sich der zerfransten, schwarzen Grenzlinie des Flußwaldes, als plötzlich hinter einem Busch die Stimme Benjamins tönte.

»Estando bebiendo de vino, Pedro, Rodarte y Simon …«

Joseph nahm die Peitsche und schlug wild auf die Pferde ein, und dann mußte er seine ganze Kraft zusammennehmen, um ihren Sprüngen Einhalt zu gebieten. Elisabeth weinte, denn Benjys Stimme hatte sie zu Tränen gerührt. Joseph hielt die Pferde fest im Zügel, bis das wilde Geklapper ihrer Hufe in den Rhythmus eines gleichmäßigen Trabs überging.

»Ich habe Ihnen nicht gesagt, daß mein Bruder ein Trinker ist. Sie müssen wissen, aus welcher Familie ich stamme.

Mein Bruder ist ein Säufer. Damit meine ich nicht, daß er gelegentlich ausgeht, um sich zu betrinken, wie das jeder Mann tut. Benjy sitzt die Sucht in den Knochen. Jetzt wissen Sie's.« Er blickte geradeaus. »Das war mein Bruder, der da sang.« Er fühlte, wie ihr Körper gegen ihn schwankte, als sie weinte. »Soll ich Sie jetzt heimfahren?«

»Ja.«

»Soll ich nicht mehr wiederkommen?« Als sie keine Antwort gab, machte er scharf kehrt und fuhr den Weg zurück. »Soll ich Sie in Ruhe lassen?« fragte er noch einmal.

»Nein«, sagte sie. »Mir ist ganz benommen zumute. Ich möchte heimfahren und zu Bett gehen. Ich möchte meine Gefühle herausfinden. Ich will ganz ehrlich sein.«

Joseph fühlte wieder neue Lebensfreude in sich. Er lehnte sich an sie und küßte sie auf die Wange. Dann ließ er die Pferde wieder schneller gehen. Vor dem Gartentor half er ihr beim Aussteigen und brachte sie zur Haustür.

»Ich will jetzt versuchen, meinen Bruder zu finden. In ein paar Tagen werde ich wiederkommen. Gute Nacht.«

Elisabeth sah ihm nicht nach. Sie war fast schon im Bett, bevor das Getrappel der Hufe auf der Straße erstarb. Ihr Herz klopfte so heftig, daß ihr Kopf gegen das Kissen geschüttelt wurde. Es war schwer, bei so lautem Herzklopfen etwas zu hören – aber schließlich vernahm sie den Ton, auf den sie gewartet hatte. Langsam kam er dem Hause näher, es war die schöne trunkene Stimme. Elisabeth nahm sich zusammen, um der flammenden Qual zu widerstehen, die mit der Stimme auf sie zukam.

»Ich weiß, er ist ein Taugenichts«, flüsterte sie sich selbst zu. »Ein betrunkener, nichtsnutziger Narr. Ich muß irgend etwas tun – vielleicht sogar ein Zaubermittel gebrauchen.« Sie wartete, bis die Stimme dicht vor dem Hause erklang. »Ich muß es jetzt tun. Es ist die einzige Möglichkeit.« Sie zog sich die Bettdecke über den Kopf und flüsterte: »Ich liebe diesen singenden Mann, gerade so wie er ist. Ich liebe ihn. Wenn ich auch noch nie sein Gesicht gesehen habe, so liebe ich ihn doch mehr als alles andere. Herr Jesus, hilf mir! Hilf mir, diesen Mann zu besitzen.«

Dann lag sie ruhig da und lauschte auf die Antwort, auf die Wirkung ihres Zauberspruchs. Nach einem letzten Ausbruch des Schmerzes trat sie ein. Ein Haßgefühl gegen Benjamin vertrieb den Schmerz, ein so mächtiger Haß, daß die Kinnbacken sich verkrampften und sich die Lippen von den Zähnen zogen wie bei einem bissigen Hund. Ihre ganze Haut erschauerte von Haß. Sie spürte, wie ihre Nägel schmerzten – so sehr begehrten sie, ihm ins Gesicht zu fahren. Und dann ebbte der Haß ab und verrieselte. Teilnahmslos hörte sie Benjamins Stimme in der Ferne schwächer und schwächer werden. Elisabeth lag auf dem Rücken, ihr Kopf ruhte auf den verschränkten Händen.

»Jetzt werde ich bald heiraten«, sagte sie ruhig.

9

Der dunkle Winter war vorübergegangen, es war Frühling geworden, nun war wieder Herbst, und erst jetzt fand die Hochzeit statt. Man mußte erst den Schulschluß abwarten, und dann, in der Sommerhitze, als die Weißeichen unter der Sonne ächzten und der Fluß zu einem Bach zusammenschrumpfte, hatte Elisabeth allerlei mit Schneiderinnen zu verhandeln. Die Hügel waren mit schweren Kornähren beladen. Nachts kam das Vieh aus dem Busch, um zu grasen, und wenn die Sonne hochstieg, zog es sich wieder in den von Salbei durchwehten Schatten zurück, um den Tag hindurch schläfrig wiederzukäuen. In der Scheune häuften die Männer das süße wilde Heu bis über die Dachsparren.

Während dieser ganzen Zeit fuhr Joseph einmal in der Woche nach Nuestra Señora hinein, saß bei Elisabeth im

Wohnzimmer oder fuhr sie in dem Kastenwagen spazieren. »Wann werden wir heiraten?« fragte er immer wieder.

»Ich muß erst mein Jahr abdienen«, antwortete sie, »und dann gibt es tausend Dinge zu tun. Für ein paar Wochen will ich heim nach Monterey. Natürlich möchte mich mein Vater noch einmal sehen, bevor ich heirate.«

»Allerdings«, sagte Joseph trocken. »Später könntest du dich verändert haben.«

»Ich weiß.« Sie umfaßte sein Handgelenk und betrachtete ihre verklammerten Finger. »Schau, Joseph, wie schwer es ist, gerade den Finger zu bewegen, den man bewegen will. Man weiß nicht mehr, welcher es nun eigentlich ist.« Er lächelte über die Art, wie ihr Geist, um dem Nachdenken zu entgehen, sich mit kindlichen Spielen beschäftigte. »Ich fürchte mich vor Änderungen«, setzte sie hinzu. »Ich möchte schon, aber ich habe zugleich Angst. Meinst du, daß ich sehr zunehmen werde? Werde ich dann wirklich ein anderer Mensch werden, der sich an Elisabeth nur noch wie an eine verstorbene Bekannte erinnert?«

»Ich weiß nicht«, gab er zur Antwort und bohrte seinen Finger in eine Falte ihrer Bluse an der Schulter. »Vielleicht gibt es überhaupt keine wirkliche Veränderung, nie und nirgendwo. Vielleicht ist alles unveränderlich.«

Eines Tages kam sie auf die Ranch. Er führte sie umher, wobei er versteckt ein wenig prahlte. »Hier ist das Haus. Das habe ich zuerst gebaut. Damals gab es meilenweit kein einziges Gebäude – nur dieses Haus unter der Eiche.«

Elisabeth lehnte sich an den Baum und streichelte den Stamm. »Man könnte dort oben, wo die Äste vom Stamm abzweigen, einen Sitz anbringen, Joseph. Hast du etwas dagegen, wenn ich auf den Baum steige?« Sie sah ihm ins Gesicht und bemerkte, daß er sie mit sonderbarer Eindringlichkeit betrachtete. Die Haare waren ihm über die Augen geweht. Elisabeth dachte auf einmal: Wenn er den Körper eines Pferdes hätte, könnte ich ihn mehr lieben. Joseph trat schnell auf sie zu, hielt ihr die Hand hin. »Du mußt auf den Baum klettern. Ich möchte es. Hier, ich helfe dir.«

Er ließ sie auf seine geöffneten Handflächen steigen und hielt sie, bis sie in der Astgabel saß. Als er sah, wie gut sie in den Sitz hineinpaßte und wie die grauen Äste sie umschlossen, rief er: »Ich freue mich so, Elisabeth.«

»Ja, du siehst ganz froh aus. Deine Augen leuchten ja! Warum denn?«

Er senkte die Augen und lachte leise in sich hinein. »Ja, manchmal freut man sich über sonderbare Dinge. Ich freue mich, daß du in meinem Baum sitzt. Gerade war mir, als ob mein Baum dich gernhätte.«

»Stell dich ein wenig weiter weg«, rief sie. »Ich werde auf den nächsten Ast steigen, so daß ich über die Scheune sehen kann.« Er trat beiseite, weil sich ihre Röcke blähten. »Wie konnte ich nur die Tannen auf dem Berggrat übersehen, Joseph? Jetzt kann ich mich zu Hause fühlen! Unter den Tannen von Monterey bin ich geboren. Du wirst sie sehen, wenn wir dort heiraten.«

»Ja, das sind sonderbare Bäume. Wenn wir verheiratet sind, werde ich dich dorthin führen.«

Elisabeth kletterte vorsichtig von dem Baum herab und trat wieder zu ihm. Sie steckte ihr Haar fest und glättete es mit geschickten Fingern. »Wenn ich Heimweh habe, kann ich zu den Tannen gehen – das wäre dann, als käme ich nach Hause.«

10

Die Trauung fand in Monterey statt. Es war eine düstere, abschreckende Zeremonie in einer kleinen protestantischen Kirche. Das Ritual schien einen mystischen Doppeltod zu feiern. Sowohl Joseph als auch Elisabeth hatten das Gefühl, verborgener Feindseligkeit zu begegnen. »Harret aus in Geduld«, sagte die Kirche. Aber ihre wohlklingenden Worte waren wie eine düstere Prophezeiung.

Elisabeth schaute ihren Vater an, der in gebeugter Haltung wütende Blicke auf die Zeremonien des Christentums warf, weil es seine sogenannte Intelligenz beleidigte. Die ledernen Finger ihres Vaters konnten keinen Segen spenden. Sie warf einen schnellen Blick auf den Mann an ihrer Seite, der nun Schritt für Schritt ihr Gatte wurde. Josephs Gesicht war verkniffen und hart. Sie konnte sehen, wie die Muskeln an seinen Kinnbacken zitterten. Elisabeth fühlte plötzlich Mitleid mit ihm. Mit jäh aufspringender Traurigkeit dachte sie: Wenn meine Mutter hier wäre, könnte sie zu ihm sagen: Hier ist Elisabeth. Sie ist ein gutes Mädchen, weil ich sie liebhabe. Sie wird eine gute Frau werden, wenn man ihr den Weg zeigt. Ich hoffe, daß du die harte Schale, die du trägst, ablegen wirst, Joseph. Dann wirst du ein zärtliches Gefühl für Elisabeth empfinden. Mehr will sie nicht, und es ist nicht zuviel verlangt.

Elisabeths Augen glitzerten plötzlich von hellen Tränen. »Ja«, sagte sie laut, und leise zu sich: »Ich muß ein kurzes eigenes Gebet verrichten ... Herr Jesus, mach alles leicht für mich, weil ich so Angst habe. Da habe ich nun Zeit genug gehabt, etwas über mich zu lernen, und gelernt habe ich gar nichts. Sei gut zu mir, o Jesus – wenigstens bis ich lerne, was für eine Art Wesen ich bin.« In dieser protestantischen Kirche gab es nicht einmal ein Kruzifix. Wenn sie sich im Geist ein Bild Christi machte, so hatte er das Gesicht, den jugendlichen Bart und die durchdringenden und erstaunten Augen Josephs, der neben ihr stand.

In Joseph breitete sich ein starkes Unbehagen aus. Hier stimmt etwas nicht, dachte er. Warum müssen wir das alles über uns ergehen lassen, um eine Ehe zu schließen? Ich dachte, hier in der Kirche läge eine tiefe Schönheit verborgen, die man findet, wenn man sie sucht – aber dies hier wirkt wie eine altersschwache Art der Teufelsbeschwörung.

Er war für sich und Elisabeth enttäuscht. Er war ungehalten, daß Elisabeth auf eine so falsche Art in die Ehe treten sollte.

Elisabeth zog ihn am Arm und flüsterte: »Es ist vorüber. Wir müssen jetzt gehen. Dreh dich langsam zu mir um.« Sie half ihm dabei. Als sie den ersten Schritt in das Kirchenschiff taten, begannen die Glocken im Turm über ihnen zu läuten.

Zusammenschauernd seufzte Joseph: »Gott ist zur Trauung zu spät gekommen … Schließlich ist aber doch der ewige Gott erschienen.« Er hatte das Gefühl, beten zu müssen – wenn er nur wüßte, wie er es anstellen sollte … Dies bindet, dies ist die Hochzeit – die gute, eherne Stimme! Eine Stimme aus meinem eigenen Blut, die ich kenne. Geliebte Glocken, die ihr mit überschwenglichen Herzen in euren Körpern schlagt! Es sind die Trommelschlegel der Sonne, die am Morgen an die Himmelsglocke schlagen, Regenschauer, die gegen den Bauch der Erde prasseln, die Macht, welche die gequälte Luft mit Blitzen peitscht – und manchmal auch der warme, duftgeschwängerte Wind, der an einem gelbleuchtenden Nachmittag durch die Gipfel der Bäume streicht …

Er blickte zur Seite und flüsterte: »Die Glocken sind gut, Elisabeth, die Glocken sind heilig.«

Sie fuhr zusammen und sah erstaunt zu ihm auf, denn das Bild, das sie sah, war noch immer das gleiche, Christi Gesicht war noch immer das Gesicht Josephs. Mit nervösem Lachen gestand sie erschrocken sich selbst: Ich bete zu meinem eigenen Mann …

Der Sattler McGreggor war sehr ernst, als sie abfuhren. Er küßte Elisabeth unbeholfen auf die Stirn. »Vergiß deinen Vater nicht«, sagte er. »Es wäre freilich nicht ungewöhnlich, wenn du nicht mehr an ihn dächtest, denn das ist heute ja üblich.«

»Besuche uns doch mal auf der Ranch, Vater.«

»Ich mache keine Besuche«, antwortete er mürrisch. »Verpflichtungen nehmen einem nur Kraft und bereiten wenig Vergnügen.«

»Wir werden uns freuen, wenn du kommst«, sagte Joseph.

»Da könnt ihr samt euren tausend Morgen lange warten. Eher fahrt ihr beide zur Hölle, als daß ich euch besuche.«

Eine Weile später nahm er Joseph beiseite, so daß Elisabeth sie nicht hören konnte, und sagte weinerlich: »Ich hasse dich, weil du stärker bist als ich. Ich möchte dich gernhaben, aber ich kann es nicht, weil ich schwach bin. Es ist dasselbe wie mit Elisabeth und ihrer verrückten Mutter. Beide wußten, daß ich schwach war, und darum habe ich beide gehaßt.«

Joseph lächelte über den Sattler, fühlte Mitleid mit ihm und sogar Zuneigung. »Was du jetzt tust, ist jedenfalls kein Zeichen von Schwäche«, bemerkte er.

»Nein«, rief McGreggor. »Es ist etwas Gutes und Starkes. Oh, hier oben im Kopf wüßte ich wohl, wie man stark ist, aber ich habe nie gelernt, wie man es tut.«

Joseph klopfte ihm mit rauher Hand auf den Arm. »Wir freuen uns bestimmt, wenn du zu uns zu Besuch kommst.« Sofort verzog McGreggor wütend die Lippen.

Sie fuhren mit dem Zug von Monterey das lange Salinas-Tal hinab, eine graugoldene Trasse zwischen zwei riesigen Bergzügen. Vom Zug aus konnten sie sehen, wie der Wind durch das Tal zum Meer hinab blies, wie seine Kraft das Getreide so gegen den Boden drückte, daß es wie das Fell eines glatthaarigen Hundes schimmerte, wie er rollende Ballen trockenen Laubes talabwärts trieb und die Bäume schief bog, so daß die Zweige nur nach einer Richtung wuchsen. An den kleinen Stationen Chualar, Gonzales und

Greenfield sahen sie die Kornwagen auf der Straße stehen, die darauf warteten, die prallen Säcke in den Lagerhäusern abzuladen. Der Zug fuhr an dem breiten, gelben, trockenen Bett des Salinas-Flusses entlang, in dem blaue Reiher traurig über den heißen Sand stelzten, auf der Suche nach einem Wassertümpel, in dem sie Fische fangen könnten. Hier und da schlich ein grauer Präriewolf davon und blickte sich dabei ängstlich nach dem Zug um. Und immer begleiteten sie an beiden Seiten die Berge, wie weit auseinanderklaffende Schienenstränge für einen alles zermalmenden Riesenwagen.

In King City, einer kleinen Eisenbahnstation, stiegen Joseph und Elisabeth aus und gingen zum Mietstall, wo Josephs Pferde in der Zwischenzeit untergebracht waren. Als sie von King City aus den Weg zum Tal Unserer Lieben Frau einschlugen, fühlten sie sich erfrischt und sonderbar verjüngt. In den Reisekörben, die im Wagenkasten verstaut waren, lagen neue Kleider. Beide trugen lange leinene Staubmäntel. Elisabeths Gesicht war mit einem dunkelblauen Schleier bedeckt, hinter dem sie flüchtige Blicke nach dieser und jener Richtung warf, um Anhaltspunkte für die Erinnerung zu sammeln. Verwirrt saßen Joseph und Elisabeth Schulter an Schulter und blickten auf die gelbbraune Straße – das Spiel, das sie trieben, schien verwegen genug. Die Pferde, die sich vier Tage ausgeruht und an fetter Gerste überfressen hatten, warfen die Köpfe hoch und versuchten zu traben, aber Joseph zog die Bremse an und hielt sie fest im Zügel. »Ruhig, Blaue, ruhig, Täubchen! Ihr werdet müde sein, noch bevor wir heimkommen.«

Ein paar Meilen voraus konnten sie den Weidengürtel ihres heimatlichen Flusses sehen, der dort in den breiten Salinas-Strom mündete. In dieser Jahreszeit waren die Weiden gelb, und die Schlingpflanzen, die ihre Zweige umwanden, standen in giftigem Scharlachrot. An der Mündung hielt Joseph an, um zu beobachten, wie das glitzernde Wasser von Nuestra Señora müde verrieselte und in den weißen Sand seines neuen Bettes sickerte. Das Wasser sollte unter der Erde rein und unversehrt weiterlaufen, und das war auch so, denn wenn man ein paar Fuß tief grub, traf man auf Wasser. Selbst in einiger Entfernung von der Mündung waren breite Löcher in das Flußbett gegraben, so daß das Vieh trinken konnte.

Joseph knöpfte seinen Mantel auf, denn der Nachmittag war sehr heiß; er lockerte das Halstuch, das den Staub abhalten sollte, nahm seinen schwarzen Hut ab und wischte von dem Lederband mit einem Taschentuch den Schweiß ab. »Möchtest du absteigen, Elisabeth?« fragte er. »Du könntest deine Hände ins Wasser halten und dich abkühlen.«

Aber Elisabeth schüttelte den Kopf. Es sah sonderbar aus, wie sich der vom Schleier umwundene Kopf hin und her bewegte. »Nein, ich fühle mich ganz wohl. Es wird sehr spät werden, bis wir nach Hause kommen. Ich möchte lieber schnell weiter.«

Er schlug die flachen Zügelriemen den Pferden auf das Hinterteil, und so ging es am Fluß entlang weiter. Die großen Weiden am Weg ließen ihre Zweige manchmal mit weichem Rauschen streichelnd über Kopf und Schulter gleiten. Die Grillen in dem heißen Gebüsch sangen ihr schrilles Lied, und fliegende Heupferdchen sprangen mit einem Aufblitzen ihrer weißen oder gelben Flügel hoch, schwirrten rasselnd einen Augenblick durch die Luft und ließen sich dann wieder in das trockene Gras fallen. Manchmal flitzte in panischem Schrecken ein kleines braunes Buschkaninchen von der Straße, stellte sich in sicherer Entfernung auf die Hinterpfoten und hielt nach dem Wagen Ausschau. Ein Geruch von gerösteten Grasstengeln, bitterer Weidenrinde und Flußlorbeerbäumen lag in der Luft.

Joseph und Elisabeth lehnten entspannt gegen den ledernen Wagensitz, gefangen im Rhythmus des Tages und eingelullt von dem Geklapper der Hufe. Ihre Rücken und Schultern nahmen elastisch die Schwingungen des Wagens auf. Ihr Zustand war einem Schlummer ähnlich, aber da alle Gedanken sich zurückgezogen hatten, war er noch tiefer als der Schlaf. Die Straße und der Fluß liefen jetzt geradenwegs auf die Berge zu. Die dunklen Salbeibüsche überzogen die höheren Erhebungen wie mit einem dichten Pelz, nur die Wasserrinnen waren grau und nackt wie verheilte Sattelwunden auf dem Rücken eines Pferdes. Die Sonne neigte sich tief nach Westen. Straße und Fluß wiesen genau in die Richtung, wo sie untergehen würde. Für die zwei im Wagen wurde die Zeit zu ungleichmäßigen Intervallen zwischen zwei Gedanken. Die Berge und der Paß kamen mit einladender Gebärde auf sie zu. Die Straße stieg steiler an. Die Rosse mußten sich tüchtig ins Geschirr legen, ihre Köpfe schwangen wie Hämmer auf und ab. Auf dem steilen Hang knirschten die Räder über zerstückelte Platten des Kalksteins, aus dem die Berge bestanden. Die eisernen Reifen zermalmten das Geröll zu Kalkstaub.

Joseph lehnte sich vor und schüttelte, um die Verzauberung loszuwerden, den Kopf, wie ein Hund das Wasser aus den Ohren schüttelt. »Elisabeth, wir erreichen jetzt den Paß«, stellte er fest.

Sie band den Schleier los und schob ihn über den Hutrand zurück. Langsam erwachten ihre Augen wieder zum Leben. »Ich muß geschlafen haben«, sagte sie.

»Ich auch. Meine Augen waren offen, und doch schlief ich. Aber hier ist der Paß.«

Der Berg war gespalten. Zwei nackte Schultern aus glattem Kalkstein senkten sich schräg nach unten, und auf dem Grund war nur noch Platz für das Flußbett. Die Straße selbst war in die Klippen gesprengt, zehn Fuß über der

Oberfläche des Wassers. Mitten im Paß, wo der eingeengte Fluß schnell, tief und schweigend dahinströmte, erhob sich ein rauher Monolith aus dem Wasser, der die Strömung teilte und zerschnitt wie der Bug eines stromaufwärts fahrenden Bootes, wodurch er ein zornig strudelndes Rauschen erzeugte. Die Sonne stand jetzt hinter dem Berg, aber durch den Paß konnten sie ihr zitterndes Licht auf das Tal Unserer Lieben Frau fallen sehen. Der Wagen war in den kühlen blauen Schatten der weißen Klippen gelangt. Die Pferde gingen jetzt, nachdem sie den obersten Punkt der langen Steigung erklommen hatten, leicht dahin, aber sie streckten schnaubend die Hälse nach dem tief unter ihnen strömenden Fluß.

Joseph zog die Zügel fester an, streckte den rechten Fuß aus und stellte ihn leicht auf die Bremse. Er sah auf das klare Wasser nieder und fühlte reine Freude in sich aufsteigen, weil er gleich das Tal sehen würde. Er wandte sich zu Elisabeth, denn er wollte ihr seine Freude mitteilen. Da sah er, daß sie ganz verstört aussah und Entsetzen in ihren Augen stand.

»Halt doch bitte an, ich fürchte mich«, rief sie. Sie starrte durch den Spalt in das sonnige Tal.

Joseph brachte die Pferde zum Stehen und zog die Bremse an. Er schaute Elisabeth fragend an. »Das habe ich nicht gewußt. Ist es der enge Weg, oder schreckt dich der Fluß da unten?«

»Nein, das ist es nicht.«

Er sprang ab und streckte ihr die Hand hin, aber als er versuchte, sie zu dem engen Paß zu führen, entzog sie ihm die Hand und blieb zitternd im Schatten stehen. Ich muß versuchen, ihr das alles zu erklären, dachte er. Ich habe noch nie mit ihr über solche Dinge gesprochen. Es erschien mir zu schwierig, aber nun werde ich es ihr sagen müssen. Elisabeth, rief er innerlich, kannst du mich hören? Mich schaudert, weil ich dir etwas sagen muß, und ich flehe darum, einen Weg zu finden, es sagen zu können. Seine Augen weiteten sich. Er geriet in einen Zustand der Verzückung. Ich habe gedacht, aber nicht in Worten und nicht in Bildern, sagte er dann zu sich selbst. Jemand sagte mir einmal, das sei nicht möglich, aber es war so – Elisabeth, hör mich an! Der ans Kreuz genagelte Christus ist wohl mehr als ein Symbol allen Schmerzes. Er trägt wirklich und in Wahrheit allen Schmerz der Welt in sich. Auch ein Mensch, der mit ausgestreckten Armen auf einem Berge steht, ein Symbol des Symbols, könnte ein Gefäß allen Schmerzes sein, den es je gegeben hat …

Einen Augenblick unterbrach sie sein Denken mit dem Ausruf: »Joseph, ich fürchte mich.«

Dann gingen seine Gedanken weiter. Hör mich an, Elisabeth. Fürchte dich nicht. Ich habe ohne Worte gedacht. Jetzt laß mich einen Augenblick unter den Worten herumsuchen, sie ertasten und erproben. Dies ist ein Raum zwischen der schwankenden Wirklichkeit der Dinge und der reinen, höheren, niemals schwankenden Wirklichkeit, die nicht durch die Sinne verzerrt wird. Gestern haben wir geheiratet, und es war keine Heirat. Dies ist unsere Hochzeit … da, der Weg durch den Paß hindurch … Wir dringen ein in den engen Spalt wie Samen und Ei, die zur Einheit geworden sind. Dies ist ein Symbol der unverzerrten Wirklichkeit. In meinem Herzen ist ein Augenblick, der in Form, Wesen und Dauer von jedem anderen Augenblick verschieden ist. Elisabeth, alle Hochzeiten, die es je gegeben hat, sind enthalten in unserem Augenblick. Und in seinem Geiste sagte er dann noch: Christus trug in der kurzen Zeit, die er an den Nägeln hing, allen Schmerz, den es je gegeben hat, in seinem Körper, und in ihm war er unverzerrt.

Er war auf einem Stern gewesen, aber jetzt stürzten die Berge wieder auf ihn zu und raubten ihm sein Alleinsein und die Einsamkeit seines Denkens. Seine Arme und Hände waren schwer und leblos und hingen ihm, wie Gewichte an dicken Seilen, von den Schultern herab.

Elisabeth sah, wie sein Mund schlaff vor Hoffnungslosigkeit wurde und daß seine Augen nicht mehr leuchteten wie noch einen Augenblick vorher.

»Joseph, was willst du von mir? Was soll ich tun?«

Zweimal versuchte er zu antworten, aber die Kehle schnürte sich ihm so zusammen, daß er kein Wort herausbrachte. Er räusperte sich. »Ich möchte über den Paß gehen«, sagte er heiser.

»Ich fürchte, ich weiß nicht, warum – aber ich habe schreckliche Angst.«

Da warf er seine Lethargie ab und schlang eins der schwingenden Gewichte um ihre Taille. »Du brauchst dich nicht zu fürchten. Dies hat nichts zu bedeuten. Ich bin zuviel allein gewesen. Es liegt mir etwas daran, mit dir über den Paß zu gehen.«

Sie schmiegte sich zitternd an ihn und blickte ängstlich auf die unheilvollen blauen Schatten des Passes. »Ich will mitgehen, Joseph«, sagte sie kläglich. »Ich muß ja gehen, aber ich lasse mein Ich hinter mir. Es kommt mir vor, als bliebe es hier stehen und blickte nach dem neuen Ich hin, das auf der anderen Seite sein wird.«

Sie erinnerte sich deutlich, wie sie einmal in winzigen Tassen drei kleinen Mädchen Milchtee serviert hatte und wie die sich gegenseitig aufmerksam gemacht hatten: »Wir sind jetzt Damen. Damen halten die Hände immer so.« Sie erinnerte sich auch, wie sie einmal versucht hatte, den Traum ihrer Puppe mit einem Taschentuch einzufangen.

»Joseph«, sagte sie, »es ist etwas Bitteres, eine Frau zu sein. Ich habe Angst davor. Was ich gewesen bin oder woran ich gedacht habe, wird auf dieser Seite des Passes bleiben. Auf der anderen Seite werde ich eine erwachsene

Frau sein. Ich dachte, es käme langsamer. Jetzt geht es mir zu schnell.« Ihr fiel ein, was ihre Mutter gesagt hatte: »Wenn du groß bist, Elisabeth, wirst du einen Schmerz kennenlernen, aber es ist nicht der Schmerz, an den du denkst. Es wird ein Schmerz sein, den kein heilender Kuß erreicht.«

»Ich will jetzt gehen, Joseph«, sagte sie ruhig. »Ich habe mich dumm genug aufgeführt. Das wirst du noch oft mit mir erleben.«

Da wich die Schwere von Joseph. Sein Arm griff fester um ihre Taille, und er zog Elisabeth sanft vorwärts. Sie merkte, obschon sie den Kopf gesenkt hielt, daß er mit gütigen Augen auf sie niederblickte. In dem blauen Schatten gingen sie langsam durch den Paß. Joseph lachte leise. »Es ist möglich, daß einen etwas zugleich schmerzt und guttut, Elisabeth – so wie man einen heißen Pfefferminztee schlürft, der einem die Zunge verbrennt. So kann vielleicht auch die Bitterkeit des Frauseins ein Gefühl der Begeisterung auslösen.«

Seine Stimme verklang. Ihre Schritte hallten an den Steinwänden der Felsen wider. Elisabeth schloß die Augen, stützte sich auf Josephs Arm und ließ sich führen. Sie versuchte, nicht mehr zu denken, ihren Geist in Dunkelheit zu tauchen, aber sie hörte das zornige Gewisper um den Monolithen im Wasser und fühlte die steinerne Kühle in der Luft.

Auf einmal wurde die Luft warm. Sie spürte kein Felsgestein mehr unter den Füßen. Über ihren Augen wurden die Lider zuerst schwarzrot und dann gelbrot. Joseph blieb stehen und zog sie eng an seine Seite. »Nun sind wir hindurch, Elisabeth. Jetzt ist es geschehen.«

Sie öffnete die Augen und sah über das geschlossene Tal. Das Land tanzte im Schimmer der Sonne und der Bäume. Kleine Gruppen von Weißeichen bewegten sich leicht unter dem Wind, der dem sinkenden Nachmittag aufregendes

Leben brachte. Vor ihnen lag der Ort Nuestra Señora, wetterbraune Häuser, umrankt von rosa schimmerndem Wein, Pfahlzäune, die in dem milden Feuer der Kapuzinerkresse glühten. »Ich habe einen bösen Traum gehabt«, rief Elisabeth erleichtert. »Ich lag in tiefem Schlaf. Ich will den unwirklichen Traum vergessen.«

Josephs Augen strahlten. »Es ist also nicht so bitter, eine Frau zu sein?« fragte er.

»Es ist gar nicht soviel anders als sonst. Nichts scheint verändert. Ich hatte gar nie richtig wahrgenommen, wie schön eigentlich das Tal ist.«

»Warte hier«, bat er. »Ich will zurückgehen und die Pferde holen.«

Als er jedoch fort war, weinte Elisabeth bitterlich, denn sie hatte eine Vision von einem Kind in kurzen gestärkten Röcken und mit langen Zöpfen, das an der anderen Seite des Passes stand und ängstlich durch die Öffnung blickte, von einem Fuß auf den andern trat, nervös umherhüpfte und einen Stein in den Fluß stieß. Einen Augenblick lang dauerte die Vision, genau so lange, wie Elisabeth – sie erinnerte sich daran – einmal an einer Straßenecke auf ihren Vater gewartet hatte; dann wandte sich das Kind kläglich ab und ging langsam in Richtung Monterey. Elisabeth hatte Mitleid mit ihm. Denn es ist bitter, ein Kind zu sein, dachte sie. Es sind so viele weiße Flächen zu beschreiben!

11

Das Gespann kam durch den Paß. Die Pferde tänzelten quer hindurch und warfen die Köpfe zum Fluß hin. Joseph zog mit aller Gewalt die Zügel an und bremste so stark, daß es kreischte. Nachdem sie aber aus dem Engpaß heraus waren, beruhigten sie sich und fielen wieder in ihren alten Trott. Joseph hielt an und half Elisabeth auf den Wagen. Sie setzte sich steif hin, zog den Staubmantel über die Knie und ließ den Schleier über das Gesicht fallen.

»Wir kommen ja mitten durch die Stadt«, entfuhr es ihr. »Alle werden uns sehen.«

Joseph schnalzte den Pferden zu und lockerte die Zügel. »Ist dir das nicht recht?«

»Doch, natürlich. Ich freue mich sogar darauf. Ich werde geradezu stolz sein, als hätte ich etwas Ungewöhnliches getan. Aber ich muß mich korrekt hinsetzen und richtig dreinblicken, wenn man mich sieht.«

»Vielleicht wird dich gar keiner anschauen«, lachte Joseph.

»Das wirst du schon sehen! Ich werde sie schon dazu bringen.«

Sie fuhren durch die eine lange Straße von Nuestra Señora, wo die Häuser, als wollten sie sich gegenseitig wärmen, dicht nebeneinander standen. Als sie vorbeifuhren, liefen die Frauen aus den Häusern, gafften schamlos, winkten mit fleischigen Händen und sagten höflich den neuen Titel, dieses neue Wort: »Buenas tardes, Señora!« Und über ihre Schultern riefen sie in die Häuser; »Ven aca, mira! Mira! La nueva señora Wayne viene.« Elisabeth winkte glücklich zurück und versuchte, würdevoll auszusehen. Weiter unten an der Straße mußten sie halten, um Geschenke entgegenzunehmen. Die alte Mrs. Gutierrez stand mitten auf der Straße, schwenkte ein Huhn und rühmte die Vorzüge dieses Tieres. Aber als es im Wagenkasten lag, wurde Mrs. Gutierrez auf einmal schüchtern. Sie nestelte an ihrem Haar, wußte nicht recht, was sie mit ihren Händen anfangen sollte, und zog sich schließlich winkend auf ihren Hof zurück, wobei sie rief: »No le hace!«

Bevor sie das Ende der Straße erreicht hatten, war der Wagenkasten mit zusammengeschnürtem Viehzeug beladen: zwei Ferkel, ein Lamm, eine scheeläugige Ziege mit verdächtig zusammengeschrumpftem Euter, vier Hennen und ein Kampfhahn. Als sie an der Wirtschaft vorbeikamen, stürzten die Stammgäste mit erhobenen Gläsern heraus. Schließlich hörte auch diese stürmische Begrüßung auf; sie fuhren an dem letzten Haus vorüber und sahen nun die Uferstraße vor sich.

Elisabeth machte es sich wieder auf dem Sitz bequem und legte ihre würdevolle Haltung ab. Sie legte die Hand mit sanftem Druck in Josephs Armbeuge und ließ sie dann still dort liegen. »Es war wie ein Zirkus«, stellte sie fest, »wie eine Parade.«

Joseph nahm den Hut ab und legte ihn auf den Schoß. Sein Haar war wirr und feucht, seine Augen blickten müde. »Es sind gute Menschen«, sagte er. »Ich bin aber doch froh, wenn ich heimkomme, du nicht?«

»Doch, ich auch.« In einer plötzlichen Eingebung setzte sie hinzu: »Manchmal macht einen die Liebe zu den Menschen traurig.«

Er sah sie erstaunt an, weil sie seine eigenen Gedanken ausgedrückt hatte. »Wie kommst du darauf?«

»Ich weiß nicht. Warum?«

»Weil ich gerade dasselbe gedacht habe – und manchmal sind die Menschen, die Berge und die Erde eins – alles, außer den Sternen. Und wenn man sie alle liebt, empfindet man eine tiefe Traurigkeit.«

»Die Sterne sind ausgenommen?«

»Ja. Die Sterne bleiben fern und fremd – manche sind böse, aber fremd sind alle. Riech, wie die Salbeibüsche duften, Elisabeth. Es tut gut, wenn man heimkommt.«

Sie hob den Schleier bis zur Nase und schnupperte lange und gierig. Der Bergahorn wurde schon gelb, und der Boden war bereits dick mit den ersten Blättern bedeckt. Der Wagen fuhr auf die lange Straße, die den Fluß verbarg. Die Sonne stand niedrig über den Küstenbergen.

»Es wird Mitternacht werden, bis wir daheim sind«,

meinte er. Das Licht im Wald war goldblau, der Fluß rauschte um die runden Felsblöcke herum.

Gegen Abend wurde die Luft wegen der Feuchtigkeit klar, so daß die Berge hart und scharf wie Kristall schienen. Als die Sonne verschwunden war, starrten Joseph und Elisabeth wie hypnotisiert auf diese Berge vor ihnen und konnten die Augen nicht von ihnen abwenden. Das Stampfen der Hufe und das Murmeln des Wassers vertieften den tranceartigen Zustand. Joseph sah, ohne zu blinzeln, auf den Streifen Licht am westlichen Horizont. Seine Gedanken wurden träge, aber je langsamer sie arbeiteten, desto bildhafter wurden sie. Er sah Gestalten auf den Berggipfeln. Eine schwarze Wolke trieb vom Ozean herein und machte auf dem Berggrat halt, aber in Josephs Gedanken nahm sie das Bild eines schwarzen Ziegenkopfes an. Er konnte die gelben geschlitzten Augen sehen, die klug und ironisch dreinblickten, ebenso die gekrümmten Hörner. Ich weiß, daß er wirklich dort ist, dachte er, der Ziegenbock, der sein Kinn auf einen Berggrat legt und in das Tal hinunterblickt. Er gehört dort hin, es ist ganz natürlich, daß er da ist. Etwas, was ich gelesen oder gehört habe, läßt es als ganz selbstverständlich erscheinen, daß ein Ziegenbock aus dem Ozean kommt. Sein Denken besaß die Gabe, Dinge zu schaffen, die so handfest waren wie die Erde. Wenn ich zugebe, daß er dort ist, ist er dort. Und ich werde ihm Leben geben. Dieser Ziegenbock ist wichtig, dachte er.

Eine Schar Vögel schwirrte hoch über sie weg, auf ihren schlagenden Flügeln fing sich das letzte Licht und glitzerte wie kleine Sterne. Eine jagende Eule flog vorbei und stieß ihren Schrei aus, der dazu bestimmt war, kleine Lebewesen auf dem Boden ängstlich auffahren zu lassen, so daß sie im Gras sichtbar wurden und sich verrieten. Das Tal füllte sich schnell mit Dunkelheit, und die schwarze Wolke zog sich, als hätte sie genug gesehen, wieder zum Meer zurück. Ich muß mir selbst gegenüber darauf bestehen, daß es der Ziegenbock war. Ich darf den Ziegenbock nie durch Ungläubigkeit verraten.

Elisabeth schauerte leicht. »Frierst du, Liebste? Ich werde dir die Pferdedecke über die Knie legen.« Sie zitterte wieder, aber nicht ganz so wie vorher, weil sie versuchte, es künstlich herbeizuführen.

»Ich friere nicht«, beteuerte sie, »aber es ist eine sonderbare Zeit. Sprich bitte mit mir. Es ist eine gefährliche Zeit.«

Er dachte an den Ziegenbock. »Was meinst du mit gefährlich?« Er nahm ihre verschlungenen Hände und legte sie auf seine Knie.

»Ich meine, es besteht die Gefahr, daß man verlorengeht ... Das kommt von dem schwindenden Licht. Es war mir, als ob ich mich wie eine Wolke ausbreitete und auflöste und mich mit allen Dingen um mich her vereinigte. Es war ein schönes Gefühl. Dann flog die Eule vorüber, und ich hatte Angst, ich könnte mich, wenn ich mich zu sehr mit den Bergen vereine, nie mehr zu Elisabeth verdichten.«

»Es ist die Tageszeit«, beruhigte er sie. »Sie scheint alle Lebewesen zu beeinflussen. Hast du jemals die Tiere und die Vögel beobachtet, wenn es Abend wird?«

»Nein«, sagte sie und wandte sich ihm lebhaft zu, denn es schien ihr, als hätte sie etwas Verbindendes entdeckt. »Ich glaube, ich habe in meinem Leben nie etwas sehr aufmerksam beobachtet. Aber jetzt kommt es mir so vor, als wären die Linsen meiner Augen endlich sauber. Was tun die Tiere abends?« Ihre Stimme war scharf geworden und hatte seine Träumerei durchbrochen.

»Weiß nicht«, sagte er abwesend. »Das heißt, ich weiß es zwar, aber ich muß erst nachdenken. Diese Dinge sind nicht einfach zu erklären«, entschuldigte er sich dann. Die Worte fehlten ihm, und er sah in die zunehmende Dunkelheit hinaus. »Ja«, meinte er schließlich, »das ist so ... Alle Tiere werden still, wenn es Abend wird. Sie zwinkern nicht lange, sondern fangen gleich an zu träumen.« Dann schwieg er wieder.

»Da muß ich an etwas denken«, erklärte Elisabeth. »Ich weiß nicht, wann ich es bemerkt habe, aber ... Du hast selbst gesagt, daß es die Tageszeit ist ... Und gerade zu dieser Tageszeit ist das wichtig.«

»Was?« fragte er.

»Katzen legen ihren Schwanz flach, gerade und bewegungslos auf den Boden, wenn sie fressen.«

»Ja«, nickte er, »ja, ich weiß.«

»Und das ist die einzige Zeit, wo sie jemals gerade sind, und die einzige Zeit, wo sie jemals still sind.« Sie lachte hell auf. Jetzt, als dieser Unsinn heraus war, fiel ihr ein, Joseph könnte ihn gleichsam als Satire auf seine träumenden Tiere auffassen – und diese Möglichkeit machte ihr sogar Spaß. Sie kam sich sehr gescheit vor, daß sie diese Bemerkung gemacht hatte.

Ihm aber fiel die Möglichkeit, ihre Worte so zu deuten, gar nicht ein. Er sagte: »Jetzt noch über einen kleinen Berg, dann wieder zum Flußwald hinunter und über eine langgestreckte Ebene – und wir sind daheim. Von dem Berg aus müßten wir schon die Lichter sehen.« Es war jetzt sehr dunkel, eine pechschwarze Nacht, in der man keinen Laut hörte. Der Wagen fuhr in der Finsternis den Berg hinauf, fremd in der stillen Nacht.

Elisabeth drückte sich an Joseph. »Die Pferde kennen die Straße«, sagte sie. »Riechen sie den Weg?«

»Sie sehen ihn. Nur für uns herrscht Finsternis, für sie ist das bloß eine Art Zwielicht. Gleich werden wir oben sein, dann können wir die Lichter sehen. Es ist zu still«, meinte er bekümmert. »Dieser Abend gefällt mir nicht. Es rührt sich gar nichts.« Es schien eine Stunde zu vergehen, bis sie oben waren. Joseph ließ das Gespann rasten. Die Pferde senkten tief die Köpfe, man hörte ihre rhythmischen Atemzüge. »Schau«, sagte Joseph, »dort sind die Lichter. So spät es ist – meine Brüder erwarten uns. Ich habe ihnen nicht gesagt, wann wir kommen, aber sie haben es sich denken können. Schau, einige Lichter bewegen sich. Das wird wohl die Laterne im Hof sein. Tom ist im Stall gewesen, um nach den Pferden zu sehen.«

Wieder umfing sie eine komplette Finsternis. Weit voraus glaubten sie einen tiefen Seufzer zu hören, dann kam er ihnen entgegen – ein warmer Wind aus dem Tal. Das trockene Gras rauschte wieder leise auf. »Heute abend ist ein Feind unterwegs. Die Luft ist unfreundlich«, murmelte Joseph unbehaglich.

»Was sagst du?«

»Ich sage, es kommt ein Wetterumschlag. Der Sturm wird bald hier sein.«

Der Wind verstärkte sich und trug das langgezogene, tiefe Heulen eines Hundes zu ihnen herüber. Joseph beugte sich ärgerlich vor. »Benjy ist in der Stadt. Ich habe ihm gesagt, er soll zu Hause bleiben, solange ich fort bin ... Das ist sein Hund, der heult. Jedesmal, wenn Benjy fort ist, heult er die ganze Nacht.« Er hob die Zügel und schnalzte den Pferden zu. Eine kleine Weile trotteten sie dahin, aber dann hoben sie den Kopf und spitzten die Ohren. Joseph und Elisabeth hörten jetzt das gleichmäßige Hufgeklapper eines galoppierenden Pferdes. »Da kommt jemand«, sagte Joseph. »Vielleicht ist es Benjy, der in die Stadt reitet. Ich werde ihn davon abhalten, wenn ich kann.«

Das Pferd kam näher. Der Reiter brachte es so plötzlich zum Stehen, daß es fast in die Knie brach. Eine schrille Stimme rief: »Sind Sie es, Don Joseph?«

»Ja, Juanito, was gibt's? Wohin willst du?«

Das Pferd passierte jetzt den Wagen, und die schrille Stimme rief: »Sie werden mich bald sprechen wollen, lieber

Freund. Ich warte in den Tannen am Felsen. Ich habe ihn nicht erkannt, Señor. Ich schwöre es, ich habe ihn nicht erkannt.«

Sie konnten das Ansetzen der Sporen hören. Das Pferd schnaubte wild und schoß vorwärts. Sie hörten, wie es wild über den Berg galoppierte. Joseph nahm die Peitsche und setzte die Pferde in Trab.

Elisabeth versuchte, ihm ins Gesicht zu sehen. »Was gibt's denn, Liebster? Was wollte er damit sagen?«

Seine Hände gingen auf und ab, als er die Zügel anzog und doch die Pferde antrieb. Die Reifen knirschten auf dem felsigen Grund. »Ich weiß es nicht«, sagte Joseph. »Aber ich wußte, daß dies eine unheilvolle Nacht ist.«

Sie waren jetzt auf der Ebene angelangt. Die Pferde versuchten, im Schritt zu gehen, aber Joseph gab ihnen die Peitsche, bis sie wieder in einen lahmen Trab fielen. Der Wagen stieß und schwankte so sehr auf der unebenen Straße, daß Elisabeth die Füße gegen den Boden stemmte und sich mit beiden Händen an der Armstütze festhielt.

Sie konnten jetzt die Gebäude sehen. Auf dem Misthaufen stand eine Laterne, ihr Licht fiel von der weißgetünchten Stallwand auf die Straße. Zwei Häuser waren erleuchtet, und als der Wagen näher kam, konnte Joseph die Bewohner hinter den Fenstern hin und her gehen sehen. Thomas kam heraus und stellte sich in den Laternenschein, als sie vorfuhren. Er nahm die Pferde beim Gebiß und rieb ihnen mit der Handfläche den Hals. Auf seinem Gesicht lag ein trauriges Lächeln, das sich nicht veränderte. »Du bist schnell gefahren«, sagte er.

Joseph sprang ab. »Was ist hier passiert? Ich bin unterwegs Juanito begegnet.«

Thomas begann die Pferde auszuspannen. »Nun, wir wußten ja, daß es einmal geschehen würde. Wir haben schon darüber gesprochen.«

Aus der Dunkelheit tauchte Rama neben dem Wagen auf. »Elisabeth, ich glaube, du kommst besser mit mir.«

»Was gibt es denn?« rief Elisabeth.

»Komm mit mir, ich werde es dir sagen.«

Fragend sah Elisabeth Joseph an. »Ja, geh mit ihr«, sagte er. »Geh mit ihr ins Haus.«

Die Deichsel fiel, und Thomas nahm das Geschirr vom feuchten Rücken der Pferde. »Ich werde sie ein bißchen hier stehenlassen«, sagte er entschuldigend und warf das Geschirr über den Korralzaun.

»Komm mit mir.«

Joseph hatte mit versteinertem Blick die Laterne betrachtet. Er nahm sie auf und drehte sich Thomas zu. »Es handelt sich natürlich um Benjamin«, sagte er. »Ist er schwer verletzt?«

»Er ist tot«, sagte Thomas. »Vor gut zwei Stunden ist er gestorben.«

Sie gingen in Benjys Häuschen. Durch das dunkle Wohnzimmer gelangten sie ins Schlafzimmer, wo eine Lampe brannte. Joseph sah in Benjamins verzerrtes Gesicht, das sich in einem Augenblick ekstatischen Schmerzes verzogen hatte. Wie in einem häßlichen Grinsen hatten die Lippen die Zähne entblößt, die Nase war breit und aufgebläht. Auf jedem Auge lag ein stumpf schimmerndes Halbdollarstück.

»Sein Gesicht wird nach einer Weile wieder wie sonst ausschauen«, sagte Thomas.

Josephs Augen wanderten langsam zu einem blutbefleckten Messer, das auf einem Tisch neben dem Bett lag. Es kam ihm so vor, als schaue er von einem hochgelegenen Platz auf alles herab. Eine sonderbare machtvolle Ruhe erfüllte ihn. Ein eigenartiges Gefühl, allwissend zu sein, ließ ihn nicht allzu neugierig fragen: »Der Täter war Juanito?«

Thomas nahm das Messer und hielt es seinem Bruder hin.

Als Joseph es nicht nehmen wollte, legte er es wieder auf den Tisch. »In den Rücken«, erklärte Thomas. »Juanito ritt nach Nuestra Señora, um ein Enthörnungsinstrument für den langhörnigen Bullen zu leihen, der uns so viel zu schaffen macht. Und Juanito kam zu schnell zurück.«

Joseph sah vom Bett weg. »Wir wollen ihn zudecken. Laß uns etwas über ihn ausbreiten. Juanito begegnete mir unterwegs. Er sagte, er habe ihn nicht erkannt.«

Thomas lachte brutal. »Wie hätte er auch? Er konnte sein Gesicht nicht sehen. Er blickte kurz hin und stach zu. Er wollte sich stellen, aber ich sagte ihm, er solle auf dich warten. Durch eine Gerichtsverhandlung würden ja nur wir allein gestraft.«

Joseph wendete sich ab. »Meinst du, daß eine gerichtliche Leichenschau nötig ist? Hast du irgendwas verändert, Tom?«

»Wir haben ihn heimgebracht, und wir haben ihm die Hose hochgezogen.«

Joseph strich sich den Bart glatt. »Wo ist Jennie jetzt?« fragte er.

»Burton hat sie zu sich genommen, er betet mit ihr. Sie weinte, als sie ging. Jetzt wird sie hysterisch sein.«

»Wir werden sie heim in den Osten schicken. Hier wird sie nie zurechtkommen.« Er ging zur Tür. »Du wirst in die Stadt reiten und den Tod melden müssen, Tom. Sag, es sei ein Unfall gewesen. Es war ja auch ein Unfall.« Er ging schnell zum Bett zurück und streichelte Benjys Hand.

Dann verließ er das Haus und ging langsam über den Hof bis zu einer Stelle, wo er sehen konnte, wie sich der dunkle Baum gegen den Himmel abhob. Er ging auf ihn zu, lehnte sich mit dem Rücken gegen den Stamm und sah hinauf, wo ein paar bleiche, neblige Sterne zwischen den Zweigen schimmerten. Seine Hände streichelten die Rinde. »Benjamin ist tot«, berichtete er ruhig. Er tat einen tiefen Atemzug, kletterte dann in den Baum, setzte sich zwischen die großen Äste und legte die Wange an die kühle, rauhe Rinde. Er wußte, daß sein Gedanke Gehör finden würde, als er still zu sich sagte: »Nun weiß ich, was dein Segen war. Ich weiß, was ich auf mich genommen habe. Thomas und Burton können tun, was ihnen beliebt, oder unterlassen, was ihnen mißfällt, nur ich bin abgeschnitten, von den anderen abgeschnitten. Ich habe weder Glück noch Unglück, kann nicht wissen, was gut oder schlecht ist. Ich kann nicht einmal deutlich den Unterschied zwischen Lust und Schmerz fühlen. Alle Dinge sind eins, und alle ein Teil von mir.« Er sah zu dem Haus hin, von dem er gekommen war. Das Licht vor dem Fenster blitzte auf und erlosch dann erneut. Benjys Hund heulte wieder. In weiter Ferne nahmen die Präriewölfe das Heulen auf, und es klang wie das Lachen von Wahnsinnigen. Joseph legte die Arme um den Baum und drückte sich fest dagegen. »Benjy ist tot, und ich bin weder froh noch traurig. Für beides gibt es keinen Grund. Es ist eben so. Jetzt weiß ich, Vater, was du warst – einsam weit über die Grenze hinaus, bis zu der man die Einsamkeit noch fühlt; ruhig, in dir geschlossen – weil du keine Verbindung mit den anderen hattest.« Er kletterte wieder hinunter und berichtete noch einmal: »Benjamin ist tot, Vater. Ich hätte es nicht verhindert, wenn ich gekonnt hätte. Nichts wird als Genugtuung verlangt.«

Er ging zum Stall, denn er mußte ein Pferd satteln, um zu dem großen Felsen zu reiten, wo Juanito ihn erwartete.

12

Rama nahm Elisabeth bei der Hand und führte sie über den Hof. »Geweint wird nicht«, sagte sie. »Dazu gibt es keinen Grund. Du hast den Toten nicht gekannt, also kannst du ihn auch nicht vermissen. Ich verspreche dir, daß du ihn nicht sehen wirst, daher brauchst du dich auch nicht zu fürchten.« Sie führte Elisabeth über die Treppe in das behagliche Wohnzimmer, wo Schaukelstühle mit gesteppten Kissen standen. Auf die Porzellanschirme der Petroleumlampen waren Rosen gemalt. Selbst die Fleckenteppiche auf dem Boden waren aus den buntesten Unterröcken angefertigt.

»Du hast ein gemütliches Heim«, stellte Elisabeth fest. Sie sah in Ramas breites Gesicht, das eine volle Spanne zwischen den Backenknochen maß. Die schwarzen Brauen waren fast zusammengewachsen. Das schwere Haar wuchs ihr, spitz zulaufend, tief in die Stirn.

»Ich habe es so gemütlich eingerichtet«, sagte Rama. »Ich hoffe, du wirst das genauso können.«

Rama hatte für diese Gelegenheit ein schwarzes Taftkleid angezogen, das in der Taille eng anlag, während der Rock sich glockenartig weitete. Wenn sie sich bewegte, hörte man ein deutlich vernehmbares Rauschen. An einer silbernen Halskette trug sie ein elfenbeinernes Amulett, das einer ihrer Vorfahren, ein Seemann, von einer Insel des Indischen Ozeans mitgebracht hatte. Sie setzte sich in einen Schaukelstuhl, dessen Sitz und Rückenlehne mit Blümchen bestickt waren. Rama streckte ihre starken weißen Finger auf den Knien aus wie ein Pianist, der einen Akkord anschlägt. »Setz dich«, sagte sie. »Du wirst ja eine Weile warten müssen.«

Elisabeth fühlte Ramas Kraft und wußte, daß sie ihr auf die Dauer Unbehagen bereiten würde – aber im Augenblick war es angenehm, eine so selbstsichere Frau in der Nähe zu haben. Sie setzte sich ein wenig geziert hin und faltete die Hände im Schoß. »Du hast mir noch nicht erzählt, was geschehen ist.«

Rama lächelte grimmig. »Armes Kind, du bist zu einer schlechten Zeit gekommen. Zwar wäre jede Zeit schlecht gewesen – aber diese ist besonders schlimm.« Ihre Finger versteiften sich wieder. »Benjamin Wayne erhielt heute abend einen Dolchstoß in den Rücken«, sagte sie. »Er starb innerhalb von zehn Minuten. In zwei Tagen wird er im Grab liegen.« Mit freudlosem Lächeln blickte sie zu Elisabeth, als hätte sie das alles bis in die kleinste Einzelheit vorausgesehen. »Jetzt weißt du Bescheid«, fuhr sie fort. »Frag nur, was du auf dem Herzen hast. Wir stehen noch zu stark unter dem Eindruck dieser Tat und sind nicht ganz wir selbst. So etwas drückt uns eine Zeitlang nieder. Wenn du daher etwas zu fragen hast, frag es jetzt. Morgen könnten wir uns vielleicht schämen. Wenn wir Benjy beerdigt haben, werden wir ihn nie mehr erwähnen. In einem Jahr werden wir vergessen haben, daß er je gelebt hat.«

Elisabeth beugte sich in ihrem Stuhl etwas vor. Sie hatte sich das Heimkommen ganz anders vorgestellt. Sie hatte sich darauf vorbereitet, die Huldigung der Familie zu empfangen und sich freundlich zu zeigen. Das Zimmer verschwamm vor ihren Augen, verwandelt von einer Macht, über die sie keine Gewalt hatte. Sie saß am Rande eines schwarzen Teiches und sah, wie sich in seiner Tiefe riesige bleiche Fische geheimnisvoll tummeln. »Warum wurde er erdolcht?« fragte sie. »Wie ich hörte, soll es Juanito getan haben.«

Ramas Lippen verzogen sich ganz schwach zu einem mitleidigen Lächeln. »Nun, Benjy stahl gern«, sagte sie. »Er machte sich aber eigentlich gar nicht viel aus den Dingen, die er stahl. Er stahl den Mädchen ihre kostbare kleine Unschuld. Er trank, um dem Tod ein Stückchen wegzustehlen – und nun hat er ihn ganz. Es mußte so kommen, Elisabeth. Wenn man eine große Handvoll Bohnen auf einen nach oben hin offenen Fingerhut schüttet, so wird eine mit ziemlicher Sicherheit hineinfallen. Verstehst du es jetzt? Juanito kam heim und sah den kleinen Dieb bei der Arbeit. Wir haben Benjamin alle geliebt. Doch zwischen Verachtung und Liebe ist manchmal der Unterschied gar nicht so groß.«

Elisabeth fühlte sich allein und ausgeschlossen und sehr schwach angesichts Ramas Stärke. »Ich habe einen so weiten Weg zurückgelegt«, erklärte sie. »Ich habe noch nichts gegessen, ja ich habe mir nicht einmal das Gesicht gewaschen.« Ihre Lippen begannen zu zittern, als ihr alles, was sie durchgemacht hatte, nach und nach einfiel.

Ramas Augen verloren ihren strengen Ausdruck, denn sie sah nun auf einmal in Elisabeth die jungverheiratete Frau.

»Und wo ist Joseph?« fragte Elisabeth kläglich. »Es ist unsere erste Nacht daheim, und er ist fort. Ich habe nicht einmal einen Schluck Wasser bekommen.«

Da stand Rama auf und glättete ihren rauschenden Rock. »Armes Kind, entschuldige, daran habe ich gar nicht gedacht. Komm in die Küche und wasch dich. Ich werde inzwischen Tee machen und ein paar Scheiben Brot und Fleisch schneiden.« Heiser summte der Teekessel in der Küche. Rama schnitt Brot und Roastbeef auf und schenkte eine Tasse kochendheißen gelben Tee ein. »Nun laß uns wieder ins Wohnzimmer gehen, Elisabeth. Essen kannst du dort, es ist gemütlicher.«

Elisabeth machte sich dicke Sandwiches und aß sie hungrig, aber vor allem beruhigte sie der starke und bittere heiße Tee. Rama hatte sich wieder in ihren Stuhl gesetzt. Sie saß steif und aufrecht und beobachtete Elisabeth, die mit vollen Backen ihre Brote kaute.

»Du bist hübsch«, sagte Rama kritisch. »Ich hatte nicht gedacht, daß Joseph sich so eine hübsche Frau aussuchen könnte.«

Elisabeth wurde rot. »Was willst du damit sagen?« fragte sie. Es gab hier Gefühlsströmungen, die ihr fremd waren, Denkweisen, die nicht in die Kategorien ihrer Erlebnisse oder ihres Wissens hineinpaßten. Das erschreckte sie, und so lachte sie lustig. »Natürlich kann er das! Ich muß es ja schließlich wissen.«

Nun lachte auch Rama. »Ich kannte ihn nicht so gut, wie ich meinte. Ich dachte, er würde sich eine Frau suchen, wie er sich eine Kuh heraussucht. Es muß eine gute Kuh sein, die ihren Zweck als Kuh erfüllt – und in diesem Sinne, dachte ich, müßte es auch eine gute Frau sein – beinahe so wie eine Kuh. Vielleicht ist er menschlicher, als ich dachte.« In ihrer Stimme lag etwas Bitteres. Ihre starken weißen Finger fuhren zu beiden Seiten des geraden Scheitels über ihr Haar. »Ich glaube, ich trinke auch eine Tasse Tee. Ich werde Wasser zugießen. Er muß ja entsetzlich stark sein.«

»Natürlich ist er menschlich«, sagte Elisabeth. »Ich verstehe nicht, warum du das Gegenteil zu glauben scheinst. Er ist nur schüchtern und unbeholfen, weiter nichts.« Sie sah plötzlich den Engpaß in den Bergen und den strudelnden Fluß vor sich. Sie hatte wieder Angst und schob das Bild schnell von sich weg.

Rama lächelte mitleidig. »Nein, schüchtern ist er nicht. Ich glaube, es gibt auf der ganzen Welt keinen Mann mit weniger Selbstbewußtsein, Elisabeth.« Dann sagte sie teilnahmsvoll: »Du kennst diesen Mann nicht. Ich werde dir von ihm erzählen, nicht um dich zu erschrecken, sondern damit du nicht erschrickst, wenn du ihn einmal kennenlernst.«

Ihre Augen wurden nachdenklich, sie suchte nach einem Weg, ihre Gedanken zum Ausdruck zu bringen. »Ich sehe, daß du bereits Entschuldigungen zur Hand hast – Entschuldigungen, die wie Büsche sind, hinter denen man sich versteckt, um den Gedanken zu begegnen, die man hat.« Ihre Hände hatten die Sicherheit verloren, sie krabbelten umher wie die suchenden Fangarme eines hungrigen Meerestieres. »Du redest dir ein, er sei ein Kind, oder er träumt.« Ihre Stimme klang hart und grausam. »Er ist kein Kind. Und wenn er träumt, so wirst du niemals wissen, worüber.«

Wütend fuhr Elisabeth sie an. »Was erzählst du mir da? Ich bin seine Frau! Du versuchst, ihn mir zu entfremden ...« Unsicher schwankte ihre Stimme. »Ich muß ihn doch wohl kennen. Meinst du, ich würde einen Mann heiraten, den ich nicht kenne?«

Aber Rama lächelte nur. »Fürchte dich nicht, Elisabeth. Du kennst gewiß schon allerlei von ihm. Grausam ist er, glaube ich, nicht. Du kannst ihn anbeten, ohne befürchten zu müssen, geopfert zu werden.«

Das Bild ihrer Hochzeit trat Elisabeth vor die Augen. Als die Zeremonie im Gange war und die Luft mit ihrer Monotonie erfüllte, hatte sie in ihrem Mann Christus gesehen. »Ich weiß nicht, was du sagen willst«, rief sie. »Warum sagst du ›anbeten‹?«

Rama schob ihren Stuhl vor, so daß sie die Hände auf Elisabeths Knie legen konnte. »Dies ist eine seltsame Zeit«, sagte sie sanft. »Ich habe dir schon zu Anfang gesagt, daß heute abend eine Tür aufsteht. Es ist wie am Allerseelenabend, wenn die Geister umherirren. Weil unser Bruder gestorben ist, steht heute eine Tür in mir auf, und ein wenig auch in dir ... Gedanken, die sich sonst tief im Dunkeln verbergen, treten jetzt hervor. Ich will dir sagen, was ich gedacht und geheimgehalten habe. Manchmal habe ich in den Augen anderer denselben Gedanken gesehen, wie einen Schatten im Wasser.«

Während sie sprach, strich sie sanft über Elisabeths Knie, in einem rhythmischen Streicheln, das sich dem Tonfall ihrer Worte anpaßte. Ihre Augen glänzten fiebrig, bis rote Lichter in ihnen sichtbar wurden. »Ich kenne die Männer«, fuhr sie fort. »Thomas kenne ich so gut, daß ich seine Gedanken schon errate, bevor er sie hat. Ich kenne jede Regung seines Willens, bevor sie noch stark genug ist, seine Glieder in Bewegung zu setzen. Burton kenne ich bis auf den Grund seiner mageren Seele, und Benjy – ich wußte, wie reizend und faul er war. Ich wußte, wie leid es ihm tat, Benjy zu sein, und daß er doch nicht anders sein konnte.«

Ein Lächeln der Erinnerung lag auf ihren Lippen.

»Benjy kam eines Abends herein, als Thomas nicht da war. Er war so verloren und traurig. Ich hielt ihn in den Armen, bis es fast Morgen war.« Ihre Finger krampften sich zur losen Faust zusammen. »Ich habe sie alle kennengelernt«, sagte sie heiser. »Mein Instinkt hat mich nie getrogen. Aber Joseph kenne ich nicht. Ich kannte auch seinen Vater nicht.«

Elisabeth nickte langsam, im Rhythmus der Worte gefangen.

Rama fuhr fort: »Ich weiß nicht, ob es Menschen gibt, die außerhalb der Menschlichkeit stehen, oder ob einige Menschen so menschlich sind, daß andere neben ihnen unwirklich erscheinen. Vielleicht lebt dann und wann etwas Gottähnliches auf Erden. Joseph besitzt eine unerschütterliche Kraft, er hat die Ruhe eines Berges, aber sein Gefühl ist so wild, heftig und zündend wie der Blitz, und so weit ich sehen kann, ebenso sinnlos. Wenn du nicht bei ihm bist, denk mal über ihn nach, dann wirst du verstehen, was ich meine. Seine Gestalt wird so groß werden, daß sie die Berge überragt, und seine Kraft wird wie ein unwiderstehlicher Sturm sein. Benjy ist tot. Aber daß Joseph stirbt, kann man sich gar nicht vorstellen. Er ist ewig. Sein Vater ist zwar gestorben, aber das war kein Tod.« Ihr Mund suchte hilflos nach Worten. Wie im Schmerz schrie sie: »Ich sage dir, dieser Mensch ist kein Mensch – oder er ist die Kraft, die Hartnäckigkeit, das stolpernde Denken *aller* Menschen; und er birgt alle ihre Freuden und Leiden, die einander aufheben und doch auch bleiben. All dies ist er – ein Schrein für jenes kleine Stück Menschheitsseele, das allen Menschen gemeinsam ist –, und mehr als das, ein Symbol für die Seele der Erde!«

Ihre Lider senkten sich, sie zog ihre Hand zurück. »Sagte ich nicht, daß heute eine Tür aufsteht?«

Elisabeth rieb die Stelle auf ihrem Knie, wo Rama sie berührt hatte. Ihre Augen waren feucht und glänzten. »Ich bin so müde«, beteuerte sie. »Wir fuhren durch die Hitze, durch das braune Gras. Ob man wohl die lebenden Hühner, das Lämmchen und die Ziege von dem Wagen genommen hat? Man sollte sie laufen lassen, sonst schwellen ihnen die Beine an.« Sie zog ein Taschentuch aus der Bluse, putzte sich die Nase und rieb sie so fest, daß sie rot wurde. Sie sah dabei nicht zu Rama hin. »Du liebst meinen Mann«, sagte sie mit leiser, anklagender Stimme. »Du liebst ihn, und du fürchtest dich.«

Rama ließ ihre Augen langsam über Elisabeths Gesicht gleiten und senkte dann wieder den Kopf. »Ich liebe ihn nicht. Es besteht keine Aussicht auf Erwiderung. Ich bete ihn an, und da ist keine Erwiderung nötig. Und auch du wirst ihn anbeten, ohne daß dein Gefühl erwidert wird. Nun weißt du alles. Du brauchst keine Angst zu haben.«

Noch eine Weile blickte sie auf ihren Schoß nieder, dann warf sie den Kopf hoch und strich sich zu beiden Seiten des Scheitels über das Haar. »Jetzt ist die Tür zu«, sagte sie. »Es ist alles vorbei. Erinnere dich daran, wenn es einmal nötig sein sollte. Und wenn diese Zeit kommt, dann bin ich da, um dir zu helfen. Ich werde jetzt frischen Tee machen, und vielleicht erzählst du mir dann ein bißchen von Monterey.«

13

Joseph lief in den dunklen Stall und durchschritt den langen Gang hinter den Boxen, wo an einem Draht eine Laterne hing. Als er hinter den Pferden ging, hörten sie mit ihrem rhythmischen Kauen auf und drehten den Kopf nach ihm um, und einige der lebhafteren stampften mit den Füßen auf, um seine Aufmerksamkeit auf sich zu ziehen. Thomas war in der Box gegenüber der Laterne und sattelte eine Stute. Er machte gerade den Gurt fest und sah über den Sattel zu Joseph hinüber. »Ich habe mir gedacht, ich nehme Ronny«, erklärte er. »Sie ist so brav. Ein guter Galopp kann ihr nicht schaden. Sie ist auch im Dunkeln am sichersten auf den Beinen.«

»Erfinde eine Geschichte«, sagte Joseph. »Sag, er wäre ausgeglitten und in ein Messer gefallen. Schaue, daß du damit durchkommst, ohne daß ein amtlicher Leichenbeschauer die Todesursache feststellen will. Wenn es geht, werden wir Benjy morgen beerdigen.« Er lächelte müde. »Das erste Grab. Jetzt fassen wir langsam Fuß. Häuser, Kinder und Gräber – das nennt man Heimat, Tom. Was für Pferde sind denn da?«

»Nur Patch«, sagte Thomas. »Die anderen Reitpferde habe ich gestern nach draußen gebracht, damit sie ein bißchen Gras fressen und ihre Beine ausstrecken können. Sie hatten nicht genug Bewegung. Willst du etwa heute noch ausreiten?«

»Ja, ich reite gleich los.«

»Du willst hinter Juanito her? In diesen Bergen wirst du ihn nie erwischen. Er kennt die Wurzeln jedes Grashalms und jede Höhle, die einer Schlange Unterschlupf gewähren kann.«

Joseph warf Gurt und Steigbügel über einen Sattel, der an der Wand hing, und hob ihn an Knopf und Hinterpausche herunter. »Juanito wartet im Tannenhain auf mich«, sagte er.

»Aber Joe, geh lieber heute nicht hin. Warte bis morgen, wenn es hell ist. Und nimm auf jeden Fall eine Flinte mit.«

»Warum eine Flinte?«

»Du weißt nicht, was er tun wird. Diese Indianer sind sonderbar. Man kann kaum voraussagen, was sie vorhaben.«

»Er wird mich nicht erschießen«, sagte Joseph. »Das wäre zu leicht, und ich kümmere mich nicht drum. Das ist besser als eine Flinte.«

Thomas band den Halfter los und bugsierte die schläfrige Stute aus der Box. »Warte auf jeden Fall bis morgen. Juanito wird dableiben.«

»Nein, er wartet jetzt auf mich. Ich will ihn nicht warten lassen.«

Thomas führte sein Pferd aus dem Stall. »Ich meine, es wäre trotzdem besser, wenn du eine Flinte mitnehmen würdest«, sagte er über die Schulter.

Joseph hörte ihn wegreiten, und gleich darauf stürmten keuchend zwei Präriewölfe und ein Jagdhund hinter ihm her.

Joseph sattelte den großen Patch, führte ihn in die Nacht hinaus und stieg auf. Als er das Laternenlicht aus den Augen hatte, sah er, daß die Nacht nicht so dunkel war. Die fleischig anmutenden, gerundeten Bergseiten boten sich ihm dar. Ein feiner purpurroter Hauch lag über ihnen. Die Nacht, die Berge, die rundlichen Umrisse der Bäume – das alles schien weich und freundlich wie eine Umarmung. Aber genau vor ihm stießen die Tannen wie schwarze Pfeilspitzen in den Himmel.

Die Nacht neigte sich schon dem Morgen zu. Alle Blätter und Gräser wisperten und seufzten im frischen Morgenwind. Scharfes Gepfeife von Entenflügeln klang hoch in der Luft, wo ein unsichtbarer Schwarm, zu früh für die Jahreszeit, gen Süden steuerte. Die großen Eulen flogen zu ihrem letzten Jagdausflug. Der Wind brachte den Duft von Nadelbäumen von den Bergen herab, den durchdringenden Geruch von Teerkraut und den Gruß eines zornigen Stinktieres, der, da er aus der Ferne kam, an den Duft von Azaleen erinnerte. Joseph vergaß beinahe sein Ziel, denn die Hügel streckten sich ihm zärtlich entgegen, und die Berge schienen ihm so weich und lockend wie eine liebende, im Halbschlummer liegende Frau. Er konnte die Wärme des Bodens spüren, als er den Abhang hinaufritt. Patch warf den großen Kopf hoch, schnaubte aus vorgestreckten Nüstern, schüttelte die Mähne, hob den Schwanz, tänzelte, schlug sogar ein paarmal aus und warf die Füße hoch wie ein Rennpferd.

Da ihm die Berge wie Frauen erschienen, dachte Joseph unwillkürlich an Elisabeth und fragte sich, was sie wohl gerade tat. Seitdem er Thomas gesehen hatte, wie er mit der Laterne auf ihn wartete, hatte er nicht mehr an sie gedacht. Rama wird sich ihrer schon annehmen, tröstete er sich.

Den langen Abhang hatte er hinter sich gelassen, und ein harter, steiler Aufstieg begann. Patch gab seine Kapriolen auf und beugte den Kopf über die kletternden Beine. Je weiter sie kamen, desto länger wurden die Tannen und desto höher stiegen sie in den Himmel. Neben dem Pfad hörte man das eilige Geplätscher eines kleinen Rinnsals, und dann versperrte der Tannenhain den Weg. Schwarz ragte er plötzlich wie eine Mauer auf. Joseph wendete nach rechts und versuchte, sich zu erinnern, wie weit es bis zu der breiten Schneise war, die zum Mittelpunkt des Hains führte. Jetzt wieherte Patch schrill auf, stampfte und warf unruhig den Kopf hin und her. Als Joseph ihn auf diesen Weg treiben wollte, verweigerte das Pferd den Gehorsam. Das Ansetzen der Sporen bewirkte nur, daß es hochstieg und mit den Vorderfüßen in die Luft schlug; auch die Peitsche brachte es nicht vorwärts, sondern fast zum Abrutschen. Joseph stieg ab und versuchte das Tier an der Hand in den Wald zu führen – aber es blieb bockbeinig stehen und wollte sich nicht vom Fleck rühren. Joseph fühlte, wie die Muskeln seines Halses zitterten.

»Gut«, sagte er, »ich werde dich hier draußen anbinden. Ich weiß nicht, wovor du dich fürchtest, aber Thomas geht es ebenso – und der kennt dich besser als ich.« Er nahm den Halfterstrick vom Sattelknopf und band das Pferd an einen jungen Baum.

Der Pfad durch die Tannen lag schwarz vor ihm. Selbst der Himmel war durch die ineinandergeschlungenen Zweige nicht zu sehen. Joseph ging vorsichtig weiter, wobei er die Hände über den Kopf hielt, um nicht an einen Ast zu stoßen. Kein Laut war zu hören, außer dem Murmeln des kleinen Baches, der nicht weit vom Pfad floß. Da erschien geradeaus weiter vorne ein kleiner Fleck Grau. Joseph ließ die Arme sinken und ging schnell auf ihn zu. Durch die Äste rauschte ein Wind, der nicht tief in den Wald eindringen konnte, aber der den ganzen Hain in Unruhe versetzte – es war kein deutlich wahrnehmbarer Ton und auch kein schwingendes Zittern, sondern eine sonderbare Mischung aus beidem. Joseph schritt jetzt vorsichtiger aus, denn ein Hauch von Furcht wisperte durch den schlummernden Wald. Lautlos gingen seine Füße über die Nadeln. Schließlich kam er zu der kreisrunden Lichtung. Durch ein eintöniges Grau huschte hier und da ein heller Schein. Das Dach bildete der stumpfe, schiefergraue Spiegel des Himmels. Droben hatte der Wind so aufgefrischt, daß die großen Wipfel langsam schwankten, während von den Nadeln ein feines Zischen ausging. Der große Felsblock in der Mitte der Lichtung war schwarz, noch schwärzer als die Baumstämme. An seiner Seite schimmerte das blaßblaue Leuchten eines Glühwürmchens.

Als Joseph auf den Felsen zuging, war er voll schlimmer Ahnungen und Argwohn. Es war ihm ähnlich zumute wie einem Kind, das ängstlich eine leere Kirche betritt, einen Bogen um den Altar macht und die Augen von ihm nicht abwendet, aus Furcht, ein Heiliger könne plötzlich die Hand bewegen oder der blutende Christus am Kreuze stöhnen … So ging Joseph in weitem Bogen um den Felsen, ohne das Gesicht von ihm abzuwenden. Das Glühwürmchen verschwand hinter einer Ecke, das Leuchten erlosch.

Das Rascheln nahm zu. Der ganze runde Raum war voll geheimen Lebens und schien erfüllt von heimlicher Bewegung. Joseph standen die Haare zu Berge. Heute nacht ist es unheimlich hier, dachte er. Jetzt weiß ich, warum sich das Pferd fürchtete. Er ging in den Schatten der Bäume zurück, setzte sich hin und lehnte sich gegen einen Baumstamm. Als er so dasaß, konnte er eine dumpfe Erschütterung des Bodens hören. Dann sagte eine ruhige Stimme neben ihm: »Hier bin ich, Señor.«

Joseph sprang halb hoch. »Du hast mich erschreckt, Juanito.«

»Ich weiß, Señor. Es ist so ruhig. Hier ist es immer ruhig. Man hört zwar Geräusche, aber die sind immer draußen, sind ausgesperrt und versuchen hineinzukommen.«

Dann herrschte einen Augenblick Schweigen. Joseph konnte nur einen sich gegen das Schwarz abhebenden schwärzeren Schatten sehen. »Du batest mich, hierherzukommen.«

»Ja, Señor, lieber Freund. Ich möchte, daß es kein anderer tut als du.«

»Was, Juanito, soll ich tun?«

»Was Sie tun müssen, Señor. Haben Sie ein Messer mitgebracht?«

»Nein«, sagte Joseph erstaunt. »Ich habe kein Messer bei mir.«

»Dann will ich Ihnen mein Taschenmesser geben, das Messer, das ich immer bei den Kälbern gebrauchte. Die Klinge ist kurz, aber an der richtigen Stelle wird sie schon ihre Wirkung tun. Ich zeige Ihnen, wo Sie ansetzen müssen.«

»Wovon redest du denn, Juanito?«

»Mit der flachen Klinge zustoßen, Freund. Dann wird sie zwischen die Rippen gehen. Ich zeige Ihnen, wo. Dann wird die Klinge schon reichen.«

Joseph stand auf. »Du meinst, ich soll dich erdolchen, Juanito?«

»Sie müssen, Freund!«

Joseph ging näher zu ihm hin und versuchte, ihm ins Gesicht zu sehen, konnte es aber nicht. »Warum sollte ich dich töten, Juanito?« fragte er.

»Ich habe Ihren Bruder getötet, Señor! Und Sie sind mein Freund. Jetzt müssen Sie mein Feind sein.«

»Nein«, sagte Joseph. »Da läuft irgend etwas falsch.« Von Unbehagen ergriffen, schwieg er, denn der Wind brauste nicht mehr durch die Bäume, und Stille füllte wie dicker Nebel die Lichtung, so daß seine Stimme die Ruhe der Luft zu stören schien. Er war unsicher. Seine Stimme klang so leise, daß manche Silben geflüstert schienen – und selbst dadurch schien die Lichtung bereits in Aufruhr zu geraten. »Was du sagst, stimmt nicht ganz. Du hast ja nicht gewußt, daß es mein Bruder war.«

»Ich hätte genau hinschauen sollen, Señor.«

»Nein. Selbst wenn du es gewußt hättest, hätte sich nichts daran geändert. Es mußte so kommen. Du hast getan, was deine Natur verlangte. Es ist alles ganz normal und – es ist alles vorbei.«

Noch immer konnte er Juanitos Gesicht nicht sehen, obschon ein grauer Schimmer der Morgendämmerung in die Lichtung drang.

»Das verstehe ich nicht«, sagte Juanito gebrochen. »Das ist schlimmer als das Messer ... Einen Augenblick lang würde der Schmerz wie Feuer brennen, dann wäre es vorbei. Mir wäre recht geschehen, und auch Sie hätten Ihr Recht. Den anderen Weg verstehe ich nicht ... Er bedeutet lebenslängliches Gefängnis.« Nun sickerte etwas Licht zwischen den Bäumen hindurch. Sie standen da wie schwarz vermummte Verschwörer.

Joseph flehte den Felsblock um Kraft und Verständnis an. Er konnte jetzt dessen klotzige Gestalt und auch ein gerades silbernes Licht sehen – das war der kleine Bach, der die Lichtung durchschnitt.

»Ich denke an keine Strafe«, sagte er schließlich. »Ich habe keine Macht, dich zu bestrafen. Vielleicht mußt du dich selbst strafen, wenn dein Instinkt dir das eingibt … Du mußtest nach dem Gesetz deiner Abstammung handeln – wie ein junger Hühnerhund, wenn er zu der Stelle kommt, wo die Vögel ihr Versteck haben; weil das nun einmal in seiner Art liegt. Ich habe keine Strafe für dich.«

Da lief Juanito zu dem Felsen, schöpfte Wasser mit der hohlen Hand und trank es. Schnell kam er zurück. »Dieses Wasser ist gut, Señor. Die Indianer nehmen es mit und trinken es, wenn sie krank sind. Sie sagen, es kommt aus dem Herzen der Welt.« Er wischte sich den Mund mit dem Ärmel ab. Joseph konnte den Umriß seines Gesichts sehen und die kleinen Höhlen seiner Augen.

»Was wirst du jetzt tun?« fragte Joseph.

»Ich werde tun, was Sie sagen, Señor.«

»Du bürdest mir zuviel auf«, rief Joseph wütend. »Tu, was du willst!«

»Aber ich wollte mich ja von Ihrer Hand töten lassen, Freund.«

»Willst du wieder zu uns zur Arbeit kommen?«

»Nein«, antwortete Juanito langsam. »Da wäre ich dem Grab eines ungerächten Mannes zu nahe. Zurückkommen kann ich erst, wenn die Knochen des Toten rein sind. Ich werde eine Zeitlang fortgehen, Señor. Wenn die Knochen rein sind, werde ich zurückkehren. Die Erinnerung an das Messer verschwindet, wenn das Fleisch von den Knochen ist …«

Josephs Herz füllte sich plötzlich mit soviel Kummer, daß ihm die Brust schmerzte. »Wohin willst du denn gehen, Juanito?«

»Ich weiß schon, wohin. Ich nehme Willie mit, wir gehen zusammen. Wo es Pferde gibt, da schlagen wir uns auch durch. Wenn ich bei Willie bin und ihm helfe, die Träume abzuwehren, die Träume von dem einsamen Ort, wo die Männer aus Löchern kriechen, um ihn hin und her zu reißen, wird meine Strafe nicht so hart sein.« Er verschwand plötzlich zwischen den Tannen, schon verklang seine Stimme hinter dem Wall aus Bäumen. »Hier ist mein Pferd, Señor. Wenn die Knochen rein sind, komme ich zurück.« Einen Augenblick später hörte Joseph das Knarren des Sattelleders und dann den Aufschlag von Hufen auf Tannennadeln.

Der Himmel war jetzt hell. Hoch über der Mitte der Lichtung hing der feurige Fetzen einer Wolke, aber die Lichtung selbst war noch dunkelgrau, und in ihrer Mitte ragte drohend der Felsblock.

Joseph ging zu ihm hin und fuhr mit der Hand über das dichte Moospolster. »Aus dem Herzen der Welt«, sagte er und dachte an die Pole einer Batterie ... Langsam ging er fort, nur widerwillig drehte er dem Block den Rücken zu. Als er den Abhang hinunterritt, ging hinter ihm die Sonne auf und blinkte auf den Fenstern der Häuser. Das gelbe Gras glitzerte von Tau. Aber die Berghänge schienen jetzt dürftig und ausgelaugt; sie erwarteten bereits den Winter. Eine kleine Herde Stiere verfolgte ihn mit den Köpfen, während er vorbeiritt, die Tiere drehten sich langsam nach ihm um, um ihn nicht aus den Augen zu verlieren.

Joseph war froh, denn in ihm wuchs langsam die Erkenntnis, daß seine Natur und die Natur des Landes übereinstimmten. Er setzte sein Pferd in Trab, denn er erinnerte sich plötzlich, daß Thomas nach Nuestra Señora geritten war und er nun einen Sarg für seinen Bruder zimmern mußte. Während das Pferd weitertrabte, versuchte Joseph, sich vorzustellen, wie Benjamin ausgesehen hatte, aber er gab es bald auf, denn er konnte sich nicht mehr deutlich daran erinnern.

Eine Rauchsäule stieg aus dem Kamin von Thomas' Haus, als er in den Korral ritt. Er ließ Patch frei laufen und hängte den Sattel auf. Elisabeth wird bei Rama sein, dachte er. Er ging schnell hinein, um seine junge Frau zu begrüßen.

14

Der Winter kam früh in jenem Jahr. Drei Wochen vor dem Erntedankfest lag roter Abendschein auf den westlichen Bergen. Ein scharfer, aufdringlicher Wind harkte durch das Tal, sang nachts um die Hausecken und ließ die Fensterläden klappern. Kleine Wirbelwinde trieben Staub und Blättersäulen über die Straße. Die Drosseln flogen in dunklen Schwärmen, wie Wolken, die rasch vorübertrieben. Die Tauben saßen mißmutig eine Weile auf den Zäunen und verschwanden dann während der Nacht. Den ganzen Tag sah man Züge von Wildenten und -gänsen am Himmel, die unbeirrbar nach Süden zogen. In der Abenddämmerung, wenn sie nach einem Streifen Wasser suchten, wo sie während der Nacht ausruhen konnten, hörte man sie müde rufen. Und dann brach in einer Nacht der Frost ins Tal Unserer Lieben Frau und brannte die Weiden gelb und den Hartriegel rot.

Am Himmel und auf Erden herrschte geschäftiges Treiben. Die Hamster arbeiteten mit emsiger Ängstlichkeit auf den Feldern und speicherten in den unterirdischen Gängen zehnmal soviel Nahrung, wie sie brauchten, während ihre grauen Großväter in den Höhleneingängen mit schrillem

Quieken das Einsammeln leiteten. Die Pferde und Kühe verloren ihr glänzendes Fell; struppig standen sie da in ihrem neuen Winterhaar. Die Hunde gruben flache Löcher, damit sie im Schlaf geschützt waren. Und trotz all dieser Regsamkeit hing Traurigkeit über dem Tal wie der blaue rauchige Nebel über den Bergen. Die Dornbüsche waren rotschwarz. Von den immergrünen Eichen regnete es Blätter, und trotzdem waren sie noch immer belaubt. Jede Nacht brannte der Himmel über dem Meer wie Feuer. Die Wolken ballten sich zusammen und entfalteten sich, gingen zum Angriff über und zogen sich wieder zurück, als übten sie sich für den Winterfeldzug.

Auch auf der Wayne-Farm wurden allerlei Vorbereitungen getroffen. Das Gras war eingebracht, die Scheunen quollen über vor Heu. Die Quersägen schnitten Eichenstämme zu Brettern, während die Keilschlegel die Äste spalteten. Joseph beaufsichtigte die Arbeit, seine Brüder arbeiteten unter seiner Leitung. Thomas baute einen Schuppen für die Werkzeuge, ölte die Pflugscharen und die Eggen. Burton besserte die Dächer aus und putzte Geschirr und Sättel. Der gemeinsame Holzstoß wuchs zu Haushöhe.

Jennie pflegte das Grab ihres Mannes, das in einer Entfernung von einer Viertelmeile auf einem kleinen Hügel lag. Burton schnitzte ein Kreuz, und Thomas baute einen kleinen weißen Zaun um das Grab, mit einem Tor an eisernen Angeln.

Eine Zeitlang legte Jennie jeden Tag einen Strauß auf das Grab, aber nach einer Weile konnte selbst sie sich nicht mehr recht an Benjy erinnern und bekam Heimweh nach ihrer Familie. Sie dachte an die winterlichen Tänze und an die Schlittenfahrten und daran, daß ihre Eltern langsam alt wurden. Je mehr sie an sie dachte, desto dringender schien ihr ihre Anwesenheit zu sein. Außerdem wurde ihr nun, da sie keinen Mann mehr hatte, dieses neue Land unheimlich.

Und so fuhr Joseph eines Tages mit ihr fort, und die anderen Waynes winkten zum Abschied. Ihre ganze Habe war in einem Reisekorb verstaut, zusammen mit Benjys Uhr, seiner Uhrkette und den Hochzeitsbildern.

In King City stand Joseph mit Jennie auf dem Bahnhof. Jennie weinte ein wenig, teils weil sie Abschied nahm, teils weil sie sich vor der langen Eisenbahnfahrt fürchtete. »Ihr werdet doch alle mal kommen und uns besuchen«, sagte sie.

Joseph, der es eilig hatte, wieder auf die Ranch zurückzukehren, weil er glaubte, es würde regnen, und weil es ihm arg war, dieses Schauspiel nicht genießen zu können, antwortete: »Ja, natürlich werden wir dich mal besuchen.«

Juanitos Frau, Alice, trauerte weit mehr als Jennie. Sie weinte nicht, sondern saß nur manchmal auf ihrer Türschwelle und wiegte sich hin und her. Sie war schwanger – und sie liebte Juanito sehr und hatte Mitleid mit ihm. Viele Stunden saß sie dort, schaukelte hin und her und summte leise in sich hinein, ohne eine Träne zu vergießen. Schließlich nahm Elisabeth sie in ihr Haus auf und ließ sie in der Küche arbeiten. Da ging es ihr besser. Sie plauderte sogar manchmal ein wenig, wenn sie abspülte, wobei sie sich weit vom Ausguß entfernt hielt, damit das Kind keinen Schaden nähme.

»Tot ist er nicht«, erklärte sie Elisabeth sehr oft. »Eines Tages wird er zurückkommen, und dann wird es wie immer sein. Ich will vergessen, daß er fortgegangen ist. Wissen Sie«, sagte sie stolz, »mein Vater möchte, daß ich heimkomme, aber ich will nicht. Ich will hier auf Juanito warten, denn er wird hierher zurückkommen.« Immer wieder fragte sie Joseph, was Juanito denn vorgehabt hätte. »Meinen Sie, daß er wiederkommen wird? Sind Sie sich da ganz sicher?«

Joseph antwortete stets sehr ernst: »Jedenfalls hat er es mir so gesagt.«

»Aber wann? Wann wird das sein?«

»Vielleicht in einem Jahr oder in zwei Jahren. Er muß ein wenig warten.«

Dann wandte sie sich wieder an Elisabeth. »Das Kind kann vielleicht schon laufen, wenn er zurückkommt.«

Elisabeth suchte das neue Leben zu meistern und sich ihm anzupassen. Zwei Wochen ging sie mit krauser Stirn im Hause herum, sah sich alles genau an und stellte eine Liste von Möbeln und Gebrauchsgegenständen zusammen, die in Monterey bestellt werden sollten. Die Hausarbeit vertrieb schnell die Erinnerung an den Abend mit Rama. Nur nachts erwachte sie manchmal schaudernd und angstvoll; sie hatte dann das Gefühl, eine marmorne Statue läge neben ihr im Bett. Dann berührte sie Josephs Arm, um sich zu vergewissern, daß er warm war …

Rama hatte recht gehabt. In jener Nacht hatte eine Tür aufgestanden, und jetzt war sie geschlossen. Nie mehr sprach Rama so zu ihr. Rama hatte etwas von einer Lehrerin an sich und besaß Taktgefühl, denn sie zeigte Elisabeth, wie man das oder jenes bei der Hausarbeit besser machen konnte, ohne Elisabeth offen zu kritisieren.

Schließlich trafen die Möbel aus Walnußholz ein, die Steinguttöpfe, der Hutständer mit rautenförmigem Spiegel, die kleinen Schaukelstühle, das breite Bett aus Ahornholz, der hohe Schreibtisch. Der glitzernde, luftdicht abzuschließende Ofen wurde im Wohnzimmer aufgestellt, er hatte einen schwarzen eisernen Mantel und oben glänzende, wie Silber aussehende Verzierungen aus Nickel. Als dies alles aufgestellt und eingeordnet war, verschwanden die Falten auf Elisabeths Stirn und die besorgten Blicke aus ihren Augen. Sie sang nun spanische Lieder, und wenn Alice zur Arbeit kam, sangen sie diese Lieder gemeinsam.

Jeden Morgen kam Rama zu einem vertraulichen und immer etwas geheimnisvollen Plausch, denn Rama steckte voller Geheimnisse. Sie erklärte eheliche Intimitäten, die

Elisabeth, da sie ohne Mutter aufgewachsen war, nicht kannte. Sie belehrte Elisabeth darüber, wie man zu Jungen oder zu Mädchen kommen konnte – freilich, ganz sichere Methoden waren das nicht. Manchmal versagten sie; aber es schadete nichts, wenn man sie versuchte. Rama kannte Hunderte von Fällen, wo sie Erfolg gehabt hatten. Auch Alice hörte zu, und manchmal sagte sie: »Das ist nicht richtig, hierzulande machen wir es anders.« Sie erzählte dann ihrerseits, wie man zum Beispiel ein Huhn am Flügelschlagen hindert, wenn ihm der Kopf abgeschnitten wird.

»Zuerst ein Kreuz auf den Boden zeichnen«, erklärte Alice. »Und wenn der Kopf ab ist, das Huhn sanft auf das Kreuz legen, dann wird es nicht mit den Flügeln schlagen, weil das Zeichen heilig ist.« Rama versuchte es und fand, daß es stimmte. Seitdem konnte sie die Katholiken besser leiden als vorher.

Es waren schöne Zeiten, ausgefüllt mit Geheimnissen und rituellen Handlungen. Elisabeth sah zu, wie Rama Schmorfleisch würzte. Sie schmeckte, schmatzte mit den Lippen, und in ihren Augen stand die todernste Frage: »Stimmt's auch ganz genau? Nein, noch nicht ganz.« Alles, was Rama kochte, war nie so gut, wie es sein sollte.

Mittwochs kam Rama mit einem großen Flickkorb am Arm, und hinter ihr marschierten die Kinder, die brav gewesen waren. Alice, Rama und Elisabeth saßen im Dreieck nebeneinander, und die Stopfeier tauchten fleißig in die Socken hinein und wieder hinaus.

In der Mitte des Dreiecks saßen die braven Kinder. (Die bösen waren daheim und quälten sich mit Langeweile – denn Rama wußte, daß man Kinder auch durch Nichtstun bestrafen kann.) Rama erzählte dann Geschichten, und nach einer Weile faßte Alice Mut und berichtete wunderbare Dinge. Ihr Vater hatte einmal in der Abenddämmerung einen feurigen Ziegenbock quer durch das Carmeltal gehen sehen. Alice kannte mindestens fünfzig Gespenstergeschichten – Dinge, die nicht irgendwann in weiter Ferne passiert waren, sondern hier in Nuestra Señora. Sie erzählte, daß die Familie Valdez jeden Abend am Allerseelentag von einer Ururahne besucht wurde, die einen bösen Husten gehabt hatte, und daß Oberstleutnant Murphy, den nach Mexiko heimziehende Yaquis umgebracht hatten, manchmal durch das Tal ritt, mit offener Brust, um zu zeigen, daß er kein Herz hatte. Alice glaubte, daß die Yaquis es gegessen hätten. Diese Dinge waren buchstäblich wahr und konnten bewiesen werden … Ihre Augen weiteten sich vor Angst, wenn sie solche Sachen erzählte. Abends brauchten die Kinder dann nur zu sagen: »Er hatte kein Herz« oder »die alte Frau hustete«, um sogleich vor Angst zu schreien.

Elisabeth ihrerseits erzählte Geschichten, die sie von ihrer Mutter gehört hatte, Geschichten von schottischen Elfen, die an nichts anderes dachten als an Gold oder die sich zum mindesten mit irgendeinem nützlichen Handwerk beschäftigten. Die Geschichten waren gut, aber sie wirkten nicht so stark wie Ramas oder Alices Erzählungen, denn sie waren vor langer Zeit in einem fernen Lande passiert, das für sie kaum wirklicher war als die Elfen …

Hier aber konnte man die Straße hinabgehen und genau die Stelle sehen, an der Oberstleutnant Murphy jedes Vierteljahr vorbeiritt – und Alice konnte versprechen, einen zu einem Cañon zu führen, wo jeden Abend Laternen in der Luft hin und her schwangen, die niemand trug.

Es waren schöne Zeiten, und Elisabeth war sehr glücklich. Joseph sprach nicht viel, aber sie ging nie an ihm vorbei, ohne daß er die Hand ausstreckte, um sie zu streicheln, und sie blickte ihn niemals an, ohne daß sie ein leises, ruhiges Lächeln empfing, das sie froh und glücklich machte. Er schien nie sehr tief zu schlafen, denn zu welcher Nachtzeit sie auch aufwachte und nach ihm hintastete – er nahm sie sofort in die Arme. Ihre Brüste wurden in diesen Monaten voll, und in ihren Augen lag ein geheimnisvoller Schimmer. Es war eine aufregende Zeit, denn Alice sollte bald ein Kind bekommen, und der Winter rückte näher.

Benjys Haus stand jetzt leer. Zwei neue mexikanische Viehtreiber zogen aus dem Stall aus und quartierten sich dort ein.

Thomas hatte in den Bergen einen jungen Grislybären gefangen und versuchte, ihn zu zähmen, aber mit wenig Erfolg. »Er ist fast mehr wie ein Mensch als wie ein Tier, er will nichts lernen«, sagte Thomas. Obwohl der junge Bär ihn beinahe jedesmal biß, wenn er ihm nahe kam, freute er sich doch an ihm – schon deshalb, weil jeder sagte, in den Küstenbergen gäbe es keine Grislys mehr.

Burton bereitete sich innerlich darauf vor, den folgenden Sommer in Pacific Grove, der Missionszeltstadt, zu verbringen. Er freute sich schon im voraus auf die frommen Entzückungen, die ihn dort erwarteten. Er erlebte jedesmal einen inneren Aufschwung, wenn er an die Zeit dachte, da er Christus wiederfinden und seine Sünden vor einer großen Volksmenge bekennen würde.

»Abends kannst du ins Gemeinschaftshaus gehen«, erklärte er seiner Frau. »Abend für Abend singen die Leute dort und essen Eiscreme. Wir werden ein Zelt aufstellen und ein paar Monate bleiben.« Er hörte sich schon die Prediger loben, wegen der Heilsbotschaft, die sie verkündeten.

15

Anfang November kam endlich der Regen. Jeden Morgen schaute Joseph zum Himmel hinauf und betrachtete eingehend die dicken, aufsteigenden Wolken. Am Abend beobachtete er dann wieder, wie die sinkende Sonne den Himmel rötete. Er dachte an die prophetischen Kinderverse:

Sonne am Abend –
erquickend und labend,
Sonne am Morgen –
Kummer und Sorgen.

Es gab auch noch eine andere Fassung:

Morgens Sonnensegen –
gibt am Abend Regen,
feuerroter Abendschein
führet schönes Wetter ein.

Er blickte häufiger auf das Barometer als auf die Uhr, und wenn die Nadel immer tiefer sank, war er sehr glücklich. Er ging auf den Hof und flüsterte der Eiche zu: »In ein paar Tagen regnet es. Der Regen wird dir den Staub von den Blättern waschen.«

Eines Tages schoß er einen Hühnerhabicht und hängte ihn hoch in die Zweige der Eiche. Daraufhin beobachtete er scharf die Pferde und die Hühner.

Thomas lachte ihn aus. »Dadurch wirst du ihn auch nicht schneller herbeizwingen. Wenn man den Kessel beobachtet, kocht das Wasser nicht, Joe. Wenn du ihn allzusehr herbeiwünschst, kann der Regen ganz ausbleiben.« Er setzte aber hinzu: »Ich werde in der Frühe ein Schwein schlachten.«

»Ich werde es an einem Krummholz in die Eiche hängen«, sagte Joseph. »Rama wird Wurst machen, nicht wahr?«

Elisabeth steckte den Kopf unter das Kissen, als das Schwein quiekte, aber Rama stand dabei und fing das aus der Kehle spritzende Blut in einem Milchkübel auf. Sie waren auch nicht zu früh dran, denn die Würste und der Schinken waren kaum in dem neuerbauten kleinen steinernen Räucherhaus, als der Regen kam. Aus Südwesten und vom Meer her blies der Wind in Stößen. Die Wolken rollten herbei, breiteten sich aus und sanken so tief, daß die Bergspitzen verdeckt waren, und dann fielen die dicken Tropfen; die Kinder standen in Ramas Haus und beobachteten das Schauspiel vom Fenster aus.

Burton sprach ein Dankgebet und veranlaßte auch seine Frau, ein Gebet herzusagen, obwohl es ihr nicht gut ging. Thomas ging in den Stall, setzte sich auf eine Krippe und lauschte, wie der Regen auf das Dach prasselte.

Das aufgestapelte Heu war noch warm von der Sonne, die es an den Berghängen getrocknet hatte. Die Pferde scharrten unruhig, zerrten an den Halftern und versuchten, durch die engen Stallfenster die frische Luft einzuschnuppern.

Joseph stand unter der Eiche, als der Regen fiel. Das Schweineblut, mit dem er die Rinde besprengt hatte, glänzte schwärzlich. Elisabeth rief ihm von der Veranda aus zu: »Es fängt gleich an, du wirst ganz naß werden.«

Er sah mit lachendem Gesicht zu ihr hin. »Meine Haut ist trocken«, rief er. »Ich will naß werden.« Er sah die ersten dicken Tropfen fallen, die kleine Staubwirbel aufspringen ließen. Dann wurde der Boden schwarz gepfeffert. Der Regen kam heftiger, von einem frischen Wind schräg hergetrieben. Der scharfe Geruch feuchten Staubs stieg in die Luft. Dann begann der erste wirkliche Wintersturm, trommelte gegen die Dächer und riß die letzten, lose sitzenden Blätter von den Bäumen: Der Boden wurde schwarz. Auf dem Hof bildeten sich bereits kleine Pfützen. Joseph stand mit hocherhobenem Kopf da, während der Regen ihm gegen Wangen und Lider schlug, das Wasser ihm in den Bart rann und in seinen offenen Hemdkragen tröpfelte. Schwer hingen ihm die Kleider am Leibe. Lange stand er so im Regen, um sich zu vergewissern, daß es nicht nur ein unbedeutender Schauer war.

»Du wirst dich erkälten, Joseph«, rief Elisabeth wieder.

»Davon holt man sich keine Erkältung, nichts ist gesünder«, erwiderte er.

»Aus deinem Haar wird Unkraut wachsen! Komm herein. Im Ofen brennt ein schönes Feuer. Komm herein und zieh dich um.«

Aber er blieb ruhig stehen, und erst als Bäche den Eichenstamm herunterflossen, ging er ins Haus. »Das wird ein gutes Jahr werden«, sagte er. »Noch vor dem Erntedankfest werden die Cañonflüsse strömen.«

Elisabeth saß in dem großen Ledersessel. Sie hatte Fleisch zum Schmoren auf den Ofen gestellt. Sie lachte, als er hereinkam, es lag eine freudige Stimmung in der Luft.

»Es rinnt ja überall Wasser auf den Boden, schau nur, auf den sauberen Boden!«

»Herrlich«, strahlte er. Er fühlte eine solche Liebe zu dem Land und zu Elisabeth, daß er zu ihr ging und ihr, als ob er sie segnen wollte, die nasse Hand auf das Haar legte.

»Jetzt rinnt mir das Wasser den Rücken hinab.«

»Herrlich«, sagte er wieder.

»Hu, ist deine Hand kalt! Als ich konfirmiert wurde, legte mir der Bischof die Hand genauso auf den Kopf, wie du es jetzt tust, und seine Hand war ebenso kalt. Schauer liefen mir über den Rücken. Ich dachte, es wäre der Heilige Geist.« Sie lächelte glücklich zu ihm auf. »Wir unterhielten uns später darüber, und alle anderen Mädchen sagten auch, es wäre der Heilige Geist gewesen. Das ist jetzt schon lange her.« Sie dachte auf einmal an die inzwischen vergangene Zeit. Wie in der Mitte eines langen, schmalen Bildstreifens lag der weiße Paß in den Bergen – selbst er lag auf diesem Bild nun schon weit zurück.

Er beugte sich schnell über sie und küßte sie auf die Wange. »In zwei Wochen wird das Gras schon hoch stehen«, sagte er.

»Joseph, nichts in der Welt ist unangenehmer als ein

nasser Bart! Ich habe dir die trockenen Kleider auf das Bett gelegt.«

Den ganzen Abend saß er in seinem Schaukelstuhl am Fenster. Elisabeth schaute verstohlen ab und zu auf sein Gesicht. Sie sah, wie er besorgt die Stirn runzelte, wenn der Regen einmal etwas weniger heftig trommelte, und wie er beruhigt lächelte, wenn er noch stärker als vorher gegen das Fenster prasselte. Spätabends kam Thomas; laut stieß er draußen auf der Veranda mit den Füßen auf und kratzte sich die Schuhe ab.

»Zur rechten Zeit ist er gekommen«, sagte Joseph.

»Ja, nun ist er da. Wir werden morgen Gräben ziehen müssen. Der Korral steht unter Wasser. Wir müssen es morgen ableiten.«

»Das Wasser führt gute Düngstoffe mit, Tom. Wir werden es über den Gemüsegarten leiten.«

Der Regen hielt eine Woche an, verdünnte sich manchmal zu Nebel und goß dann wieder aus ganzen Kübeln. Die Tropfen drückten das alte Gras zu Boden, und in ein paar Tagen kamen die dünnen neuen Grashalme zum Vorschein. Der Fluß schoß brüllend aus den westlichen Bergen hervor, zog die Weiden tief ins Wasser nieder und rauschte wütend um die Felsblöcke. Jede kleine Rinne in den Bergen schickte einen kleinen Bach in den Fluß. Die Furchen vertieften und verbreiterten sich.

Die Kinder mußten in den Häusern und im Stall spielen und hatten den Regen herzlich satt, lange bevor er vorüber war. Sie plagten Rama mit Fragen, wie sie sich die Zeit vertreiben sollten. Die Frauen murrten, weil so viel feuchte Kleider in der Küche zum Trocknen aufgehängt wurden.

Joseph trug eine Ölhaut. Er schritt die ganze Farm ab und hob hier und da Pfahllöcher aus, um zu sehen, wie weit die Feuchtigkeit in den Boden gedrungen war. Dann wieder strolchte er am Flußufer entlang und sah zu, wie Büsche,

Stämme und Äste von der Flut weitergewirbelt wurden. Nachts lag er fast immer halbwach, lauschte auf den Regen, döste ein, wenn er mit ihm zufrieden war, und erwachte wieder, wenn seine Kraft nachließ.

Dann war eines Morgens der Himmel klar, und die Sonne schien warm. Mild und rein war die saubergewaschene Luft. Die Blätter der immergrünen Eichen glitzerten frisch. Das Gras sproß auf, man sah es an einem tieferen Farbton der ferneren Berge und an einer blauen Schattierung in größerer Nähe – und wenn man auf den Boden blickte, stachen überall dünne, grüne Nadeln heraus.

Die Kinder brachen wie Tiere aus ihrem Käfig und tollten so wild umher, daß sie Fieber bekamen und zu Bett gebracht werden mußten.

Joseph zog einen Pflug heraus und pflügte den Gemüsegarten um, Thomas eggte, und Burton walzte ihn. Es war wie eine Prozession. Jeder war begierig darauf, seine Krallen in den Boden zu schlagen. Selbst die Kinder baten um ein Stückchen Erde, wo sie Radieschen und Karotten säen konnten. Die Radieschen kamen am schnellsten, aber die Karotten sahen natürlich viel schöner aus – falls man so lange warten konnte …

Und die ganze Zeit über sproß das Gras und wuchs. Die Nadeln wurden zu Klingen, und jede Klinge teilte sich und wurde wieder zu zwei neuen Klingen. Die Grate und Flanken der Berge wurden weich, glatt und wollüstig. Die Salbeibüsche verloren ihr trübseliges Schwarzgrau. Im ganzen Lande behielt nur der Tannenhain auf dem östlichen Bergzug sein stilles Grübeln.

Das Erntedankfest wurde gefeiert. Eine ganze Weile vor Weihnachten reichte das Gras schon bis zu den Fußknöcheln.

Eines Nachmittags kam ein mexikanischer Hausierer auf den Hof. Er hatte schöne Sachen in seiner Tasche: Nähnadeln, Stecknadeln, Zwirn, kleine Stücke Bienenwachs, Heiligenbilder, Dosen mit Gummiarabikum, Mundharmonikas und Rollen von rotem und grünem Seidenpapier. Er war ein alter, gebeugter Mann und führte nur kleinere Dinge mit sich. Er öffnete seine Tasche auf Elisabeths Veranda, trat dann mit einem um Verzeihung bittenden Lächeln zurück und drehte nur ab und zu eine Karte mit Nadeln um, damit sie vorteilhafter zur Geltung kamen, oder tupfte mit der Fingerspitze vorsichtig auf den Gummi, um die Aufmerksamkeit der versammelten Weiblichkeit darauf zu lenken. Joseph sah von der Stalltür aus die kleine Versammlung und schlenderte hinüber. Erst da nahm der Alte seinen zerbeulten Hut ab. »Buenas tardes, Señor«, sagte er.

»Tardes«, antwortete Joseph.

In großer Verlegenheit grinste der Hausierer ihn an. »Sie erkennen mich nicht mehr, Señor?«

Joseph betrachtete das dunkle, zerfurchte Gesicht. »Ich glaube, nein.«

»Eines Tages«, sagte der Alte, »ritten Sie an mir vorüber, als Sie von Nuestra Señora kamen. Ich dachte, Sie wären auf der Jagd, und bat sie um ein Stück Wild.«

»Ja«, sagte Joseph langsam. »Jetzt erinnere ich mich. Sie sind der alte Juan.«

Der Hausierer neigte den Kopf wie ein alter Vogel. »Und dann, Señor – dann sprachen wir von einer Fiesta. Ich bin weiter als San Luis Obispo gekommen. Haben Sie die Fiesta schon abgehalten, Señor?«

Josephs Augen weiteten sich vor Vergnügen. »Nein, noch nicht, wann wäre wohl die beste Zeit dafür?«

Der Hausierer spreizte die Hände und zog den Hals zwischen die Schultern, weil ihm so große Ehre zuteil wurde. »Nun, Señor, hierzulande ist jede Zeit gut. Aber manche Tage sind natürlich besser als andere. Da wäre zum Beispiel Weihnachten, *Natividad.*«

»Nein«, erklärte Joseph. »Das ist zu bald. Da reicht die Zeit nicht mehr.«

»Dann Neujahr, Señor! Das ist die beste Zeit, weil dann jeder glücklich ist und die Leute auf eine Fiesta warten.«

»Also gut«, sagte Joseph. »Neujahr werden wir eine Fiesta halten.«

»Mein Schwiegersohn spielt Gitarre, Señor.«

»Dann soll er auch kommen. Wen soll ich einladen, Juan?«

»Einladen?« Der Alte machte erstaunte Augen. »Sie werden doch nicht einladen, Señor? Wenn ich nach Nuestra Señora komme, erzähle ich, daß Sie zu Neujahr eine Fiesta halten – dann werden die Leute ganz von selber kommen. Vielleicht wird auch der Pfarrer kommen und hier die Messe lesen. Das wäre schön.«

Joseph lachte zur Eiche hinauf. »Das Gras wird dann *so* hoch sein«, sagte er.

16

Am Tag nach Weihnachten jagte Martha, Ramas älteste Tochter, den anderen Kindern einen bösen Schreck ein. »Zur Fiesta wird's regnen«, sagte sie, und weil sie älter war als die anderen – ein ernstes Kind, das sein Alter und seinen Ernst wie eine Peitsche gegen die anderen gebrauchte –, glaubten sie ihr und waren bedrückt.

Das Gras stand hoch. Warmes Wetter hatte es aufschießen lassen. Auf den Feldern gab es Millionen Pilze, Staub- und Giftschwämme. Die Kinder schleppten Körbe voll Champignons herbei, die Rama in der Pfanne briet, wobei sie nicht vergaß, einen silbernen Löffel hineinzulegen, um sie auf Gift zu untersuchen. Sie sagte, das Silber würde schwarz anlaufen, wenn ein giftiger Pilz darunter wäre.

Zwei Tage vor Neujahr erschien der alte Juan auf der

Straße. Sein Schwiegersohn, ein hilflos lächelnder, junger Mexikaner, ging direkt hinter ihm, denn Manuel, so hieß dieser Schwiegersohn, mochte nicht einmal die Gefahr auf sich nehmen, in einen Graben zu plumpsen. Die zwei blieben lächelnd vor Josephs Haus stehen, ihre Hüte zärtlich gegen die Brust gedrückt. Manuel machte alles genauso wie der alte Juan – wie ein junger Hund, der einen erwachsenen nachahmt.

»Er spielt die Gitarre«, sagte Juan, und zum Beweis schob Manuel das arg mitgenommene Instrument vom Rücken herunter und klimperte darauf, wobei er das Gesicht zu einem geradezu schmerzlichen Lächeln verzog. »Ich habe überall verkündet, wann die Fiesta stattfinden wird«, fuhr der alte Juan fort. »Die Leute werden in Scharen herbeiströmen – vier weitere Gitarrespieler werden kommen, und auch Pfarrer Angelo wird erscheinen!« Ja, das hatte er schön eingefädelt! Er fuhr fort: »Und hier wird er die Messe lesen!« Dann fügte er stolz hinzu: »Und ich soll den Altar aufbauen, wie Pfarrer Angelo mir gesagt hat.«

Da machte Burton ein finsteres Gesicht. »Das wirst du doch wohl nicht zulassen, Joseph? Doch nicht hier auf unserer Ranch? Wir haben schließlich immer einen guten Ruf gehabt!«

Aber Joseph verbarg seine Freude nicht. »Sie sind unsere Nachbarn, Burton, und ich will sie nicht bekehren.«

»Das werde ich nicht mitmachen! Ich bin Protestant und werde den Segen des Papstes hier auf diesem Land nicht dulden!«

»Dann bleibst du eben im Haus«, lachte Thomas. »Joe und ich wollen niemanden bekehren und haben auch keine Angst, daß man uns bekehren könnte. Darum werden wir zusehen.«

Es gab alle Hände voll zu tun. Thomas fuhr nach Nuestra Señora und kaufte ein Faß Rotwein und ein Fäßchen

Whisky. Die Vaqueros schlachteten drei Ochsen und hängten das Fleisch in die Bäume. Manuel mußte sich daruntersetzen und die Schmeißfliegen abwehren. Der alte Juan baute einen Bretteraltar unter der großen Eiche, und Joseph ebnete auf dem Hof einen Tanzplatz und fegte ihn blank. Der alte Juan war überall. Er zeigte den Frauen, wie man ein Faß *Salsa pura* macht. Sie mußten konservierte Tomaten nehmen, Schoten spanischen Pfeffers, grünen Pfeffer und einige getrocknete Kräuter, die Juan in der Tasche trug. Er leitete auch das Ausheben der Kochgruben und häufte an den Rändern trockenes Eichenholz auf. Manuel saß unter den Fleischbäumen und zupfte träge die Saiten seiner Gitarre; nur ab und zu brach er plötzlich in eine stürmische Melodie aus. Die Kinder wollten natürlich überall dabeisein und waren mustergültig brav, denn Rama hatte verkündet, daß ein unartiges Kind zu Hause bleiben mußte und die Fiesta nur vom Fenster aus anschauen durfte, und das war eine so bittere Strafe, daß die Kinder Holz zu den Feuergruben schleppten und sich erboten, Manuel bei der Fleischbewachung zu helfen.

Die Gitarrespieler trafen am Silvesterabend um neun Uhr ein, vier schlanke, braune Männer mit schwarzem, glattem Haar und schönen Händen. Sie konnten vierzig Meilen reiten, einen Tag und eine Nacht hindurch Gitarre spielen und dann wieder vierzig Meilen heimreiten – aber wenn sie eine Viertelstunde hinter einem Pflug gegangen waren, fielen sie vor Erschöpfung um. Bei ihrer Ankunft erwachte Manuel zum Leben. Er half ihnen ihre kostbaren Satteltaschen so zu hängen, daß sie keinen Schaden nehmen konnten, und breitete für sie Decken im Heu aus; aber sie schliefen nicht lange. Um drei Uhr nachts baute der alte Juan die Holzstöße in den Gruben auf. Da krochen die Gitarrespieler aus dem Heu, ihre Satteltaschen in den Händen. Sie schlugen vier Pfähle um den Tanzplatz und nahmen die schönen Sachen aus den Taschen: rote und blaue Flaggen, Lampions und allerlei bunte Bänder. Sie arbeiteten im Schein der aus den Gruben lodernden Flammen und hatten, noch ehe es Tag wurde, einen Pavillon gebaut.

Vor Tagesanbruch traf Pfarrer Angelo auf einem Maulesel ein, gefolgt von einem schwerbeladenen Pferd und zwei schläfrigen Meßdienern, die zusammen auf einem Esel ritten. Pfarrer Angelo machte sich sogleich an die Arbeit. Er breitete die Decke auf Juans Altar aus, stellte die Kerzen auf, gab den kleinen Meßdienern ein paar saftige Ohrfeigen, woraufhin sie sogleich aufwachten und flink umherrannten. Die Meßgewänder legte er im Werkzeugschuppen aus, und schließlich holte er wundervolle Dinge hervor: ein Kruzifix und eine Gottesmutter mit Kind. Pfarrer Angelo hatte sie selbst geschnitzt und bemalt und ihren eigenartigen Mechanismus erfunden. Sie ließen sich in der Mitte an Scharnieren falten, die so sorgfältig versteckt waren, daß man den Riß in der Mitte nicht sehen konnte, wenn die Figuren aufgestellt waren. Ihre Köpfe waren aufgeschraubt. Pfarrer Angelo liebte seine Figuren, und sie waren berühmt. Obwohl sie drei Fuß hoch waren, gingen doch beide, wenn er sie zusammenklappte, in eine Satteltasche. Sie waren aber nicht nur interessant, sondern auch geweiht und besaßen den erzbischöflichen Segen. Juan hatte besondere Podeste für sie gebaut und eine dicke Kerze für den Altar gestiftet.

Vor Sonnenaufgang trafen schon die ersten Gäste ein, die reicheren Familien in leichten Kutschwagen. Lustig wehten die Fransen der Verdeckbespannung. Die anderen kamen in Karren, Einspännern, Ackerwagen oder zu Pferde. Kinder trafen in Scharen ein; sie standen zuerst schüchtern herum und starrten einander an. Die Indianer kamen mit langsamen Schritten und stellten sich mit verschlossenen, teilnahmslosen Gesichtern abseits; sie beobachteten alles, ließen sich aber auf nichts ein.

In kirchlichen Angelegenheiten war Pfarrer Angelo ein unnachsichtig strenger Mann, aber außerhalb der Kirche und nach dem Gottesdienst war er stets zugänglich und humorvoll. Wenn man ihm ein Stück Fleisch vorsetzte und ihm ein Glas Wein in die Hand gab, konnten keine Augen lustiger zwinkern als seine. Punkt acht Uhr zündete er die Kerzen an, wies die Meßjungen zurecht und begann die Messe zu lesen. Schön rollte seine mächtige Stimme.

Burton blieb, seinem Versprechen getreu, zu Hause und betete mit seiner Frau, aber obwohl er absichtlich laut sprach, konnte er das sonore Latein nicht übertönen.

Als die Messe vorüber war, drängten sich die Leute dicht um den Pfarrer, um zu sehen, wie er das Kruzifix und das Muttergottesbild zusammenklappte. Er machte das würdig und geschickt, indem er vor jeder Figur das Knie beugte, ehe er sie herunternahm und den Kopf abschraubte.

Die Gruben brannten jetzt in rotem Feuerschein, die Seiten glühten von der Hitze. Thomas rollte nun das Weinfaß auf ein Holzgestell, wobei ihm mehr Leute halfen als nötig waren, setzte einen Hahn an das Spundloch und schlug den Spund heraus.

Die großen Fleischstücke hingen über dem Feuer, und weiße Flammen schossen empor, wenn der Saft in die Glut tröpfelte. Es war erstklassiges Ochsenfleisch, es stammte von der Farm und war lange aufgehängt gewesen. Drei Männer brachten das Faß mit der Brühe herbei und gingen dann wieder zurück, um einen Waschzuber mit Bohnen zu holen. Die Frauen trugen die Brotwecken, als wenn sie die Arme voll Holz hätten, und häuften die goldenen Laibe auf einen Tisch. Die abseits stehenden Indianer rückten langsam näher. Die Kinder, die jetzt zwar schon spielten, aber immer noch mißtrauisch waren, spürten auf einmal einen gewaltigen Hunger, als der Duft des bratenden Fleisches durch die Luft zog.

Um die Fiesta in Gang zu bringen, nahm Joseph eine Zeremonie vor, von der ihm der alte Juan erzählt hatte – eine Zeremonie, die so alt und so natürlich war, daß es Joseph vorkam, als hätte er sie in früheren Zeiten schon oft vollzogen. Er nahm einen Becher vom Tisch und ging zu dem Weinfaß. Der rote Wein sprudelte hinein. Als der Becher voll war, hielt er ihn in Augenhöhe und schüttete den Inhalt auf den Boden. Dann füllte er den Becher wieder und trank ihn in vier durstigen Schlucken aus. Pfarrer Angelo nickte beifällig und lächelte anerkennend über die vollendete Art, mit der Joseph die Zeremonie vollzogen hatte. Joseph ging dann zu dem Baum und goß ein wenig Wein auf die Rinde, aber da hörte er, wie der Priester hinter ihm sanft sagte: »So etwas zu tun ist nicht gut, mein Sohn.«

Joseph drehte sich hastig nach ihm um: »Aber was denken Sie denn –? Es war eine Fliege im Becher.«

Doch der Pfarrer lächelte ihn weise und ein wenig traurig an. »Hüte dich vor den Hainen, mein Sohn! Jesus ist ein besserer Helfer als eine Baumnymphe.« Sein Lächeln wurde noch feiner, denn Pfarrer Angelo war sowohl ein weiser als auch ein gelehrter Mann.

Joseph wollte sich umwenden und fortgehen, aber dann blieb er doch, unsicher geworden, stehen. »Verstehen Sie alles, Herr Pfarrer?«

»Nein, mein Sohn«, erklärte der Priester, »ich verstehe sehr wenig, aber die Kirche versteht alles. Schwierige Dinge werden in der Kirche einfach. Ich verstehe, was Sie tun. Es ist so: Der Teufel hat dieses Land viele Jahrtausende besessen, Christus herrscht hier noch nicht lange. Und da in einem eroberten Volk die alten Sitten noch lange fortwirken, manchmal heimlich und manchmal leicht verändert, um sich der neuen Herrschaft anzupassen, bestehen auch hier einige der alten Gewohnheiten weiter, selbst unter der Herrschaft Christi.«

»Danke sehr«, sagte Joseph. »Ich glaube, das Fleisch ist jetzt fertig.«

An den Gruben drehten die Männer Fleischschnitten mit Heugabeln. Die Gäste standen mit Blechbechern in der Hand vor dem Weinfaß Schlange. Zuerst mußten die Gitarrespieler bedient werden. Sie tranken Whisky, denn die Sonne stand schon hoch, und sie mußten jetzt an die Arbeit gehen. Sie verschlangen ihr Fleisch gierig, und während die anderen noch aßen, setzten sich die Gitarrespieler im Halbkreis auf die Kisten und klimperten erst ganz leise, da sie ihre Instrumente aufeinander abstimmten und sich allmählich in die Melodie einfühlten – denn wenn das Tanzen begann, mußten sie ein einziges leidenschaftliches Instrument bilden.

Der alte Juan, der wußte, was man der Musik schuldig ist, achtete darauf, daß ihre Becher immer mit Whisky gefüllt waren.

Nun betraten zwei Paare den Tanzplatz und führten in gemessener und feierlicher Weise einen Tanz mit lauter Verbeugungen und langsamen Wendungen vor. Die Gitarren tröpfelten trillernde Melodien in den Rhythmus der Tänzer. Beim Weinfaß hatte sich wieder eine neue Schlange gebildet, und nun betraten mehrere Paare den Platz, aber die waren nicht so geschickt wie die ersten. Die Gitarrespieler fühlten die Veränderung und zupften mehr die Baßsaiten. Der Rhythmus bekam ein schnelleres Tempo und wurde dröhnend. Die Fläche füllte sich nun mit Gästen, die aber nicht etwa tanzten, sondern die Arme eingehakt hatten und die Füße auf den Boden stampften. An den Gruben stellten sich nun auch die Indianer ein und nahmen ohne ein Dankeswort das Brot und Fleisch entgegen. Dann traten sie näher zu den Tänzern hin, nagten dabei an dem Fleisch und zerrten mit den Zähnen an dem harten Brot. Als der Rhythmus noch heftiger und aufreizender wurde, scharrten sie mit den Füßen, während ihre Gesichter auch weiterhin ausdruckslos blieben.

Die Musiker machten keine Pause. Unablässig und unverändert ging es in demselben Rhythmus weiter. Dann und wann zupfte ein Spieler die Saiten nur mit der rechten Hand, während seine linke nach dem Whiskybecher suchte. Ab und zu verließ ein Tänzer die Fläche, um zum Weinfaß zu gehen.

Dort stürzte er ein paar Schluck herunter und eilte zurück. Es wurde nicht mehr paarweise getanzt. Man streckte die Arme aus, um jeden zu umhalsen, der in erreichbarer Nähe war. Mit gebeugten Knien stampfte man die Erde zum gleichmäßigen Rhythmus der Gitarren. Die Tänzer begannen leise zu summen. Ein tief in der Kehle angestimmter Ton sprang aus dem Takt. Vierteltakt schlich sich ein. Mehr und mehr Stimmen nahmen den Vierteltakt auf. Gruppen auf der vollgepackten Tanzfläche bewegten sich ruckweise nach dem Rhythmus hin und her. Der leise und monotone Singsang bekam jetzt einen wilden, tiefen und vibrierenden Beiklang und ließ keinen Raum mehr für Lachen und laute Witze. Wenn vorher jemand durch seine Größe aufgefallen war oder ein anderer durch seine tiefe Stimme, oder eine Frau durch ihre Schönheit und eine andere durch ihre Häßlichkeit – jetzt gab es keinen Unterschied mehr. Alle Verschiedenheiten verwischten sich, die Tänzer verloren ihre Individualität. Die Gesichter bekamen einen verzückten Ausdruck. Die Schultern beugten sich leicht nach vorn, jeder wurde ein Teil des Tanzkörpers, und die Seele dieses Körpers war der Rhythmus.

Die Gitarrespieler saßen wie Dämonen da, mit geschlitzten, glitzernden Augen, ihrer Macht bewußt, doch von einer noch größeren Macht träumend. Die Saiten waren jetzt ganz im Einklang. Manuel, der am Morgen vor lauter Verlegenheit affektiert gelächelt und hilflos gegrinst hatte, warf den Kopf zurück und heulte in hohen, schrillen Tönen ein Lied mit sinnlosen Worten heraus. Die Tänzer sangen einen tiefen Refrain dazu.

Die Sonne rollte nach Westen und stand schräg über den Bergen. Im Westen kam ein Wind auf. Die Tänzer holten sich wieder, einer nach dem andern, Fleisch und Wein.

Joseph stand mit glühenden Augen abseits. Seine Füße bewegten sich leicht im Takt. Er war von diesem Tanzkörper gefesselt, aber er wurde kein Teil davon. Freudig bewegt dachte er: Wir haben hier alle etwas gefunden. Auf irgendeine Weise sind wir der Erde für einen Augenblick nähergekommen. Ein Glücksgefühl durchströmte ihn, das so tief war wie die dröhnenden Baßsaiten. Ein starker, seltsamer Gedanke bemächtigte sich seiner. Dies wird nicht ohne Wirkung bleiben. Es ist wie ein inbrünstiges Gebet. Als er die Berge im Westen beobachtete und dort droben, hoch und verheißungsvoll, einen schwarzen Wolkenkopf sah, wußte er, was kommen würde. »Natürlich wird es regnen«, sagte er. »Etwas muß doch geschehen, wenn solch eine Gebetssalve abgefeuert wird!« Er sah vertrauensvoll zu, wie die drohende Wolke über die Berge hinaus wuchs und zur Sonne hinzog.

Thomas war in den Stall gegangen, als die Leute zu tanzen anfingen, denn er fürchtete sich vor wilden Erregungen wie ein Tier vor dem Donner. Der Rhythmus aber erfaßte auch ihn. Er tätschelte im Takt den Hals eines Pferdes. Nach einiger Zeit hörte er leises Seufzen, und als er darauf zuging, sah er Burton wimmernd und betend in einer Box knien. Da lachte Thomas sich von Furcht frei. »Was gibt's, Burton, gefällt dir die Fiesta nicht?«

»Das ist Teufelsanbetung!« rief Burton wütend. »Schrecklich ist das, entsetzlich! Auf unserem eigenen Boden! Zuerst dieser Priester mit seinen hölzernen Götzenbildern und dann dies!«

»Woran erinnert es dich, Burton?« fragte Thomas unschuldig.

»Woran es mich erinnert? An Hexenspuk und schwarzen Sabbat! Es erinnert mich an alle teuflischen und heidnischen Gebräuche der Welt.«

»Bete nur weiter«, spottete Thomas. »Weißt du, woran es mich erinnert? Wenn du die Ohren nur halb aufmachst, mußt du das heraushören. Es klingt wie ein religiöses Lagertreffen, wenn einer eurer großen Prediger von der ewigen Seligkeit erzählt.«

»Es ist Teufelsanbetung!« rief Burton wieder. »Es ist unreine Teufelsanbetung, sage ich dir! Wenn ich das geahnt hätte, wäre ich fortgegangen.«

Thomas lachte rauh, ging zu seinem Sitz auf der Krippe zurück und hörte zu, wie Burton betete. Es belustigte ihn, als er merkte, daß Burtons Worte unwillkürlich in den Rhythmus der Gitarren gerieten.

Joseph beobachtete die aufgeblähte schwarze Wolke. Sie schien sich nicht zu bewegen und doch den Himmel aufzufressen – und ganz plötzlich schnappte sie zu und verschlang die Sonne. So dick und mächtig war die Wolke, daß es dämmerig wurde. Die Berge strahlten ein hartes, metallisches Licht aus. Kaum war die Sonne verschwunden, schoß aus der Wolke eine goldene, blitzende Lanze. Der Donner rollte schwer über die Bergspitzen. Und wieder ein Aufblitzen und noch ein niederpolternder Donner.

Sofort hörte die Musik und der Tanz auf. Die Tänzer blickten mit schläfrig verwunderten Augen nach oben wie Kinder, die von dem Getöse eines Erdbebens aufgeweckt und erschreckt werden. Halbwach und staunend starrten sie einen Augenblick verständnislos gen Himmel, dann kehrte ihr Verstand zurück. Sogleich rannten sie zu den angebundenen Pferden, ließen die Deichseln der Wagen herunter und versuchten, die Pferde an die Deichsel zu bringen. Die

Gitarrespieler rafften die bunten Tücher und die unbenutzten Lampions zusammen und stopften sie schnell in die Satteltaschen, damit sie nicht naß wurden.

Im Stall stand Burton auf und rief triumphierend: »Das ist Gottes zornige Stimme!«

»Hör mal genau hin«, meinte Thomas, »es ist ein Gewitter.«

Das leuchtende Feuer fiel jetzt wie Regen aus der Wolke. Die Luft bebte von der Wucht des Donners. Nach ein paar Minuten fuhren die Wagen davon, die meisten auf Nuestra Señora zu, einige wenige in die Berge. Zelttücher wurden aufgespannt, da der Regen jeden Augenblick losbrechen mußte. Die Pferde schnaubten, von der Bewegung der Luft erschreckt, und waren kaum noch im Zügel zu halten.

Nachdem der Tanz begonnen hatte, hielten sich die Frauen der Brüder Wayne auf Josephs Veranda auf, fern von den Gästen, wie es den Frauen des Hauses bei einer Einladung zukommt. Nur Alice hatte nicht widerstehen können und war hinüber zu den Tänzern gegangen. Elisabeth und Rama saßen in Schaukelstühlen und sahen dem Treiben zu. Als nun die Wolke den Himmel verhüllte, stand Rama auf und wollte gerade gehen. »Es war alles sehr merkwürdig«, sagte sie. »Du hast den ganzen Tag so ruhig dagesessen, Elisabeth. Gib acht, daß du dich nicht erkältest.«

»Ich friere nicht, Rama. Ich war heute nicht ganz bei mir – zuerst die Aufregung und dann die Traurigkeit. Soweit ich mich erinnern kann, haben mich Gesellschaften immer traurig gestimmt.« Den ganzen Nachmittag hatte sie Joseph beobachtet, wie er abseits von den Tänzern stand. Sie hatte gesehen, daß er nach dem Himmel blickte. Nun fühlte er den Regen. Und als der Donner rollte, hatte sie gedacht: Das hört er gern. Gewitter machen ihn froh. Als die Leute fort waren und der Donner über ihnen rollte, betrachtete sie noch immer die einsame Gestalt ihres Mannes.

Die Vaqueros brachten die Werkzeuge und die Reste der Eßvorräte unter Dach und Fach. Joseph hielt Ausschau, bis die ersten Tropfen fielen, und schlenderte dann zum Haus hinüber, wo er sich auf der obersten Stufe der Verandatreppe vor Elisabeth hinsetzte. Seine Schultern fielen vor, er hatte die Ellbogen auf die Knie gestützt. »Hat dir die Fiesta gefallen, Elisabeth?« fragte er.

»Ja.«

»Hast du schon einmal eine gesehen?«

»Ja, doch, ich habe schon verschiedene gesehen, aber so eine noch nicht. Glaubst du, daß die Elektrizität in der Luft die Leute so wild gemacht hat?«

Er drehte sich um und schaute ihr ins Gesicht. »Wahrscheinlich war es der Wein, den sie im Magen hatten.« Er kniff die Augen zusammen und sah sie besorgt an. »Du siehst aus, als ob dir nicht ganz wohl wäre, Elisabeth. Fehlt dir etwas?« Er stand auf und lehnte sich über sie. »Laß uns hineingehen. Es ist zu kalt, um hier draußen zu sitzen.

Er ging voraus, zündete die Lampe an, machte Feuer im Ofen und gab ihm so viel Zug, daß die Flamme knisternd und wabernd den Kamin hinaufschlug. Der Regen peitschte gegen das Dach. Es hörte sich an, als würde es mit einem groben Besen gekehrt. In der Küche summte Alice in Erinnerung an den Tanz vor sich hin. Elisabeth ließ sich schwer in einen Sessel am Ofen fallen.

Joseph kniete am Boden neben ihr. »Du siehst müde aus«, begann er wieder.

»Das kommt von der Aufregung. All die vielen Leute – und die Musik war – nun sie war anstrengend.« Sie machte eine Pause und überlegte, wie sie die Musik und den Tanz beschreiben sollte. »Ein sonderbarer Tag«, fuhr sie fort. »Es war alles so fremd, zuerst die vielen Leute – so viele hatte ich doch gar nicht erwartet –, dann die Messe und die Schmauserei, und schließlich der Tanz, und zum Abschluß das Gewitter … Bin ich albern, Joseph, oder hatte dies alles unter der Oberfläche eine tiefere Bedeutung? Es kam mir vor wie diese Vexierbilder, die man in den Papierläden in der Stadt verkauft. Sie scheinen eine einfache Landschaft darzustellen. Wenn man aber näher hinblickt, erkennt man in ihren Linien alle möglichen Gestalten … Kennst du diese Bilder? Ein Felsen wird ein schlafender Wolf, eine kleine Wolke ein Schädel und eine Baumreihe ein Trupp marschierender Soldaten – man muß nur genau hinsehen. Erschien dir der Tag auch so, Joseph, voll verborgener, nicht ganz faßbarer Bedeutungen?«

Er kniete noch immer und beugte sich nun in dem niedrigen Licht der Lampe nahe zu ihr hin. Er sah gespannt nach ihren Lippen, als ob er taub wäre. Seine Hände fuhren unablässig durch seinen Bart, wobei er immer wieder nickte. »Du siehst sehr genau hin«, sagte er scharf. »Du siehst zu tief in die Dinge hinein.«

»Du hast es auch gefühlt, Joseph, nicht wahr? Die Bedeutungen schienen mir eine Warnung zu sein. Ach, ich weiß nicht recht, wie ich das sagen soll.«

Er lehnte sich zurück, saß auf den Fersen und starrte auf die Lichtfunken, die aus den Ritzen des Ofens drangen. Mit der linken Hand strich er sich noch den Bart, aber seine rechte schwebte zu ihrem Knie und blieb dort liegen. Der Wind pfiff schrill durch die Eiche über dem Haus. Der Ofen tickte gleichmäßig, als das Feuer ein wenig herunterbrannte.

Alice sang: *»Corono de flores que es cosa mia …«*

Joseph sagte sanft: »Schau, Elisabeth, es sollte mich eigentlich weniger einsam machen, daß du unter die äußere Hülle sehen kannst, und doch ist das nicht so. Ich möchte mit dir darüber sprechen und kann nicht. Ich glaube nicht, daß wir in diesen Dingen eine Warnung sehen müssen. Es sind nur Anzeichen, wie es in der Welt zugeht … Eine

Wolke ist kein Zeichen, das gegeben wird, damit die Menschen sehen können, daß es regnen wird. Eine Warnung waren die heutigen Vorgänge nicht – aber du hast schon recht: Ich glaube auch, daß allerlei unter der Oberfläche verborgen war.«

Er fuhr sich ein paarmal langsam mit der Zunge über die Lippen. Elisabeth streckte die Hand nach ihm aus und strich ihm über den Kopf. »Dieser Tanz war zeitlos«, sagte Joseph, »er war … er war etwas Ewiges, das einen Tag lang sichtbar wurde.« Er schwieg wieder und versuchte, seinen Geist von den schweren und kaum faßbaren Gedanken, die ihn wie graue Nebelschleier umringten, zu befreien. »Alle haben sich daran erfreut, nur Burton nicht. Burton machte er elend und ängstlich. Ich weiß nie, wann Burton es mit der Angst bekommt.«

Sie sah, wie seine Lippen sich leicht kräuselten, als wollte er lachen. »Hast du noch keinen Hunger? Du kannst jederzeit essen, aber es gibt nur kalte Sachen heute abend.« Diese Worte wurden, wie sie wohl wußte, gesprochen, um ein Geheimnis zu bewahren, aber das Geheimnis schlich sich doch ans Licht, bevor sie es aufhalten konnte.

»Joseph – mir war heute morgen übel.«

Er sah sie teilnahmsvoll an. »Du hast dich bei den Vorbereitungen überanstrengt.«

»Ja – vielleicht. Nein, Joseph, das ist es nicht. Ich wollte es dir noch nicht verraten, aber Rama sagt – meinst du, daß Rama diesen Zustand genau kennt? Rama sagt, sie täusche sich nie darin, und Rama sollte es eigentlich wissen. Sie hat genug gesehen, sagt sie, es sei gar kein Zweifel möglich …«

Joseph lachte. »Was weiß Rama denn? Noch einen Augenblick, und du wirst an den vielen Worten, die du machst, ersticken.«

»Rama sagt, daß ich ein Kind bekomme.«

Ihre Worte fielen in eine große Stille. Joseph hatte sich

wieder auf die Hacken gesetzt und starrte auf den Ofen, und Alice sang gerade nicht.

Elisabeth brach bange das Schweigen mit der leisen Frage: »Freust du dich, Liebster?«

Joseph stieß heftig den Atem aus. »So habe ich mich noch nie gefreut«, sagte er und setzte dann flüsternd hinzu: »Und noch nie so gefürchtet.«

»Was hast du da gesagt? Was war das letzte? Ich habe es nicht gehört.«

Er stand auf und beugte sich über sie. »Du mußt jetzt sehr auf dich achten«, sagte er streng. »Ich werde dir einen Mantel um die Knie legen. Du mußt dich vor Erkältung schützen und achtgeben, daß du nicht fällst.« Er stopfte ihr eine Decke um die Taille.

Stolz und erfreut über diese plötzliche Besorgnis lächelte sie. »Ich weiß schon, was ich tun muß. Um mich brauchst du keine Angst zu haben. Schau«, sagte sie zuversichtlich, »wenn eine Frau ein Kind unterm Herzen trägt, so weiß sie viele Dinge, die ihr vorher unbekannt waren. Rama hat mir alles gesagt.«

»Vor allem mußt du dich in acht nehmen«, wiederholte er.

»Ist dir das Kind bereits so ans Herz gewachsen?« fragte sie mit glücklichem Lächeln.

Mit krauser Stirn sah er zu Boden. »Ja – das Kind bedeutet viel, aber noch viel mehr bedeutet die Tatsache, daß du mit ihm schwanger gehst. Die kann man nicht wegleugnen, die ist so wirklich wie ein Berg – ein Band, das uns an die Erde fesselt.« Er hielt ein, suchte nach Worten, mit denen er ausdrücken konnte, was er fühlte. »Es ist ein Beweis, daß wir hierher gehören – der einzige Beweis, daß wir hier keine Fremden sind.« Er sah plötzlich zur Decke auf.

»Der Regen hat aufgehört. Ich werde mal nach den Pferden sehen.«

Elisabeth lachte. »Irgendwo, vielleicht in Norwegen oder in Rußland, ich weiß nicht mehr, wo, gibt es, wie ich einmal gelesen oder gehört habe, eine sonderbare Sitte – man glaubt dort nämlich, man müsse es dem Vieh sagen. Bei einem Familienereignis, wenn jemand geboren wird oder stirbt, geht der Vater in den Stall und sagt es den Pferden und Kühen. Gehst du darum, Joseph?«

»Nein«, beteuerte er. »Ich will nur nachsehen, ob sie alle gut angebunden sind.«

»Geh bitte nicht. Dafür sorgt doch Thomas. Bleib heute abend bei mir. Ich fühle mich einsam, wenn du jetzt gehst. Alice«, rief sie, »deck jetzt bitte den Tisch. Ich möchte, daß du dich zu mir setzt, Joseph.«

Sie drückte seinen Unterarm gegen ihre Brust. »Als ich klein war, bekam ich eine Puppe. Als ich sie unterm Weihnachtsbaum sah, wurde es mir ganz heiß ums Herz. Aber ehe ich noch die Puppe an mich nahm, hatte ich schon Angst um sie. Ich weiß es noch so gut! Ich war traurig, daß die Puppe mir gehörte, ich weiß nicht, warum. Sie erschien mir zu kostbar, viel zu kostbar, als daß sie mir gehören könnte. Ihre Augenbrauen und ihre Wimpern waren aus echten Haaren. So war es nun immer zu Weihnachten, und heute abend bin ich in derselben Stimmung. Wenn das, was ich dir erzählt habe, wahr ist, so ist es zu kostbar, und ich habe Angst. Setz dich zu mir, Liebster. Geh heute abend nicht draußen spazieren.«

Er sah, daß ihre Augen voll Tränen waren. »Selbstverständlich bleibe ich«, tröstete er sie. »Du hast dich überanstrengt, und du mußt von nun an früh zu Bett gehen.«

Er blieb den ganzen Abend bei ihr sitzen und ging mit ihr schlafen, aber als sie gleichmäßig atmete, schlüpfte er hinaus und zog sich an. Sie hörte ihn gehen und blieb still liegen; sie tat, als ob sie schliefe. Wenn ich nur wüßte, was ihn nachts immer beschäftigt! Sie wurde starr und kalt vor

Einsamkeit, ein Schüttelfrost packte sie, und sie begann leise zu weinen.

Still verließ Joseph das Haus. Der Himmel hatte sich aufgeklärt, draußen war es frostig geworden, aber das Wasser tröpfelte noch von den Bäumen, und vom Dach rann ein dünner Strahl. Joseph ging auf die große Eiche zu und stellte sich unter sie. Er sprach sehr leise, so daß niemand ihn hören konnte.

»Es wird ein Kind kommen, Vater. Ich verspreche dir, daß ich es dir in die Arme legen werde, wenn es geboren ist.« Er fühlte die kalte, nasse Rinde und zog die Fingerspitzen langsam abwärts. Der Priester weiß Bescheid, dachte er. Zum Teil kennt er das Geheimnis – aber er glaubt nicht daran. Oder vielleicht glaubt er es und fürchtet sich?

»Es wird ein Unwetter kommen«, sagte er zu dem Baum. »Ich weiß, daß ich ihm nicht entgehen kann. Aber du weißt vielleicht, Vater, wie du uns vor ihm beschützen kannst ...«

So stand er lange da und tastete mit den Fingern nervös die schwarze Rinde ab. Dies wird immer stärker in mir, dachte er. Ich begann damit, weil es mich tröstete, als mein Vater gestorben war, aber jetzt ist es so stark geworden, daß es fast alles andere überragt. Doch es tröstet mich noch immer.

Er ging zu der Feuergrube und brachte ein Stück Fleisch zurück, das auf dem Rost liegengeblieben war. »Da!« sagte er, streckte den Arm hoch hinauf und legte das Fleisch in die Gabelung. »Beschütze uns, wenn du kannst«, bat er. »Das, was kommt, kann uns alle vernichten.« Er erschrak, denn er hörte dicht neben sich Schritte.

Er hörte Burtons Stimme. »Bist du es, Joseph?«

»Ja. Es ist schon spät. Was willst du?«

Burton trat dicht vor ihn hin. »Ich möchte mit dir sprechen, Joseph. Ich möchte dich warnen.«

»Dies ist doch nicht die Zeit dazu«, erklärte Joseph verdrossen. »Du kannst es mir morgen sagen. Ich bin nach draußen gegangen, um nach den Pferden zu sehen.«

Burton stand stocksteif da. »Du lügst, Joseph. Du glaubst, es hätte dich niemand gesehen, aber ich habe dich beobachtet. Ich habe gesehen, wie du dem Baum Gaben dargebracht hast. Schon lange habe ich das Heidentum in dir wachsen sehen, und ich bin da, um dich zu warnen.« Burton war aufgeregt, sein Atem ging schnell. »Du hast heute nachmittag Gottes Zorn gesehen, es war eine Warnung für die Götzenanbeter. Diesmal war es nur eine Warnung, Joseph. Das nächste Mal wird der Blitz einschlagen. Ich habe dich zu dem Baum schleichen sehen, Joseph, und mir fielen Jesajas Worte ein: ›Du hast Gott verlassen, und sein Zorn wird dich niederschmettern.‹« Er konnte vor Erregung nicht mehr weitersprechen. Dann verflackerte der Zorn in ihm. »Joseph«, bat er, »komm mit in den Stall und bete mit mir. Christus wird dich wieder in Gnaden aufnehmen. Laß uns den Baum fällen!«

Aber Joseph wandte sich von ihm weg und stieß die Hand zurück, die sich ausstreckte, ihn festzuhalten. »Rette dich selbst«, sagte Joseph mit kurzem Lachen. »Du bist lächerlich ernst, Burton. Geh zu Bett. Mische dich nicht in meine Angelegenheiten, kümmere dich um deine eigenen!« Er ließ seinen Bruder stehen und schlüpfte ins Haus zurück.

17

Der Frühling kam mit seiner ganzen Pracht. Die Berge waren von Gras überwuchert, smaragdgrünem, dichtem, dickem Gras. In üppigen, glatten Wellen schmiegte es sich an die Hänge. Unter den ständigen Regenfällen rauschte der Fluß mächtig dahin. Die Uferbäume beugten sich unter dem Gewicht der Blätter und vereinigten ihre Zweige über dem Wasser, so daß der Fluß meilenlang durch eine dunkle

Höhle floß. Die Häuser auf der Farm hatten während des nassen Winters eine dunkle Farbe angenommen. Nach Norden hin waren die Dächer mit bleichem Moos bewachsen. Die Dunghaufen überzog üppig sprießendes Gras.

Das Vieh spürte offenbar, daß es ringsum reichlich Nahrung gab, und wurde leicht trächtig. Selten hatten so viele Kühe zwei Kälber gehabt wie in diesem Frühling. Die Schweine ferkelten, ohne daß es Kümmerlinge gab. Nur ein paar Pferde blieben im Stall; das Gras war zu saftig, um es verkommen zu lassen.

Als der April und seine warmen Tage kamen, bedeckten Blumen die Berge. Goldheller Mohn und blaue Lupinen waren wie schmale und breite Decken ausgebreitet. Jede Art hielt sich für sich, so daß das ganze Land mit verschiedenen Farben betupft schien. Der Regen machte nur kleine Pausen, bis das Land vor Feuchtigkeit schwammig wurde. Jede Erdsenkung wurde ein Quell und jedes Loch ein Brunnen. Die kleinen, glatten Kälber wurden fett und waren kaum entwöhnt, als ihre Mütter die Bullen wieder zuließen.

Alice ging nach Nuestra Señora, gebar dort einen Sohn und brachte ihn mit auf die Ranch.

Im Mai blies vom Meer her ein beständiger Sommerwind, der nach Salz schmeckte und ein wenig nach Tang roch. Nun gab es Arbeit genug für die Männer. Das flache Land um die Häuser wurde unter den Pflügen schwarz. Man brauchte nur den gewöhnlichen Druschsamen auszustreuen, und schon sprossen Gerste und Weizen in Fülle. Der Gemüsegarten trug so reichlich, daß nur das feinste, fetteste Gemüse für die Küche genommen wurde, jede Rübe von fragwürdiger Form und jede unvollkommene Möhre wurden den Schweinen vorgeworfen. Die Hamster quiekten in den Eingängen ihrer Höhlen und waren im Frühling feister als sonst im Herbst. Auf den Vorbergen versuchten sich die Fohlen in lustigen Sprüngen und gingen aufeinander los, während die Stuten belustigt zusahen. Als der Regen wärmer wurde, suchten Pferde und Kühe keinen Schutz mehr unter den Bäumen, sondern fraßen weiter, während das Wasser von ihren Flanken strömte und ihnen einen lackartigen Glanz verlieh.

In Josephs Haus fanden stille Vorbereitungen für die Geburt statt. Elisabeth nähte Windeln, und die anderen Frauen, denen bewußt war, daß es das wichtigste Kind der Ranch und der Erbe der Macht sein würde, setzten sich zu ihr und halfen. Sie fütterten einen Waschkorb mit gesteppptem Satin aus, und Joseph baute ihn auf Schaukelhölzer. Sie säumten mehr Kinderwäsche, als ein Kind jemals brauchen konnte. Sie nähten lange Kleidchen und bestickten sie. Sie sagten Elisabeth, sie würde leicht gebären, weil ihr so selten übel war. Sie wurde auch in der Tat, je mehr die Zeit fortschritt, kräftiger und fröhlicher. Rama zeigte ihr, wie sie die Einlage für das Wochenbett steppen mußte, und Elisabeth machte sie so sorgfältig, als ob sie ihr ganzes Lehen lang halten müßte – dabei würde sie doch sofort nach der Geburt des Kindes verbrannt werden. Weil es Josephs Kind war, fügte Rama noch ein unerhört elegantes Zusatzstück hinzu. Sie machte ein dickes Seil aus Samt und versah es an beiden Enden mit einer Schlinge, die um die Bettpfosten gelegt werden konnte. Jede andere Frau hatte während der Wehen immer nur an einem zusammengedrehten Bettlaken gezogen.

Als es warm wurde, setzten die Frauen ihre Näherei auf der Veranda in der Sonne fort. Sie bereiteten alles viele Monate zu früh vor. Das schwere Stück ungebleichten Musselins, das Elisabeth um die Hüften gebunden werden sollte, wurde zurechtgeschnitten, gesäumt und weggelegt. Die mit kleinen Entenfedern ausgestopften Kissen und all die gesteppten Bettdecken waren am 1. Juni fertig.

Und endlos wurde von kleinen Kindern gesprochen, von

den Umständen der Geburt und den dabei zu bestehenden Gefahren, von der Eigentümlichkeit, daß eine Frau die Erinnerung an die Geburtsschmerzen verliert, von der Tatsache, daß Knaben und Mädchen sich schon in ihren frühesten Gewohnheiten unterscheiden. Die Anekdoten nahmen kein Ende. Rama wußte Geschichten von Kindern zu erzählen, die mit Schwänzen, mit zusätzlichen Gliedern geboren wurden oder die den Mund mitten in der Wange hatten. Aber diese Erzählungen erschreckten die Frauen nicht, weil Rama immer wußte, warum es so gewesen war. Einige Mißgeburten kamen vom Trinken, andere von Krankheiten, aber die schlimmsten kamen von der Empfängnis während der Menstruation.

Ab und zu schaute Joseph herein. Er hatte dann Grashalme zwischen den Schnürbändern der Schuhe oder Grasflecken auf den Knien der Hose, und die Schweißtropfen standen ihm noch auf der Stirn. Er strich sich den Bart und hörte den Gesprächen zu. Rama forderte ihn auf, dies oder jenes in ihren Berichten zu bestätigen.

In diesem verschwenderischen Frühling arbeitete Joseph unermüdlich. Er beschnitt die Bullenkälber, wälzte Steine weg, damit die Blumen Licht bekamen, oder nahm sein neues Brandeisen, um sein JW in das Fell der Tiere zu brennen. Thomas und Joseph arbeiteten schweigend zusammen, wenn sie die Stacheldrahtzäune um das Land zogen, denn in einem feuchten Frühling konnte man leicht die Löcher für die Pfosten in die Erde graben. Um die ständig wachsende Herde zu überwachen, wurden noch zwei Vaqueros angestellt.

Im Juni kam die erste große Hitze. Die Wirkung zeigte sich sofort, denn das Gras wuchs um einen Fuß. In dieser heißen Zeit, die einen kaum atmen ließ, litt Elisabeth unter Übelkeit und Reizbarkeit. Sie überreichte Joseph eine Liste von allerlei Sachen, die man noch für die Geburt brauchte.

Eines Morgens vor Sonnenaufgang fuhr er in seinem Bretterwagen nach San Luis Obispo, um sie dort einzukaufen. Für die Hin- und Rückfahrt brauchte er drei Tage.

Kaum war er fort, bekam es Elisabeth mit der Angst zu tun. Vielleicht würde er auf der Fahrt umkommen … Die unwahrscheinlichsten Dinge konnten passieren. Er könnte einer anderen Frau begegnen und mit ihr auf und davon gehen … Der Wagen könnte im weißen Paß umkippen und ihn in den Fluß werfen …

Sie war nicht aufgestanden, um ihm Lebewohl zu sagen, aber als die Sonne aufgegangen war, kleidete sie sich an und setzte sich auf die Veranda. Alles reizte sie, das tickende Geräusch der Grashüpfer, wenn sie flogen, und die Stücke rostigen Bindedrahtes, die auf dem Hof herumlagen. Der aus den Ställen kommende Ammoniakgeruch verursachte ihr Brechreiz. Als ihr alle Dinge, die sie in der Nähe sah, richtig zuwider geworden waren, blickte sie zu den Bergen hinüber, um auch dort Beute für ihre schlechte Laune zu suchen, und das erste, was sie sah, war der Tannenhain auf dem Berggrat. Sogleich ergriff sie heftiges Heimweh nach den dunklen Bäumen der Halbinsel, nach den kleinen sonnigen Straßen, nach den weißen Häusern und nach der blauen Bucht mit den farbigen Fischerbooten, aber weit mehr noch nach den Tannen. Es gab nichts Köstlicheres in der Welt als den harzigen Duft ihrer Nadeln. Sie sehnte sich so danach, ihn zu riechen, daß ihr Körper vor Verlangen nach ihnen stöhnte. Unablässig mußte sie auf den dunklen Tannenhain schauen.

Allmählich konzentrierte sich ihr ganzes Verlangen allein auf die Tannen. Sie riefen ihr von dort oben zu, sie möge in ihren Schatten kommen, aus der Sonnenglut heraus, und den Frieden kosten, den ein Tannenwald birgt … Sie sah und fühlte es sogar, wie sie auf einem Bett voll Tannennadeln lag und zwischen den Zweigen hindurch in den

Himmel blickte; sie konnte hören, wie der Wind sanft in den Wipfeln rauschte und mit Harzduft beladen in die Weite strich …

Elisabeth stand auf, stieg die Verandatreppe hinab und ging langsam auf den Stall zu. Es war jemand drin, denn sie sah, daß Gabeln voll Mist durch die Fenster flogen. Sie betrat den dunklen, warmen Stall und erblickte Thomas. »Ich möchte ein bißchen spazierenfahren«, sagte sie. »Würdest du so gut sein, mir einen Einspänner fertig zu machen?«

Er lehnte sich auf die Mistgabel. »Könntest du eine halbe Stunde warten? Wenn ich mit der Arbeit fertig bin, werde ich dich fahren.«

Diese Einmischung machte sie ärgerlich. »Ich möchte selbst fahren«, sagte sie kurz angebunden, »ich möchte allein sein.«

»Aber Joseph ist nicht da. Ich fahre dich gern.« Er lehnte die Gabel an die Wand. »Gut, ich werde Mondschein einspannen. Sie ist ein braves Tier. Weich aber nicht von der Straße ab, du könntest in ein Schlammloch geraten. In den Senkungen liegt er immer noch.«

Er half ihr in den Wagen und sah ihr ängstlich nach, als sie fortfuhr.

Instinktiv wußte Elisabeth, daß er es nicht gern sähe, wenn sie zu dem Tannenhain führe. Sie lenkte den Wagen daher eine ziemlich große Strecke durch den Talgrund, bevor sie die alte weiße Stute über unebenen Grund, auf dem der Wagen hin und her polterte, den Berg hinauftrieb. In dem windstillen Tal schien die Sonne sehr heiß. Sie war schon ziemlich hoch auf den Berg gefahren, als ein tiefer Erdeinschnitt die Weiterfahrt unterbrach. Die vom Wasser ausgewaschene Senke erstreckte sich nach beiden Seiten so weit, daß sie kaum um sie herumfahren konnte – und bis zu den Tannen war es nur noch eine kurze Strecke. Elisabeth kletterte aus dem Wagen, schlang die Zügel um eine

Baumwurzel und hängte die Zugstränge aus. Dann kletterte sie in den Graben hinunter und auf der anderen Seite wieder hinauf. Langsam stieg sie zu dem Tannenhain empor. Sie kam an einen kleinen glitzernden Bach, der ruhig dahinfloß, weil keine Steine ihm den Weg versperrten. Sie bückte sich, zog eine Kressenranke aus dem Wasser und knabberte daran, während sie dem Bach entlang nach oben ging.

Ihre Reizbarkeit war jetzt ganz verschwunden. Glücklich schritt sie weiter und betrat den Hain. Das tiefe Nadelbett dämpfte ihre Schritte. Der Wald verschluckte jedes Geräusch außer dem Rauschen des Windes in den Baumwipfeln. Sie ging ungehindert weiter, bis die Mauer aus Schlingpflanzen und Brombeergestrüpp ihr den Weg versperrte. Sie erzwang sich mit der Schulter einen Durchgang. Manchmal kroch sie auf Händen und Knien durch eine Öffnung. Sie fühlte einen unwiderstehlichen Trieb, tief in den Wald einzudringen. Ihre Hände waren zerkratzt und ihr Haar zerzaust, als sie endlich die Brombeermauer hinter sich hatte und sich aufrichten konnte. Ihre Augen weiteten sich vor Staunen, als sie die runde Lichtung und den leeren, flachen Platz erblickte. Dann blieb ihr Blick an dem großen, klobigen grünen Felsblock haften.

»Ich habe geahnt, daß ich hier etwas Schönes und Eigenartiges finden würde«, flüsterte sie in sich hinein. »Eine Stimme in der Brust sagte es mir.« Es war ganz still auf der Lichtung, das Rauschen der Gipfel klang so fern, daß es die Stille nur noch tiefer und undurchdringlicher machte. Das grüne Moos, das den Felsen bedeckte, war so dick wie ein Pelz, und das lange Farnkraut hing wie ein grüner Vorhang über die kleine Höhle in seiner Seite. Elisabeth setzte sich an den kleinen Bach, der über die Lichtung rieselte und im Unterholz verschwand. Ihre Augen hefteten sich auf den Felsen, ihre Gedanken beschäftigten sich mit seiner Gestalt, die allerlei unklare Vorstellungen weckte.

Irgendwo habe ich das schon gesehen, dachte sie. Ich muß gewußt haben, daß es hier war – wie käme ich sonst dazu, geradenwegs darauf zuzugehen? Mit weit aufgerissenen Augen betrachtete sie den Felsen. Ihr Bewußtsein verlor alle scharf umrissenen Gedanken und füllte sich mit langsam abrollenden, wirren und verschwommenen Erinnerungen. Sie sah sich in Monterey zur Sonntagsschule gehen, dann folgte eine langsame Prozession weißgekleideter portugiesischer Kinder, die zu Ehren des Heiligen Geistes aufmarschierten und von einer gekrönten Königin angeführt wurden. Undeutlich sah sie Wellen von sieben verschiedenen Richtungen bei Point Joe in der Nähe von Monterey zusammenströmen und aufschäumen. Und dann erblickte sie, als sie unablässig auf den Felsblock starrte, ihr eigenes Kind in ihrem Leibe zusammengerollt, mit dem Kopf nach unten. Sie sah, wie es sich leicht bewegte, und fühlte gleichzeitig diese Bewegungen.

Immer ging dabei das wispernde Rauschen über ihrem Kopf weiter. Sie bemerkte, ohne daß sie aufsah, daß sich die schwarzen Bäume immer dichter um sie drängten. Sie erkannte, als sie so dasaß, daß sie ganz allein auf der Welt war. Alle anderen Menschen waren entschwunden und hatten sie allein gelassen; aber das berührte sie nicht. Dann kam ihr zum Bewußtsein, daß sie alles haben konnte, was sie wünschte – und bei diesem Gedanken überkam sie die Angst, daß sie am meisten den Tod wünschte – und als nächstes, in ihren Mann hineinsehen und ihn ergründen zu können …

Ihre Hand löste sich langsam aus ihrem Schoß und fiel in das kalte Wasser der Quelle – und sofort wichen die Bäume zurück, und der niedrige Himmel flog nach oben. Die Sonne hatte mittlerweile einen großen Sprung vorwärts getan. Es war jetzt ein Rascheln im Walde, nicht sanft, sondern drängend und böse. Ein Blick auf den Felsblock belehrte sie, daß er die Form eines sich duckenden Tieres angenommen hatte und beinahe aussah wie ein zottiger Ziegenbock. Unversehens war eisige Kälte in den Hain gekrochen: Tief erschreckt sprang Elisabeth auf, abwehrend hielt sie die Hände gegen ihre Brust gepreßt. Der ganze Hain zitterte vor Entsetzen. Die schwarzen Bäume schnitten ihr die Flucht ab. Der große Felsblock duckte sich tiefer, um auf sie loszuspringen. Sie wich zurück, wagte aber nicht, die Augen von ihm abzuwenden. Als sie den Anfang der Schneise erreichte, glaubte sie ein zottiges wildes Tier sich bewegen zu sehen. Der ganze Hain schüttelte sich vor Furcht. Sie drehte sich um und lief die Schneise hinab, zu erschreckt, um zu schreien. Es dauerte lange, bis sie ins Freie kam, wo die warme Sonne schien.

Der Wald schloß sich hinter ihr und gab sie frei.

Erschöpft setzte sie sich an den kleinen Bach. Ihr Herz klopfte schmerzhaft, ihr Atem ging stoßweise. Sie sah, wie der Bach sanft die in seinem Wasser wachsende Kresse bewegte, und bemerkte die auf dem Grund glitzernden, glimmernden Stückchen. Dann blickte sie, Schutz suchend, auf die von der Sonne ausgedörrten Gebäude der Farm und auf das vergilbte Gras, das in langen, flachen, silbernen Wellen im Winde wogte. Das gab ihr ein Gefühl der Sicherheit; sie war dankbar, daß ihr dieser Anblick vergönnt war.

Bevor die Furcht ganz vergangen war, richtete sie sich halb auf und kniete nieder, um zu beten. Sie versuchte, sich deutlich zu machen, was in dem Hain vorgegangen war, aber die Erinnerung daran verblich bereits. Es war eine längst vergangene Welt, so alt, daß ich sie fast vergessen habe. Sie dachte daran, wie sie den Felsblock angestarrt hatte. Das war etwas Verbotenes und Sündiges. »Vater unser, der du bist im Himmel, geheiliget werde dein Name ...«, betete sie. Und dann: »O Jesus, beschütze mich vor diesen verbotenen Dingen und laß mich nicht von dem

Wege des Lichts und der Güte abweichen. Laß dies nicht durch mich in mein Kind eindringen. Bewahre mich vor den dunklen Dingen in meinem Blut.« Ihr Vater hatte ihr einmal erzählt, daß seine Vorfahren vor tausend Jahren der Druidenreligion angehört hatten.

Als sie gebetet hatte, war es ihr leichter zumute. In ihrem Geist wurde es wieder klar und hell, und diese Helligkeit vertrieb die Furcht und sogar die Erinnerung daran. Es ist mein Zustand, sagte sie sich. Ich hätte es wissen sollen. Meine Phantasie hat mir etwas vorgegaukelt, was gar nicht da war. Rama hat mir oft genug erzählt, was ich in meinem Zustand alles zu erwarten habe …

Gestärkt und getröstet stand sie dann auf. Und als sie den Berg hinabstieg, pflückte sie einen Armvoll der späten Blumen, um das Haus für Josephs Rückkehr zu schmücken.

18

Die sommerliche Hitze war groß. Jeden Tag schien die Sonne prall in das Tal, saugte die Feuchtigkeit aus der Erde, trocknete das Gras und zwang jedes lebende Wesen, den tiefen Schatten des Dorngestrüpps aufzusuchen. Dort lagen die Pferde und die Kühe den ganzen Tag und kamen erst abends zur Futtersuche heraus. Die Hunde streckten alle viere von sich, ihre zitternden, tröpfelnden Zungen hingen ihnen seitwärts aus der Schnauze, ihre Brust pumpte wie ein Blasebalg. Selbst die Grillen schwiegen während der Mittagsstunden. Um diese Zeit hörte man nur ein schwaches Winseln des erbarmungslos versengten Gesteins und der Erde. Der Fluß wich immer mehr von den Ufern zurück, bis er nur noch ein kleiner Bach war, und als der August kam, verschwand auch der.

Thomas schnitt das Heu, während Joseph das Vieh, das verkauft werden sollte, aussonderte und in den neuen Korral trieb. Burton bereitete seine Reise nach Pacific Grove vor. Er lud ein Zelt, allerlei Gebrauchsgegenstände, Lebensmittel und Bettzeug auf den Kastenwagen, und eines Morgens fuhren er und seine Frau mit zwei guten Pferden los, die sie die neunzig Meilen zum Lager ziehen sollten. Rama hatte sich bereit erklärt, die Kinder während seiner dreiwöchigen Abwesenheit in Obhut zu nehmen.

Elisabeth, die wieder von Gesundheit strotzte, kam auf den Hof und winkte ihnen nach. Nach ihrer kurzen Unpäßlichkeit war sie schön geworden und von neuem Lebensmut erfüllt. Ihre Wangen waren rot von pulsierendem Blut, ihre Augen glänzten von geheimnisvollem Glück. Oft fragte sich Joseph, was sie wußte oder was sie dachte, weil sie immer einem Lachausbruch nahe zu sein schien. Sie weiß etwas, sagte er sich. Frauen in diesem Zustand haben eine starke göttliche Wärme in sich. Sie müssen Dinge wissen, die kein anderer kennt. Sie müssen auch eine Freude in sich fühlen, die alle anderen Freuden übertrifft. Joseph betrachtete sie gespannt und strich sich den Bart so langsam wie ein alter Mann.

Je näher die Zeit ihrer Niederkunft kam, desto mehr wünschte Elisabeth, ihren Mann in der Nähe zu haben. Er sollte Tag und Nacht bei ihr sitzen, und wenn er ihr von der zu bewältigenden Arbeit erzählte, sagte sie: »Ich sitze hier müßig herum. Die Faulen sehnen sich nach Gesellschaft.«

»Nein, du arbeitest ja«, erwiderte er. Er konnte in seinem Geist sehen, wie sie am Werke war. Ihre hilflosen Hände lagen verschränkt in ihrem Schoß, aber ihre Knochen bildeten Knochen, ihr Blut filtrierte Blut, und ihr Fleisch formte Fleisch. Er mußte bei dem Gedanken, daß sie müßig war, auflachen.

Abends, wenn sie ihn bat, sich zu ihr zu setzen, streckte sie ihren Arm aus, damit er ihn streichelte. »Ich habe oft

Angst, du könntest fortgehen. Du könntest durch die Tür hinausgehen und nie zurückkommen, und dann hätte das Kind keinen Vater.«

Als sie eines Tages auf der Veranda saßen, fragte sie plötzlich: »Warum liebst du den Baum so, Joseph? Erinnerst du dich, wie du mich, als ich zum erstenmal hier war, in die Astgabel hobst?« Sie sah zu den hohen Ästen hinauf, wo sie gesessen hatte.

»Nun, er ist schön und kraftvoll«, erklärte er langsam. »Ich liebe ihn wohl deshalb, weil er ein vollkommener Baum ist.«

Da unterbrach sie ihn: »Joseph, das ist nicht die ganze Wahrheit. Eines Abends sprachst du mit ihm, als ob er ein Mensch wäre. Ich hörte, wie du zu ihm ›Vater‹ sagtest.«

Er sah eine Weile starr zu dem Baum hin, bevor er antwortete, und dann erzählte er ihr, wie sein Vater bei seinem Tode gewünscht hatte, in den Westen zu kommen, und er erzählte auch von dem Morgen, als er den Brief erhalten hatte. »Du siehst, ich treibe da eine Art Spiel. Es gibt mir das Gefühl, daß ich meinen Vater noch habe.«

Sie richtete ihre weit auseinanderstehenden Augen auf ihn, Augen voll Weisheit, die von der Schwangerschaft herrührt. »Es ist kein Spiel, Joseph«, sagte sie ruhig. »Du könntest kein Spiel treiben, selbst wenn du wolltest. Nein, es ist kein Spiel, sondern eine gute Gewohnheit.« Und zum erstenmal sah sie in ihren Mann hinein. Im Laufe einer Sekunde sah sie seine Gedanken, und er wußte, daß sie ihn erkannte. Die Erregung darüber schnürte ihm die Kehle zu. Er beugte sich nieder, um sie zu küssen, aber statt dessen fiel seine Stirn auf ihre Knie, und seine Brust füllte sich bis zum Bersten. Sie streichelte ihm das Haar und lächelte ihr weises Lächeln. »Du hättest mich früher in dich hineinsehen lassen sollen.« Doch dann setzte sie hinzu: »Aber wahrscheinlich hätte ich damals noch nicht die richtigen Augen gehabt.«

Wenn er mit ihr zu Bett ging und sie, bevor sie einschlief, den Kopf ein wenig in seinen Arm legte, bat sie Abend für Abend, er möge sie trösten. »Wirst du bei mir bleiben, wenn meine Zeit kommt, Joseph? Ich glaube, ich werde Angst haben. Es wäre schrecklich, wenn ich dich riefe und du wärest nicht da. Du wirst nie weit weggehen, versprich es mir. Und wenn ich dich rufe, wirst du doch kommen, nicht wahr?«

Er beruhigte sie dann, wenn auch ein bißchen schroff. »Ich werde bei dir sein, Elisabeth. Nun hör doch endlich einmal auf, dich zu ängstigen.«

»Aber nicht in demselben Zimmer, Joseph. Ich möchte nicht, daß du es siehst. Ich weiß nicht, warum. Wenn du nebenan säßest, damit ich weiß, daß du da wärest, wenn ich dich riefe, würde ich mich überhaupt nicht fürchten.«

Manchmal erzählte sie ihm in diesen Nächten alles, was sie wußte – wie die Perser in Griechenland einfielen und geschlagen wurden, wie Orest zu dem Dreifuß kam und um Schutz flehte und die Furien warteten, daß er Hunger bekäme und das Heiligtum verließe. Lachend breitete sie das Stückwerk ihres Wissens vor ihm aus, das dazu bestimmt gewesen war, ihr ein gesellschaftliches Ansehen zu verleihen. Dieses ganze Wissen erschien ihr jetzt belanglos.

Sie begann die Wochen zu zählen – Donnerstag in drei Wochen, zwei Wochen und einen Tag, und dann waren es nur noch zehn Tage. »Heute ist Freitag. Es wird also an einem Sonntag sein. Hoffentlich. Rama hat ihr Ohr hingehalten. Sie sagt, sie kann die Herztöne hören. Glaubst du das?«

Eines Abends sagte sie: »Jetzt ist es nur noch eine Woche. Mich überläuft es heiß und kalt, wenn ich daran denke.«

Joseph hatte einen leichten Schlaf. Als Elisabeth aufseufzte, öffnete er die Augen. Es war ihm recht unbehaglich zumute.

Eines Morgens erwachte er, als der Chor der jungen Hähne im Stall krähte. Es war noch dunkel, aber die Luft war schon von der kommenden Dämmerung und der Frische des Morgens erfüllt. Er hörte die älteren Hähne aus voller tiefer Brust krähen, als wenn sie die jüngeren wegen ihrer dünnen Krächzlaute tadeln wollten. Joseph lag mit offenen Augen und sah die Myriaden Lichtfunken aufsprühen, die den Himmel verdunkelten. Er wollte gerade aufstehen, um sich anzukleiden und in den Stall zu gehen, als plötzlich Elisabeth neben ihm hoch aufsprang. Ihr Atem stockte, ihre Beine wurden steif, und sie schrie vor Schmerzen.

»Was gibt's? Was hast du denn?« rief er.

Als sie nicht antwortete, sprang er auf und zündete die Lampe an. Ihre Augen traten hervor, ihr Mund stand weit offen, sie zitterte heftig am ganzen Körper. Dann gab sie wieder einen heiseren Schrei von sich. Er rieb ihr die Hände, bis sie nach einer Weile auf das Kissen zurückfiel.

»Ich habe solche Schmerzen im Rücken«, ächzte sie. »Es stimmt etwas nicht. Ich glaube, ich muß sterben.«

»Einen Augenblick«, sagte er. »Ich will Rama holen.« Und er lief aus dem Zimmer.

Rama, aus dem Schlaf geweckt, lächelte und sagte: »Es ist ein bißchen früher, als ich dachte. Jetzt wird sie wieder eine Weile Ruhe haben.«

»Mach schnell«, bat er.

»Es eilt gar nicht. Du führst sie jetzt auf und ab. Ich werde Alice mitbringen.«

Der Himmel rötete sich gerade, als die beiden Frauen über den Hof gingen, die Arme voll reiner Tücher. Rama nahm sofort das Ganze in die Hand. Elisabeth, von der Heftigkeit der Wehen noch immer erschreckt, sah sie hilflos an. »Es ist alles in Ordnung«, beruhigte Rama sie. »Es ist genau so, wie es sein sollte.« Sie schickte Alice in die Küche. Sie sollte Feuer machen und einen Kessel Wasser aufsetzen. »Hilf ihr auf die Füße, Joseph, und führ sie umher.« Während er sie im Zimmer auf und ab führte, zog Rama die Bezüge vom Bett, breitete das gesteppte Gebärkissen aus und machte die Schlingen des Samtseiles an den Bettpfosten fest. Als die kneifenden Schmerzen wieder einsetzten, mußte Elisabeth sich auf einen Stuhl setzen, bis sie vorüber waren. Elisabeth versuchte, ihre Schreie zu unterdrücken, bis Rama zu ihr sagte: »Nur raus damit, nicht zurückhalten! Du brauchst dir jetzt keinerlei Zwang antun.«

Joseph faßte sie um die Taille und führte sie im Zimmer auf und ab. Er gab sehr acht, daß sie nicht hinfiel, wenn sie stolperte. Er hatte jetzt keine Angst mehr. Seine Augen leuchteten vor Freude. Die Wehen folgten jetzt schneller aufeinander. Rama holte die große Wanduhr aus dem Wohnzimmer, und jedesmal, wenn die Wehen einsetzten, warf sie einen Blick darauf. Die Wehen kamen in immer kürzeren Zeitabständen. Die Stunden vergingen.

Es war fast Mittag, als Rama mit dem Kopf auf das Bett deutete. »Laß sie sich hinlegen. Du kannst nun hinausgehen, Joseph. Ich werde jetzt meine Hände fertig machen.«

Er sah sie wie verzückt mit halbgeschlossenen Augen an. »Was meinst du damit: deine Hände fertig machen?«

»Nun, sie immer wieder in heißem Seifenwasser waschen und mir die Nägel kurz schneiden.«

»Das werde *ich* tun«, sagte er.

»Für dich ist es Zeit zu gehen, Joseph. Die Zeit drängt.«

»Nein«, beharrte er störrisch. »Ich werde mein Kind selbst holen. Du brauchst mir nur zu sagen, was ich tun muß.«

»Das ist keine Arbeit für einen Mann, Joseph!«

Er sah sie entschlossen an, und ihr Wille gab vor seiner Ruhe nach. »Es ist eine Arbeit, die mir zusteht«, sagte er.

Sobald die Sonne aufgegangen war, versammelten sich die Kinder vor dem Schlafzimmerfenster, wo sie vor Neugier zitternd auf Elisabeths Wimmern lauschten. Martha machte sich sofort zur Anführerin. »Manchmal sterben sie dabei«, sagte sie.

Obwohl die Morgensonne auf sie niederbrannte, verließen sie ihren Posten nicht. Martha bestimmte die Spielregeln. »Wer das Kind zuerst schreien hört, ruft: Ich höre es! Die bekommt dann ein Geschenk und als erste ein Kind. Ich weiß das von meiner Mutter.« Die anderen waren sehr aufgeregt. Jedesmal, wenn die Schreie von neuem einsetzten, riefen sie im Chor: »Ich höre es!« Martha ließ sich von ihnen so hoch heben, daß sie schnell einen Blick ins Fenster werfen konnte. »Onkel Joseph geht mit ihr auf und ab«, berichtete sie. Und später: »Jetzt liegt sie auf dem Bett und hält das rote Seil, das Mutter ihr gemacht hat.«

Die Schreie ertönten in immer kürzeren Abständen. Die anderen Kinder halfen Martha erneut hinauf. Als sie wieder nach unten glitt, war sie ein bißchen bleich und wollte nicht recht mit der Sprache heraus. Die Kinder drängten sich neugierig um sie. »Ich sah … wie Onkel Joseph sich über sie beugte« – sie schnappte nach Atem – »und seine Hände waren *rot*.« Die Kinder starrten sie verdutzt an. Es wurde nichts mehr geredet und geflüstert. Sie standen nur da und lauschten. Das Wimmern war jetzt so schwach, daß sie es kaum hören konnten.

Martha machte ein geheimnisvolles Gesicht. Sie flüsterte den anderen zu, sie sollten jetzt ganz still sein. Sie hörten drei schwache Klapse, und sofort rief Martha: »Ich höre es!« Und wirklich, gleich darauf hörten sie alle das Kind schreien. Entgeistert starrten sie Martha an.

»Wie hast du denn gewußt, wann du rufen mußtest?«

Martha spannte sie auf die Folter. »Ich bin die älteste und bin jetzt schon lange brav gewesen. Da hat mir Mutter gesagt, worauf ich achten muß.«

»Worauf?« fragten die anderen. »Worauf denn?«

»Auf den Klaps!« sagte sie triumphierend. »Das Neugeborene bekommt immer ein paar Klapse, sonst schreit es nicht. Ich habe gewonnen, und ich wünsche mir eine Puppe mit Haaren zum Geschenk.«

Ein wenig später kam Joseph auf die Veranda und lehnte sich über die Brüstung. Die Kinder versammelten sich vor ihm und sahen zu ihm auf. Sie waren enttäuscht, weil seine Hände nicht mehr rot waren. Sein Gesicht war so verzogen und hager und seine Augen so ernst, daß sie ihn nicht anzureden wagten.

»Ich habe den ersten Schrei gehört«, sagte Martha schließlich. »Ich wünsche mir eine Puppe mit Haaren.«

Er sah mit schwachem Lächeln auf die Kinder nieder. »Die sollst du bekommen«, sagte er. »Wenn ich in die Stadt fahre, werde ich euch allen etwas mitbringen.«

»Ist es ein Junge oder ein Mädchen?« fragte Martha höflich.

»Ein Junge«, sagte Joseph. »Vielleicht kannst du ihn nachher anschauen.« Seine Hände legten sich verkrampft um die Brüstung, sein Magen krümmte sich von den Wehen, die von Elisabeth auf ihn übergegangen waren. Er tat einen tiefen Atemzug in der heißen Mittagsluft und ging ins Haus zurück.

Rama wusch den zahnlosen Mund des Kindes mit warmem Wasser aus, während Alice die Sicherheitsnadeln an dem Musselinstreifen anbrachte, der nach erfolgter Nachgeburt Elisabeth um die Hüften gebunden werden sollte. »Es wird nicht mehr lange dauern«, versicherte Rama. »In einer Stunde wird es vorüber sein.«

Joseph saß zusammengesunken auf einem Stuhl und sah den Frauen zu. Dann und wann warf er einen Blick in Elisabeths glanzlose, schmerzerfüllte Augen. Das Kind lag in seiner Korbkrippe, angezogen mit einem Kleidchen, das zweimal so lang war wie es selbst.

Als die Nachgeburt gekommen war, hob Joseph Elisabeth aus dem Bett und hielt sie auf dem Schoß, während die Frauen die blutige Gebärdecke wegnahmen und das Bett machten. Alice nahm alle Tücher mit und verbrannte sie in dem Küchenherd, und Rama wickelte Elisabeth den Musselinstreifen um die Hüften und zog den Verband so fest, wie sie nur konnte.

Als die Frauen fort waren, lag Elisabeth bleich in dem sauberen Bett. Sie streckte Joseph die Hand hin. »Ich habe geträumt«, sagte sie schwach. »Ein ganzer Tag ist vergangen, und ich habe ihn verträumt.«

Er streichelte ihre Finger, einen nach dem andern. »Soll ich dir nicht das Kind bringen?«

Müde zog sie die Stirn in Falten. »Noch nicht«, sagte sie. »Ich hasse es noch, weil es mir so heftige Schmerzen bereitet hat. Warte, bis ich mich ein wenig ausgeruht habe.« Bald darauf schlief sie ein.

Spät am Nachmittag ging Joseph in den Stall. Er sah den Baum kaum an, als er vorüberging. Der Stall war sorgfältig gereinigt, jede Box war tief mit neuem Stroh bestreut. Thomas saß auf seinem gewohnten Platz, auf der Krippe der »Blauen«. Er nickte Joseph kurz zu.

»Meine Wolfshündin hat eine Zecke im Ohr. Höchst ungeeignete Stelle; gar nicht so einfach, das Ding rauszukriegen.«

Joseph ging in die Box und setzte sich neben seinen Bruder. Er stützte das Kinn schwer in die hohlen Hände.

»Nun, zufrieden?« fragte Thomas kurz, aber teilnahmsvoll.

Joseph sah auf den durch eine Ritze in der Mauer schräg einfallenden Sonnenstrahl; Fliegen durchschwirrten ihn wie Meteore, welche die Erdatmosphäre durchschneiden. »Es ist ein Junge«, sagte er gleichgültig. »Ich habe die Nabelschnur selbst durchgeschnitten. Nach Ramas Anweisung durchschnitt ich sie mit einer Schere und band einen Knoten hinein, und dann habe ich sie mit einem Verband versehen und sie ihm gegen die Brust gebunden.«

»War die Geburt schwer?« fragte Thomas. »Ich bin hier in den Stall gegangen, weil ich mich davon abhalten wollte, mitzuhelfen.«

»Ja, sie war schwer, obgleich Rama sie leicht fand. Gott, wie die kleinen Dinger ums Leben kämpfen müssen!«

Thomas nahm einen Strohhalm von der Raufe und riß davon Fetzen mit den Zähnen ab. »Bei der Geburt eines Menschenkindes war ich noch nie dabei. Rama wollte es nicht. Aber mancher Kuh habe ich geholfen, wenn sie sich nicht selbst helfen konnte.«

Joseph war zu unruhig, um länger auf der Krippe sitzen zu bleiben. Er ging zu einem der kleinen Fenster und sagte über die Schulter hinweg: »War heiß heute. Die Luft flimmert noch immer über den Bergen.«

Die Sonne zerfloß bereits hinter dem Grat. »Thomas, wir sind noch nie über die Bergkette da bis an die Küste gegangen. Laß uns doch einmal gehen, wenn wir Zeit haben. Ich möchte gern den Ozean sehen.«

»Ich war schon oben und hab hinabgeschaut«, sagte Thomas. »Es ist ganz wild dahinter; Rottannen, so groß, wie du sie noch nie gesehen hast, und dichtes Unterholz. Tausend Meilen wohl kannst du auf den Ozean hinaussehen. Ich sah, wie in weiter Ferne ein Schiff vorbeifuhr.«

Der Abend ging schnell in die Nacht über. »Joseph, wo bist du?« hörte man Rama rufen.

Joseph ging schnell zu der Stalltür. »Ich bin hier. Was gibt's?«

»Elisabeth ist wieder wach. Sie möchte dich ein bißchen bei sich haben. Thomas, du kannst gleich essen.«

Joseph setzte sich im Halbdunkel an Elisabeths Bett. Wieder streckte sie ihm die Hand hin. »Du hast nach mir verlangt?« fragte er.

»Ja, Liebster. Ich habe zwar noch nicht ausgeschlafen, aber ich möchte mit dir sprechen, bevor ich wieder einschlafe. Ich könnte vergessen, was ich sagen will. Du mußt es für dich behalten.«

Es wurde dunkel im Zimmer. Joseph führte ihre Hand zu seinen Lippen, und sie spielte mit ihren Fingern leicht an seinem Mund. »Was ist es denn, Elisabeth?«

»Als du fort warst, bin ich zu dem Tannenwald auf dem Berg gefahren. Ich fand drinnen eine Lichtung, und in ihr stand ein grüner Fels.«

Er beugte sich gespannt vor. »Warum bist du denn dorthin gefahren?« fragte er.

»Ich weiß nicht. Es trieb mich hin. Der grüne Fels erschreckte mich, und später träumte ich von ihm. Wenn ich wieder wohlauf bin, Joseph, möchte ich wieder dorthin gehen und mir den Felsen noch einmal ansehen. Wenn ich wieder bei Kräften bin, werde ich keine Angst mehr vor ihm haben und nicht mehr von ihm träumen. Wirst du daran denken? Au, du drückst mir die Finger so, Joseph.«

»Ich kenne den Platz«, sagte er. »Es ist ein sonderbarer Ort.«

»Und du wirst nicht vergessen, mich mitzunehmen?«

»Nein«, versprach er nach einer Pause. »Ich vergesse es nicht. Aber ich muß mir erst überlegen, ob du hingehen solltest.«

»Bleib noch etwas sitzen«, bat sie. »In ein paar Augenblicken werde ich wieder einschlafen.«

19

Der Sommer zog sich endlos hin, und selbst in den Herbstmonaten ließ die Hitze nicht nach. Burton kam begeistert vom Missionslager in Pacific Grove zurück. Er schilderte schwungvoll die liebliche Halbinsel mit der blauen Bucht und erzählte, wie die Prediger dem Volk das Evangelium verkündet hätten. »Einmal«, sagte er zu Joseph, »werde ich mir ein Häuschen bauen und dann das ganze Jahr dortbleiben. Es siedeln sich schon jetzt eine Menge Leute dort an. Eines Tages wird da eine schöne Stadt entstehen.«

Das Neugeborene gefiel ihm. »Es ist von unserer Art, nur ein klein wenig anders.« Elisabeth gegenüber rühmte er sich: »Wir stammen von einer guten Sippe ab. Sie verleugnet sich nicht. Seit fast zweihundert Jahren haben die Jungen alle diese Augen.«

»Sie sind von der Farbe meiner Augen gar nicht so verschieden«, protestierte Elisabeth. »Und übrigens wechselt die Augenfarbe kleiner Kinder, sobald sie älter werden.«

»Es ist der Ausdruck«, erklärte Burton. »Sie haben immer den Wayneschen Ausdruck in den Augen. Wann soll er getauft werden?«

»Ich weiß es noch nicht. Vielleicht werden wir bald nach San Luis Obispo gehen, und natürlich möchte ich auch einen kleinen Besuch in Monterey abstatten.«

Die Tageshitze kam früh über die Berge und vertrieb die gackernden Hühner von den Misthaufen. Um elf Uhr empfand man die Sonne ungemütlich, aber von dieser Stunde an saßen Joseph und Elisabeth oft unter den schattigen Zweigen der großen Eiche. Elisabeth stillte dann das Kind, denn Joseph sah es gern an der Brust saugen.

»Es wächst nicht so schnell, wie ich dachte«, klagte er.

»Du bist zu sehr an das Vieh gewöhnt. Das wächst freilich schneller, aber es lebt auch nicht sehr lange.«

Joseph betrachtete schweigend seine Frau. Sie ist so weise geworden, dachte er. Ohne jedes Studium hat sie so vieles gelernt. Das erstaunte ihn. »Hast du eigentlich das Gefühl, daß du sehr verschieden von dem Mädchen bist, das als Lehrerin nach Nuestra Señora kam?« fragte er.

Sie lachte. »Komme ich dir so verändert vor?«

»Ja.«

»Dann werde ich es wohl sein.« Sie wechselte die Brust und hob das Kind auf das andere Knie. Es schnappte hungrig nach der Warze wie eine Forelle nach dem Köder. »Ich bin in zwei Teile gespalten«, fuhr Elisabeth fort. »Ich dachte so, wie es in den Büchern geschrieben steht. Das ist nun ganz anders. Ich denke überhaupt nicht. Ich tue das, was mir gerade in den Sinn kommt. Wie soll er denn heißen, Joseph?«

»Ich meine, wir sollten ihn John nennen. Es ist immer entweder ein Joseph oder ein John gewesen ... John war immer der Sohn Josephs und Joseph der Sohn Johns. Es war nie anders.« Sie nickte. Ihre Augen blickten in die Ferne. »Ja, das ist ein guter Name. Er wird ihm niemals Schwierigkeiten bereiten oder ihn in Verlegenheit bringen. Es ist ein Allerweltsname und fällt nicht auf. Es hat schon so viele Johns gegeben – alle möglichen Menschen, gute und schlechte.« Sie nahm die Brust weg und knöpfte ihr Kleid zu, hob dann das Kind hoch, um es aufstoßen zu lassen. »Ist es dir schon aufgefallen, Joseph, daß die Johns entweder gut oder schlecht, sich aber niemals in der Mitte halten? Wenn ein Junge, der sich stets unparteiisch geben will, diesen Namen trägt, behält er ihn nicht. Er wird Jack.«

Sie drehte das Kind herum, um ihm ins Gesicht zu sehen. Es blickte schieläugig drein wie ein Ferkel. »Du heißt John, hörst du?« sagte sie scherzend. »Hoffentlich wird aus dem John nie ein Jack. Lieber möchte ich, daß du ein schlechter Junge würdest als ein Jack.«

Was sie da sagte, gefiel Joseph offenbar, denn er lächelte ihr zu. »Er hat noch nie in dem Baum gesessen, Elisabeth. Meinst du nicht, daß es Zeit wird?«

»Was du nur immer mit deinem Baum hast!« spottete sie. »Bei dir scheint sich alles um deinen Baum zu drehen.«

Er lehnte sich zurück und sah in die großen schützenden

Äste hinauf. »Ich kenne ihn nun«, sagte er zärtlich. »Ich kenne ihn so gut, daß ich weiß, wie der Tag werden wird, wenn ich seine Blätter ansehe. Ich werde für den Jungen da droben einen Sitz bauen. Wenn er ein bißchen älter ist, schneide ich Stufen in die Rinde, auf denen er hinaufklettern kann.«

»Damit er hinunterfällt und sich weh tut!«

»Der Baum tut ihm nichts Böses. Er würde ihn nicht fallen lassen.«

Sie sah ihn durchdringend an. »Spielst du immer noch das Spiel, das kein Spiel ist, Joseph?«

»Ja«, sagte er, »ich spiele es noch. Gib mir das Kind jetzt. Ich werde es auf den Arm nehmen.« Die Blätter hatten ihren Glanz verloren und waren dick mit Staub bedeckt. Die Rinde war fahl und trocken.

»Laß ihn ja nicht fallen, Joseph«, warnte sie ihn. »Du vergißt, daß er nicht von allein sitzen kann.«

Burton, der aus dem Garten kam, blieb bei ihnen stehen. »Die Melonen sind reif«, sagte er und wischte sich die Stirn mit einem Taschentuch ab. »Die Waschbären machen sich schon dran. Wir sollten Fallen aufstellen.«

Joseph beugte sich mit ausgestreckten Händen zu Elisabeth hin.

Sie gab den Kleinen nur ungern her. »Ich habe Angst, daß er herunterfällt.«

»Ich halte ihn fest. Ich werde ihn doch nicht fallen lassen!«

»Was wollt ihr denn mit ihm machen?« fragte Burton.

»Joseph will ihn in den Baum setzen.«

Sofort versteinerte sich Burtons Gesicht, seine Augen bekamen einen verdrossenen Ausdruck. »Tu das nicht, Joseph«, sagte er barsch. »Du darfst das nicht tun!«

»Ich werde ihn nicht fallen lassen. Ich werde ihn die ganze Zeit halten.«

In großen Tropfen stand Burton der Schweiß auf der Stirn. Er schaute entsetzt und flehentlich drein. Er trat einen Schritt vor, legte Joseph die Hand auf die Schulter und suchte ihn zurückzuhalten. »Bitte, laß das«, bat er.

»Aber ich werde ihn bestimmt nicht fallen lassen, ich sage es noch mal.«

»Deswegen nicht. Du weißt genau, was ich meine. Schwöre mir, daß du das niemals tun wirst.«

»Ich schwöre überhaupt nichts«, erwiderte Joseph gereizt. »Warum sollte ich schwören? Ich sehe nichts Unrechtes in dem, was ich tue.«

»Joseph«, sagte Burton ruhig, »du hast mich noch nie um etwas bitten hören. Das Bitten liegt uns nicht. Aber jetzt bitte ich dich, dies aufzugeben. Wenn ich mich dazu herbeilasse, mußt du sehen, wie wichtig es ist.« Die Augen wurden ihm vor innerer Bewegung feucht. Joseph ließ sich erweichen. »Wenn es dich ärgert, werde ich es nicht tun.«

»Und schwörst du mir, es nie zu tun?«

»Nein, schwören werde ich nicht. Ich werde meine Sache nicht wegen deiner aufgeben. Warum sollte ich das?«

»Weil du etwas Böses anstiftest«, rief Burton erregt. »Weil du dem Bösen die Tür öffnest. So etwas wird nicht unbestraft bleiben.«

»Die Strafe nehme ich auf mich«, sagte Joseph lachend.

»Aber siehst du nicht, daß es sich nicht allein um dich handelt? Wir alle werden in das Verderben hineingezogen werden!«

»Aha, du willst dich also auf diese Weise schützen?«

»Ich will uns alle schützen. Ich denke an das Kind und an Elisabeth.«

Elisabeth hatte verwundert vom einen zum anderen geblickt. Sie stand auf und drückte das Kind an die Brust. »Worüber streitet ihr euch eigentlich?« fragte sie. »Ich weiß nicht, wovon ihr redet.«

»Ich werde es ihr sagen«, drohte Burton.

»Was denn? Was gibt's da zu sagen?«

Burton seufzte tief auf. »Nun, wenn du es nicht anders willst … Elisabeth, mein Bruder verleugnet Christus. Er opfert nach altem heidnischem Brauch. Er ist dabei, seine Seele zu verlieren, und gewährt dem Bösen Eintritt.«

»Ich verleugne Christus nicht!« sagte Joseph heftig. »Ich tue etwas ganz Einfaches, das mir gefällt.«

»Dann ist das Aufhängen von Opferstücken, das Vergießen von Blut, die Gewohnheit, diesem Baum alle guten Sachen darzubieten, etwas ganz Einfaches? Ich habe gesehen, wie du nachts aus dem Hause schlichest, und gehört, wie du mit diesem Baum sprachest! Ist das etwas ganz Einfaches?«

»Ja«, sagte Joseph. »Es geschieht keinem Menschen Schaden dadurch.«

»Und die Darbietung deines eigenen Erstgeborenen – ist das auch etwas Einfaches?«

»Ja. Es ist ein Spiel.«

Burton wandte sich ab und blickte über das Land. Die Hitzewellen waren so intensiv, daß sie blau erschienen und ihr Wirbeln den Eindruck erzeugte, als ob die Berge zitterten und bebten. »Ich habe dir helfen wollen«, sagte er betrübt. »Ich habe mir mehr Mühe gegeben, als die Schrift von uns verlangt.« Wütend drehte er sich wieder um. »Du willst also nicht schwören?«

»Nein«, erwiderte Joseph. »Ich schwöre nichts, was mich beengt, was mich lähmt. Nein, schwören werde ich bestimmt nicht.«

»Dann gebe ich dich auf.« Burton steckte die Hände in die Taschen. »Dann werde ich nicht hierbleiben, weil ich nicht in das Unglück hineingezogen werden will.«

»Ist das, was er sagt, wahr?« fragte Elisabeth. »Hast du getan, was er sagt?«

Joseph blickte sinnend zu Boden. »Ich weiß es nicht.« Er hob die Hand, um sich den Bart zu streichen. »Ich glaube nicht. So war das nicht, was ich getan habe.«

»Ich habe ihn gesehen«, fuhr Burton dazwischen. »Nacht für Nacht habe ich ihn aus dem Haus kommen und unter den dunklen Baum treten sehen. Ich habe getan, was ich konnte. Ich wende mich jetzt ab von diesem Übel.«

»Wohin willst du gehen, Burton?« fragte Joseph.

»Harriet hat dreitausend Dollar. Wir werden nach Pacific Grove gehen und uns dort ein Haus bauen. Vielleicht werde ich einen kleinen Laden aufmachen, denn die Stadt hat Zukunft, sage ich euch.«

Joseph trat vor, als wolle er diesen Entschluß unterbinden. »Der Gedanke betrübt mich, daß ich dich fortgetrieben habe«, sagte er.

Burton schaute auf Elisabeth und das Kind nieder. »Du bist es nicht allein, Joseph. Die Fäulnis steckte schon in unserem Vater, und sie wurde nicht beseitigt. Sie breitete sich immer mehr aus, bis er von ihr ganz zerfressen war. Seine Worte bei seinem Tode zeigten es. Ich habe das schon gesehen, bevor du in den Westen gingst. Wenn du unter Menschen geraten wärest, die das Wort kennen und stark im Wort sind, so hätte alles noch gutgehen können – aber du kamst hierher!« Seine Hände beschrieben einen Bogen, um auf das Land hinzuweisen. »Die Berge sind zu hoch«, rief er. »Der Ort ist zu wild. Und alle Menschen tragen den Keim des Übels in sich. Ich habe sie gesehen, und das genügt mir. Ich sah die Fiesta und weiß Bescheid. Ich kann nur beten, daß sich die Fäulnis nicht auf deinen Sohn übertragen möge.«

Joseph entschloß sich schnell. »Ich werde den Schwur leisten, wenn du hierbleibst. Ich weiß nicht, ob ich ihn halten werde, aber ich will schwören. Manchmal allerdings könnte ich ihn vergessen und in der alten Art denken.«

»Nein, Joseph, du liebst die Erde zu sehr. Du denkst gar nicht an das Jenseits. Die Kraft eines Eides wäre nicht stark genug.« Er ging auf sein Haus zu.

»Geh wenigstens nicht, bis wir das alles gründlich besprochen haben«, rief Joseph ihm nach, aber Burton drehte sich weder um, noch gab er ihm eine Antwort.

Joseph sah ihm eine Weile nach, bevor er sich wieder zu Elisabeth wandte. Sie lächelte leicht verächtlich. »Ich glaube, er will von hier fort und sucht einen Vorwand.«

»Ja, zum Teil mag das so sein. Aber er hat auch tatsächlich Angst vor meinen Sünden ...«

»Sündigst du denn, Joseph?«

Er runzelte nachdenklich die Stirn. »Nein«, sagte er schließlich, »ich begehe keine Sünde. Wenn Burton dasselbe täte wie ich, wäre es eine. Ich möchte nur, daß mein Sohn den Baum liebgewinnt.« Er streckte die Hände nach dem Kind aus, und Elisabeth legte den gewickelten kleinen Körper in seine Arme. Burton schaute zurück, als er ins Haus ging, und sah, daß Joseph das Kind in die Astgabel hinaufhielt und die knorrigen Zweige es schützend umfaßten.

20

Burton blieb nicht mehr sehr lange auf der Ranch, nachdem sein Entschluß einmal gefaßt war. Innerhalb einer Woche hatte er seine Sachen gepackt. Vor seiner Abreise war er noch bis spät in die Nacht an der Arbeit und hämmerte die letzte Kiste zu. Joseph hörte ihn draußen hackend und hämmernd umhergehen, und vor Tagesanbruch war er schon wieder auf den Beinen. Joseph fand ihn im Stall, wie er die Pferde striegelte, die den Wagen ziehen sollten, während Thomas in der Nähe auf einem Heuhaufen saß und ab und zu kurze Ratschläge erteilte.

»Der Bill wird bald müde werden. Laß ihn in kurzen Abständen ausruhen, wenn ihm zu warm wird. Dieses Gespann ist noch nie durch den Paß gegangen. Du mußt sie vielleicht hindurchführen, aber vielleicht auch nicht, denn das Wasser ist ja jetzt niedrig.«

Joseph lehnte sich unter der Laterne gegen die Wand. »Es tut mir leid, daß du gehst, Burton«, sagte er.

Burton setzte den Striegelkamm ab, mit dem er gerade über den breiten Pferderücken fuhr. »Es gibt allerlei Gründe für mein Fortgehen. Harriet wird sich in einer kleinen Stadt, wo sie ab und zu Besuche empfangen kann, glücklicher fühlen. Wir waren hier draußen zu abgeschnitten. Harriet litt unter der Einsamkeit.«

»Ich weiß«, sagte Joseph friedlich, »aber wir werden dich vermissen, Burton. Die Familie wird an Kraft verlieren.«

Burton schlug verlegen die Augen nieder und striegelte weiter. »Ich habe nie Farmer werden wollen«, stellte er müde fest. »Schon daheim habe ich einen Laden in der Stadt aufmachen wollen. Ich habe versucht, ein annehmbares Leben zu führen.« Aus seiner Stimme sprach jetzt große innere Bewegung. »Was ich getan habe, geschah, weil es mir richtig erschien. Es gibt nur *ein* Gesetz. Ich habe versucht, nach diesem Gesetz zu leben. Was ich getan habe, erscheint mir richtig, Joseph, denk daran. Ich möchte, daß du dich an meine Worte erinnerst.«

Joseph lächelte ihm freundlich zu. »Ich will dich nicht halten, wenn du gehen willst, Burton. Dies ist allerdings ein wildes Land. Wenn du es nicht liebst, so bleibt nur Haß übrig. Du hattest hier keine Kirche, in die du gehen konntest. Ich tadle dich nicht, weil du den Wunsch hast, unter Leuten zu sein, die deine Denkweise teilen.«

Burton ging zu der nächsten Box. »Es wird hell«, sagte er nervös. »Harriet wird das Frühstück schon fertig haben. Ich möchte möglichst bald nach Tagesanbruch aufbrechen.«

Die Familienmitglieder und die Viehtreiber kamen in der Morgendämmerung auf den Hof, um Burton abfahren zu sehen.

»Ihr werdet uns doch besuchen?« rief Harriet traurig. »Es ist schön dort. Ihr müßt unbedingt kommen!«

Burton ergriff die Zügel, aber bevor er den Pferden zuschnalzte, wandte er sich an Joseph. »Leb wohl. Ich hab richtig gehandelt. Wenn du es siehst, wirst du erkennen, daß es gut so war. Es war der einzige Weg. Denke daran, Joseph. Du wirst mir dankbar sein, wenn du es entdeckst.«

Joseph trat nahe an den Wagen heran und klopfte seinem Bruder auf die Schulter. »Ich war ja bereit zu schwören, und ich hätte versucht, den Schwur zu halten.«

Burton hob die Zügel und schnalzte. Die Pferde legten sich in die Riemen. Die oben auf dem beladenen Wagen sitzenden Kinder winkten. Die Kinder, die dableiben mußten, liefen hinterher, hängten sich an das vorstehende Bodenbrett und ließen sich eine Weile mitschleifen.

Rama winkte mit einem Taschentuch, aber sie sagte leise zu Elisabeth: »So machen sie die Schuhe mehr kaputt, als wenn sie den ganzen Tag herumlaufen.«

Lange standen sie in der Morgensonne und sahen dem Wagen nach. Er verschwand im Uferwald, kam nach einer Weile wieder zum Vorschein, fuhr dann einen Hügel hinauf und entschwand schließlich über den Kamm ihren Blicken. Alle standen ernst und schweigend da, als er endgültig fort war, und fragten sich, was sie nun tun sollten. Sie waren sich bewußt, daß ein Zeitabschnitt vorüber, ein Lebensabschnitt vergangen war. Schließlich gingen die Kinder langsam weg.

»Unser Hund hat heute nacht Junge bekommen«, sagte Martha, und alle liefen, um den Hund zu sehen, der gar nicht geworfen hatte.

Joseph und Thomas gingen als letzte. »Ich werde einige

Pferde einfangen und dann die Gemüsebeete einebnen, damit nicht das ganze Wasser abfließt.«

Joseph ging langsam mit gesenktem Kopf. »Es ist meine Schuld, daß Burton uns verlassen hat«, sagte er.

»Wieso denn? Er wollte doch gehen.«

»Es war wegen des Baumes«, fuhr Joseph fort. »Er sagte, ich brächte ihm Opfer dar.« Joseph blickte dabei zu dem Baum und blieb plötzlich verdutzt stehen. »Thomas, sieh den Baum an!«

»Ich sehe ihn. Was ist mit ihm?«

Joseph ging schnell zu der Eiche und blickte in die Äste. »Merkwürdig, er scheint ganz in Ordnung zu sein.«

Er fuhr mit der Hand über die Rinde.

»Das war jetzt sonderbar. Als ich zu ihm hinsah, schien es mir, als stimme etwas nicht mit ihm. Es war wohl nur so ein Gefühl.«

Und er fuhr fort: »Ich wollte nicht, daß Burton fortging. So wird die Familie auseinandergerissen.«

Elisabeth ging hinter ihnen auf das Haus zu. »Immer noch beim Spiel, Joseph?« rief sie scherzend.

Er nahm schnell die Hand von der Rinde und folgte ihr. »Wir wollen versuchen, ohne einen neuen Knecht auszukommen«, sagte er zu Thomas. »Wenn uns die Arbeit zu viel wird, werde ich noch einen Mexikaner anstellen.« Er ging ins Haus und wußte nicht recht, was er tun sollte, als er im Wohnzimmer stand.

Elisabeth kam aus dem Schlafzimmer und strich sich das Haar mit den Fingerspitzen zurück. »Ich habe keine Zeit gehabt, mich anzukleiden«, sagte sie. Sie warf einen Blick auf Joseph. »Ist dir unbehaglich zumute, weil Burton nun fort ist?«

»Ich glaube, ja«, antwortete er unsicher. »Etwas beunruhigt mich, und ich weiß nicht, was es ist.«

»Warum reitest du nicht aus? Hast du nichts zu tun?«

Er schüttelte ungeduldig den Kopf. »Ich habe Obstbäume bestellt. Ich müßte sie in Nuestra Señora holen.«

»Warum fährst du dann nicht hin?«

Er ging zur Haustür und schaute nach dem Baum. »Ich weiß nicht recht«, zögerte er. »Ich gehe höchst ungern fort. Irgend etwas stimmt nicht.«

Elisabeth trat zu ihm. »Übertreib dein Spiel nicht, Joseph. Laß dich nicht von ihm gefangennehmen.«

Er zuckte die Schultern. »Diese Gefahr ist wohl vorhanden. Ich sagte dir mal, daß ich dem Baum ansehen könnte, wie das Wetter sein wird. Er ist sozusagen ein Mittler zwischen dem Land und mir. Schau den Baum an, Elisabeth. Fällt dir nichts an ihm auf?«

»Du bist überarbeitet«, sagte sie. »Dem Baum fehlt nichts. Fahr in die Stadt und hol die Obstbäume. Es tut ihnen nicht gut, wenn sie so lange außerhalb der Erde stehen.«

Er spannte den Kastenwagen an, aber er fühlte ein deutliches Widerstreben, den Hof zu verlassen und in die Stadt zu fahren.

Es war die Zeit, in der die Fliegen vor dem Erstarrungstode noch einmal aktiv werden. Sie sausten wütend durch die Luft, landeten auf den Ohren der Pferde oder setzten sich um ihre Augen herum. Wenn man auch am Morgen schon die Frische des Herbstes gespürt hatte, so verbrannte doch die Sonne noch immer das Land. Der Fluß war in den Boden gesunken, und an den wenigen, noch verbliebenen tiefen Stellen schwammen träge die schwarzen Aale, und große Forellen schnappten an der Oberfläche nach Luft.

Joseph trieb die Pferde im Trab über die dürren Ahornblätter. Eine Vorahnung bedrückte ihn. Vielleicht hatte Burton recht, dachte er. Vielleicht habe ich unrecht gehandelt, ohne es zu wissen. Irgendein Übel hängt über dem Land. Hoffentlich kommt bald der Regen und gibt dem Fluß neues Leben.

Der trockene Fluß stimmte ihn traurig. Um die Traurigkeit zu bekämpfen, richtete er seine Gedanken auf die Scheune, die bis zu den Dachsparren mit Heu vollgestopft war, und auf die Heuhaufen am Korral, die alle für den Winter mit Stroh gedeckt waren. Dann dachte er an den kleinen Bach in dem Tannenhain und fragte sich, ob er wohl noch aus der Höhlung hervorsprudelte. Ich werde bald einmal hingehen und nachsehen, nahm er sich vor. Er fuhr auch auf dem Rückweg ziemlich schnell, aber er kam trotzdem erst spätabends an. Die müden Pferde ließen die Köpfe hängen, als sie ausgespannt wurden.

Thomas stand in der Stalltür. »Du bist zu schnell gefahren«, sagte er. »Ich habe dich ein paar Stunden später erwartet.«

»Versorg bitte die Pferde. Ich will Wasser auf diese Bäumchen pumpen.« Er trug einen Armvoll zu dem Wassertrog und tränkte das Sackleinen, das ihre Wurzeln einhüllte. Dann ging er schnell zu dem Eichbaum. Etwas stimmt tatsächlich nicht, dachte er ängstlich. Es ist kein Leben in ihm. Er befühlte wieder die Rinde, riß ein Blatt ab, rollte es zusammen und beroch es, aber es schien alles in Ordnung zu sein.

Kaum war er ins Haus getreten, stand das Abendessen schon auf dem Tisch. »Du siehst müde aus, Joseph. Geh früh ins Bett«, sagte Elisabeth.

Er sah bekümmert über die Schulter. »Ich möchte nach dem Essen mit Thomas sprechen.«

Als er gegessen hatte, ging er nach draußen, aber er lief am Stall vorbei und den Berg hinauf. Er befühlte mit den Handflächen die noch sonnenwarme Erde. Er ging zu einer Gruppe immergrüner Eichen, legte die Hände an die Rinde und zerquetschte und beroch von jeder ein Blatt. Nach allen Richtungen ging er und forschte mit tastenden Fingern, ob die Erde gesund war. Von den Bergen kam ein kalter Wind und hauchte das Gras frostig an, und in der Nacht hörte Joseph den ersten Zug der Wildgänse. Er fand keine Anzeichen, daß die Erde krank war. Sie war trocken, aber voll Leben. Sie brauchte nur Regen, um das erste Grün sprießen zu lassen. Schließlich ging er befriedigt zurück und trat unter seinen eigenen Baum. »Etwas bedrückte mich, Vater«, sagte er. »Es lag etwas in der Luft, das mich bedrückte.« Als er an der Rinde entlangstrich, fühlte er sich kalt und einsam. Dieser Baum ist tot! schrie es in ihm auf. Es ist kein Leben in meinem Baum! Er hatte das Gefühl, einen schweren Verlust erlitten zu haben, und der Kummer, den er beim Tode seines Vaters hätte fühlen sollen, erfaßte ihn jetzt mit aller Gewalt. Schwarz standen die Berge um ihn; der kalte graue Himmel und die unfreundlichen Sterne verwahrten sich vor ihm. Von der Stelle aus, wo er stand, schien es, als ob das Land sich abkehrte. Es war feindselig – nicht angriffslustig, aber fern, schweigend und kalt ... Joseph setzte sich zu Füßen des Baumes, aber die harte Rinde barg jetzt keinen Trost für ihn. Sie war ebenso feindlich wie die übrige Welt – kalt und abweisend wie der Leichnam eines Freundes.

Was soll ich nun tun? dachte er. Wohin soll ich jetzt gehen? Ein Meteor blitzte weiß in der Luft auf und verbrannte. Vielleicht habe ich unrecht, dachte Joseph. Vielleicht fehlt dem Baum nichts. Er stand auf und ging ins Haus. Weil er sich so einsam fühlte, umarmte er Elisabeth in dieser Nacht so wild, daß sie aufschrie vor Schmerzen und Lust.

»Warum fühlst du dich so allein?« fragte sie. »Warum tust du mir heute so weh?«

»Habe ich dir denn weh getan? Das habe ich nicht gewollt. Verzeih«, bat er. »Ich glaube, mein Baum ist tot.«

»Wie wäre das möglich? Bäume sterben nicht so schnell, Joseph.«

»Ich weiß auch nicht, wie. Ich glaube einfach, daß er tot ist.«

Sie lag ruhig da und tat, als ob sie schliefe. Daß er nicht schlief, wußte sie.

Als es dämmerte, schlüpfte er aus dem Bett und ging nach draußen. Die Eichenblätter waren etwas eingerollt und hatten ihren Glanz verloren.

Thomas, der gerade in den Stall gehen wollte, sah ihn und trat näher. »Zum Donnerwetter, etwas stimmt mit dem Baum nicht«, sagte Joseph unruhig, während er die Rinde und die Äste untersuchte. »Äußerlich ist nichts zu sehen«, sagte Thomas, griff nach einer Hacke und legte an einer Stelle die Erde um den Stamm bloß. Er hackte nicht lange, trat zurück und sagte: »Da ist es, Joseph.«

Joseph kniete neben dem Loch nieder und sah, daß der Stamm mit einer Axt angeschlagen war. »Was ist denn das?« fragte er zornig.

Thomas lachte brutal auf. »Ganz einfach – Burton hat deinen Baum geringelt, um den Teufel abzuhalten.«

Joseph scharrte mit den Fingern die Erde weg, bis der ganze Gürtel bloß lag. »Können wir nichts tun, Thomas? Wenn wir die Wunde mit Teer ausfüllten?«

Thomas schüttelte den Kopf. »Die Adern sind durchtrennt. Da kann man nichts mehr machen – außer Burton windelweich zu schlagen.«

Joseph kauerte sich auf seinen Fersen nieder. Jetzt, wo es geschehen und nicht wiedergutzumachen war, kam eine betäubende Ruhe über ihn, so daß er nicht einmal fähig war, einen Entschluß zu fassen. »Das hatte er also im Auge, als er davon sprach, er habe recht gehandelt.«

»Das wird es wohl gewesen sein. Ich könnte ihn halbtot schlagen! So ein schöner Baum!«

Ganz langsam, als wenn er jedes Wort aus einem Nebelschwaden herauszöge, sagte Joseph: »Er war nicht sicher, ob er richtig gehandelt hatte. Nein, er war nicht sicher. Es lag nicht in seiner Natur, so etwas zu tun. Und darum wird er dafür büßen müssen.«

»Willst du nichts gegen ihn unternehmen?« fragte Thomas.

»Nein.« Die Ruhe und der Kummer in ihm waren so groß, daß sie ihm die Brust beengten. Er fühlte sich völlig allein in einem Kreis undurchdringlicher Einsamkeit. »Die Strafe wird von selbst über ihn kommen. Ich habe keine für ihn.« Seine Augen hoben sich zu dem Baum – er war noch grün, aber er war tot. So blieb er lange knien, dann drehte er den Kopf und blickte zu dem Tannenhain auf dem Berggrat und dachte: Ich muß bald hingehen. Ich brauche jetzt seine sanfte Stille und seine Kraft.

21

Die Herbstkälte kam ins Tal. Die hohen, gestreiften Wolken hingen oft tagelang in der Luft. Elisabeth fühlte den herannahenden Winter in der goldenen, aber traurigen Farbenpracht. Es fehlten die brausenden Stürme, welche die trübe Stimmung vertrieben. Sie ging oft auf die Veranda, um nach der Eiche zu schauen. Die Blätter waren schon braungelb und warteten nur noch auf den peitschenden Regen, der sie zu Boden wirbelte. Joseph verschwendete keinen Blick mehr an den Baum. Als das Leben aus ihm gewichen war, blieb kein Gefühl mehr für ihn zurück: Er schritt oft durch das dürre Gras der seitlich gelegenen Berge. Er ging barhäuptig, trug nur eine blaue Hose, ein Hemd und eine schwarze Weste. Oft blickte er zu den grauen Wolken empor, schnupperte in die Luft und fand nichts, was ihn beruhigen konnte. »Die Wolken da bringen keinen Regen«, sagte er zu Thomas. »Es ist nur Hochnebel vom Ozean.«

Thomas hatte im Frühling zwei junge Habichte gefangen

und machte Kappen für sie, um sie für die Entenjagd abzurichten. »Es ist noch nicht an der Zeit, Joseph«, sagte er. »Vergangenes Jahr setzten die Regenfälle zwar früher ein, aber wie ich mir habe sagen lassen, regnet es hier gewöhnlich vor Weihnachten nicht viel.«

Joseph bückte sich und ließ eine Handvoll aschtrockenen Staubes durch die Finger rinnen. »Da muß der Regen schon in Strömen kommen, wenn er etwas ausrichten soll«, jammerte er. »Der Sommer hat das Wasser bis in die tiefsten Schichten aufgesogen. Hast du bemerkt, wie tief das Wasser im Brunnen steht? Selbst die Rinnsale im Fluß sind jetzt trocken.«

»Ja, man riecht die toten Aale«, sagte Thomas. »Schau, diese kleine Lederkappe ziehe ich dem Habicht über den Kopf, bis ich ihn loslasse. Es ist besser als Enten zu schießen.« Der Habicht hieb nach seinen dicken Handschuhen, während er ihm die Lederkappe über den Kopf zog.

Als der November ohne Regen vorübergegangen war, kam eine eisige Ruhe über Joseph. Er ritt zu allen Quellen und fand sie vertrocknet; er trieb den Lochbohrer tief in den Boden, aber er fand nirgends feuchte Erde. Die Berge wurden grau, als die Grasdecke verschwand, die weißen Flintsteine stachen hervor und warfen das Licht gleißend zurück. Als der Dezember halb vorüber war, riß die Wolkendecke und löste sich auf. Die Sonne schien warm, und das Tal sah aus, als ob Sommer wäre.

Elisabeth sah, wie Joseph abmagerte, wie seine Augen von dem ständigen Ausschauen überanstrengt und fast weiß schienen. Sie versuchte, ihm allerlei Arbeiten zuzuschanzen, um ihn zu beschäftigen. Sie brauchte noch einen Küchenschrank, sie wollte neue Kleiderbügel, es wurde Zeit, daß für das Kind ein hoher Stuhl angefertigt wurde. Joseph übernahm diese Arbeiten und beendigte sie, bevor Elisabeth sich neue ausdenken konnte. Sie schickte ihn in die Stadt zu Einkäufen, und er kam auf nassem und keuchendem Pferde zurück.

»Warum jagst du das Pferd denn so?«

»Ich weiß nicht. Ich gehe ungern fort. Ich meine immer, es könnte etwas passieren.« Langsam setzte sich in ihm die Angst fest, die trockenen Jahre seien zurückgekehrt. Die staubige Luft und der hohe Barometerstand bestärkten ihn in dieser Befürchtung. Unter den Bewohnern der Ranch brachen Katarrhe aus. Die Kinder litten dauernd unter Schnupfen. Elisabeth bekam einen trockenen Husten, und selbst Thomas, der nie krank war, trug nachts einen schwarzen Strumpf als kalten Wickel um den Hals. Joseph wurde immer magerer und härter. Seine Halsmuskeln und Backenknochen stachen unter einer dünnen Hautdecke hervor. Er konnte die Hände nicht mehr ruhighalten, sie spielten mit Holzstückchen oder mit einem Taschenmessser oder strichen unablässig durch den Bart.

Wenn er über das Land schaute, schien es ihm, als läge es im Sterben. Die bleichen Vorberge und Felder, die staubgrauen Salbeibüsche, die nackten Steine erschreckten ihn. Nur der schwarze Tannenwald auf dem Berg veränderte sich nicht. Dunkel und geheimnisvoll stand er wie immer auf dem Grat.

Elisabeth hatte viel im Hause zu tun. Alice war nach Nuestra Señora zurückgekehrt, um dort ihre rechtmäßige Stellung als trauernde Ehefrau einzunehmen, deren Mann eines Tages zurückkehren würde. Sie erfüllte ihre Aufgabe mit Würde, so daß ihrer Mutter Komplimente über Alices vornehme Zurückhaltung und eindrucksvolle Trauer gemacht wurden. Alice begann jeden Tag, als würde Juanito abends heimkehren.

Die Abwesenheit ihrer Helferin bedeutete für Elisabeth mehr Arbeit. Die Pflege des Kindes, Waschen und Kochen füllten ihre Tage aus. An die Zeit vor ihrer Heirat erinnerte sie sich nur noch dunkel und mit großer Verachtung. Abends, wenn sie mit Joseph zusammensaß, versuchte sie die schöne Verbindung, die sie vor der Geburt des Kindes zu ihm gehabt hatte, wiederherzustellen. Sie erzählte ihm gern Geschichten, die in Monterey passiert waren, als sie noch ein kleines Mädchen war, obwohl ihr das alles selber sehr unwirklich vorkam. Joseph starrte dabei brütend auf den Feuerschein, der durch das kleine Fenster des Ofens leuchtete.

»Ich hatte einen Hund«, berichtete sie. »Er hieß Camille, ich konnte mir keinen schöneren Namen vorstellen. Ich kannte ein kleines Mädchen, das hieß so, und der Name war wie für sie geschaffen. Sie hatte eine Haut so weich wie Kamillen, darum nannte ich meinen Hund nach ihr – aber sie nahm mir das sehr übel.«

Sie erzählte, wie Tarpey einen Siedler erschoß und dafür an einem Ast aufgehängt wurde. Sie erzählte von der mageren, strengen Frau, die den Leuchtturm in Point Joe bediente.

Joseph hörte gern ihre sanfte Stimme. Was sie erzählte, war ihm jedoch recht gleichgültig. Aber er nahm ihre Hand und tastete sie forschend mit den Fingerspitzen ab.

Manchmal versuchte sie, ihm seine Angst auszureden. »Sorg dich doch nicht um den Regen, er wird schon kommen. Selbst wenn es in diesem Jahr nicht viel regnet, wird es im nächsten desto feuchter sein. Ich kenne dieses Land, Joseph.«

»Aber dann müßte es schon mächtig regnen! Wenn es nicht bald anfängt, ist es zu spät.«

Eines Abends sagte sie: »Ich möchte mal wieder reiten. Rama sagt, daß es mir jetzt nicht mehr schaden könnte. Würdest du mich begleiten?«

»Natürlich. Du mußt langsam anfangen, dann wird es dir nicht schaden.«

»Ich möchte gern mit dir zu dem Tannenhain reiten. Der Tannenduft würde uns guttun.«

Er drehte ihr langsam das Gesicht zu. »Daran habe ich auch schon gedacht. In dem Hain ist eine Quelle, und ich möchte sehen, ob sie wie alle anderen vertrocknet ist.« Seine Augen blickten lebhafter, als er an die kreisrunde Lichtung dachte. Der Fels war grün gewesen, als er ihn das letztemal sah ... »Das muß eine tiefe Quelle sein, ich kann mir nicht vorstellen, daß sie austrocknen kann.«

»Ich habe noch andere Gründe, warum ich dorthin möchte«, gestand sie lachend. »Ich glaube, ich habe dir bereits davon erzählt. Als ich schwanger war, überlistete ich Thomas eines Tages und fuhr zu den Tannen. Ich kam zu dem Platz in der Mitte, wo der große Fels und die Quelle sind.« Sie zog die Stirn kraus und versuchte, sich genau zu erinnern. »Natürlich war für das, was ich sah, mein Zustand verantwortlich. Ich war überempfindlich.«

Als sie aufblickte, bemerkte sie, daß Joseph sie gespannt ansah. »So?« sagte er. »Was war es denn?«

»Es kam sicher von meinem Zustand. Als ich das Kind unterm Herzen trug, wuchsen sich kleine Dinge oft riesenhaft aus. Ich fand den Weg nicht, als ich hineinging. Ich bahnte mir einen Pfad durch das Unterholz, und dann kam ich auf die Lichtung. Es war dort so still, wie ich es noch nie erfahren hatte. Ich setzte mich vor den Fels, weil der Platz mit Frieden gesättigt schien. Es war mir, als gäbe er mir etwas, was ich brauchte.« Als sie davon sprach, erlebte sie wieder, was sie damals gefühlt hatte. Sie strich sich das Haar hinter die Ohren. Die weit auseinanderstehenden Augen blickten in die Ferne. »Ich liebte den Felsen. Es ist so schwer zu beschreiben. Ich liebte ihn mehr als dich oder das Kind oder mich ... Und dies ist noch schwerer in Worte zu fassen: Während ich dort saß, ging ich in den Felsen über. Der kleine Bach floß aus mir, und ich war der Fels, und der Fels war – wie soll ich sagen? Der Fels war das Stärkste und Liebste auf der Welt.« Sie blickte nervös im Zimmer umher. Ihre Finger zupften an ihrem Rock. Was sie als Spaß hatte erzählen wollen, drängte sich ihr mit dunklem Ernst wieder auf.

Joseph nahm ihre zappelnde Hand und hielt die Finger still. »Ja, und dann?« drängte er.

»Ich muß dort eine ganze Zeit gesessen haben, weil die Sonne um ein gutes Stück weitergegangen war, aber es schien mir nur ein Augenblick zu sein. Und dann veränderte sich die Stimmung auf der Lichtung. Etwas Böses kam herein.« Ihre Stimme wurde heiser, so deutlich erinnerte sie sich. »Auf einmal war etwas Bösartiges da, das mich vernichten wollte. Ich lief fort. Ich dachte, er liefe hinter mir her, dieser große Fels, der sich niedergeduckt hatte wie ein angriffslustiges Tier. Als ich draußen war, betete ich. Ich betete lange.«

Josephs Augen warfen ihr durchdringende Blicke zu. »Warum willst du dorthin zurückkehren?« fragte er.

»Verstehst du das nicht?« erwiderte sie aufgeregt. »Alles kam nur von meinem Zustand. Aber ich habe verschiedene Male davon geträumt, und es kommt mir oft in den Sinn. Jetzt, wo ich wieder wohlauf bin, möchte ich noch einmal dorthin, um zu sehen, daß es wirklich nur ein alter, moosbedeckter Felsblock auf einer Lichtung ist. Dann werde ich nicht mehr davon träumen, er wird mich nicht mehr bedrohen. Ich will ihn berühren. Ich will ihn beschimpfen, weil er mich erschreckt hat.« Sie löste ihre Finger aus Josephs Griff und rieb sie, denn sie schmerzten von dem Druck. »Du hast mir weh getan. Fürchtest auch du dich vor dem Platz?«

»Nein«, sagte er. »Ich fürchte mich nicht. Ich werde dich hinbringen.« Er sprach nicht weiter. Er fragte sich, ob er ihr mitteilen sollte, was Juanito von den schwangeren Indianerinnen erzählt hatte, die dort lange vor dem Felsen saßen – und von den alten Frauen, die in dem Walde wohnten … Ich könnte sie erschrecken, dachte er. Es ist besser, wenn sie ihre Furcht vor dem Ort verliert. Er öffnete die Ofenklappe, warf einen Armvoll Holz hinein und stellte den Schieber gerade, damit die Flamme hochschlagen konnte. »Wann möchtest du gehen?« fragte er.

»Jederzeit. Wenn es warm ist, schon morgen. Ich nehme Essen in einem Sattelsack mit. Rama wird das Kind übernehmen. Wir werden draußen ein Picknick halten.« Sie war jetzt Feuer und Flamme. »Solange ich hier bin, haben wir noch nie ein Picknick gehabt. Ich wüßte nicht, was ich lieber täte. Daheim gingen wir nach Huckleberry Hills, nahmen unser Essen mit und pflückten nachher Eimer voll Beeren.«

»Also, morgen geht's los«, stimmte er zu. »Ich gehe jetzt in den Stall.«

Sie sah ihm nach und wußte, daß er etwas vor ihr verbarg. Wahrscheinlich ist es nur die Sorge um den Regen, dachte sie und sah gewohnheitsmäßig nach dem Barometer. Die Nadel stand genauso hoch wie vorher.

Joseph ging langsam auf den Baum zu, ehe ihm zum Bewußtsein kam, daß er tot war. Wenn er noch am Leben wäre, wüßte ich, was ich tun sollte, dachte er. Ich habe jetzt keinen Ratgeber mehr. Er ging in den Stall, in der Erwartung, Thomas dort zu finden, aber der Stall war dunkel. Die Pferde schnaubten, als er an ihnen vorbeiging. Heu für das Vieh haben wir genug in diesem Jahr. Der Gedanke beruhigte ihn.

Der Himmel war von feinem Nebel überzogen, als er umkehrte. Er glaubte, einen bleichen Hof um den Mond zu sehen, aber der war so schwach, daß er dessen nicht sicher war.

Am nächsten Morgen war Joseph schon vor Sonnenaufgang im Stall und schrubbte zwei Pferde. Um sie schön zu machen, schwärzte er ihnen noch die Hufe und rieb ihr Fell mit Öl ein. Während er bei der Arbeit war, kam Thomas herein. »Na, du putzt sie aber fein heraus«, sagte er. »Willst du in die Stadt?«

Joseph rieb Öl ein, bis das Fell wie dunkles Metall schimmerte. »Ich will mit Elisabeth ausreiten. Sie hat schon lange auf keinem Pferd mehr gesessen«, sagte er.

Thomas fuhr den Pferden mit der Hand über die glänzenden Hinterbacken. »Ich wollte, ich könnte mitkommen, aber ich muß arbeiten. Ich will mit den Leuten in das Flußbett gehen und ein Loch graben. Wir werden bald kein Trinkwasser mehr für das Vieh haben!«

Joseph hörte auf zu putzen und sah Thomas sorgenvoll an. »Ich weiß. Aber unter dem Flußbett muß doch noch Wasser sein! In ein paar Fuß Tiefe müßtet ihr darauf stoßen.«

»Es wird hoffentlich bald regnen, Joseph. Meine Halsentzündung, die von dem Staub kommt, wird sonst nicht weggehen.«

Die Sonne ging hinter einem hohen, dünnen Wolkenschleier auf, der die Wärme aufsaugte und das Licht bleichte. Über die Berge wehte ein gleichmäßig kalter Wind, der den Staub zu kleinen Wellen kräuselte und die abgefallenen gelben Blätter zu länglichen Haufen zusammentrieb. Es war ein eintöniger, am Boden hinstreichender, melancholischer Wind, den man kaum hörte.

Nach dem Frühstück führte Joseph die gesattelten Pferde aus dem Stall. Elisabeth kam in Hosenrock und Reitstiefeln mit hohen Absätzen aus dem Hause, in der Hand einen Sattelsack mit Lebensmitteln.

»Nimm eine warme Jacke mit«, sagte Joseph besorgt.

Sie sah zum Himmel auf. »Ja, es ist schließlich Winter. Die Sonne hat ihre Kraft verloren.«

Er half ihr beim Aufsteigen. Sie lachte, weil sie so gut im Sattel saß, und fuhr streichelnd über den flachen Sattelknopf. »Es tut gut, einmal wieder auf einem Pferd zu sitzen«, stellte sie fest. »Wohin sollen wir zuerst reiten?«

Joseph zeigte auf einen kleinen Gipfel auf dem Ostgrat über den Tannen. »Wenn wir da hinaufsteigen, können wir durch den Paß des Puerto Suelo den Ozean und die Wipfel der Rottannen sehen.«

»Es tut gut, einmal wieder auszureiten«, wiederholte sie. »Mir hat das gefehlt, ohne daß es mir bewußt war.«

Die blitzenden Hufe warfen einen feinen weißen Staub auf, der hinter ihnen in der Luft hängenblieb und aussah wie die Rauchfahne eines Zuges. Sie ritten durch das dünne, stehengebliebene Gras einen sanft ansteigenden Abhang hinauf und durchquerten dabei in kleinen, hopsenden Sprüngen die Wasserrinnen.

»Weißt du noch, wie im vorigen Jahr das Wasser durch diese Rinnen schoß?« erinnerte sie ihn. »Bald wird es wieder so sein.« Weit weg auf dem Abhang sahen sie eine tote Kuh liegen, die von langsam zuhackenden, behaglich schmausenden Bussarden fast ganz bedeckt war. »Hoffentlich treibt uns der Wind nicht den Gestank in die Nase, Joseph.«

Er sah von der Kuh weg. »Die lassen kein Fleisch verderben«, sagte er. »Ich habe sie im Kreise um ein sterbendes Tier stehen sehen, wie sie auf den Augenblick des Todes warteten. Sie kennen diesen Moment.«

Der Berg wurde steiler. Sie kamen in das knisternde, dunkle und jetzt ganz entlaubte Salbeigebüsch. Die Zweige waren so brüchig, als wären sie längst abgestorben. In einer Stunde waren sie auf dem Gipfel, und dort konnten sie tatsächlich durch den Paß einen dreieckigen Ausschnitt des Ozeans sehen. Der Ozean war nicht blau, sondern stahlgrau, und am Horizont erhoben sich in dicken Wällen dunkle Nebelbänke.

»Binden wir die Pferde an und setzen wir uns ein wenig«, sagte sie. »So lange habe ich das Meer nicht mehr gesehen … Manchmal lausche ich in der Nacht, wenn ich wach bin, auf das Geräusch der Wogen, auf das Nebelhorn des Leuchtturms und die Glockenboje von China Point. Manchmal höre ich sie sogar, Joseph. Sie müssen sehr tief in mich eingedrungen sein. Ja, manchmal höre ich sie. Ich erinnere mich, wie ich manchmal am frühen Morgen, wenn die Luft still war, die Fischerboote ausfahren hörte und die Stimmen der Männer vernahm, die sich von Boot zu Boot zuriefen.«

Er blickte von ihr weg. »Diese Erinnerungen kann ich leider nicht teilen.« Wenn sie so etwas sagte, kam sie ihm immer wie eine Abtrünnige vor.

Sie seufzte tief auf. »Wenn mir diese Dinge durch den Kopf gehen, bekomme ich Heimweh, Joseph. Dieses Tal erscheint mir dann wie eine Falle. Ich habe das Gefühl, daß ich ihm nie mehr entkomme und daß ich nie mehr die Wogen und die Glockenboje hören und nie mehr Möwen sehen werde, die sich im Winde wiegen.«

»Du kannst ja jederzeit zu Besuch dorthin«, meinte er mitfühlend. »Ich werde dich hinbringen.«

Sie schüttelte den Kopf. »Es wäre nicht mehr dasselbe. Ich erinnere mich, daß ich Weihnachten immer ganz aus dem Häuschen war. Das wäre jetzt anders.«

Er hob den Kopf und schnupperte in den Wind. »Ich kann das Salz riechen. Ich hätte dich nicht hierher führen sollen, Elisabeth, das stimmt dich nur traurig.«

»Aber es ist eine Traurigkeit, die guttut. Ich sehe noch den Strand bei Ebbe vor mir, wie die Krabben über die Steine krochen und die kleinen Aale sich unter den runden Kieseln versteckten. Sollen wir jetzt essen, Joseph?«

»Es ist noch lange bis zum Mittag. Hast du schon Hunger?«

»Auf einem Picknickausflug habe ich immer Hunger«, sagte sie lachend. »Wenn ich mit meiner Mutter nach Huckleberry Hill ging, fingen wir oft schon an zu essen, noch bevor wir unser Haus aus den Augen verloren hatten. Hier in der Höhe würde es mir schmecken.«

Er ging zu den Pferden und holte die Satteltaschen. Dann ließen sie sich die dicken belegten Brotschnitten schmecken, wobei sie durch den Paß auf das unruhige Meer schauten.

»Die Wolken scheinen jetzt landeinwärts zu ziehen«, bemerkte sie. »Vielleicht wird es heute abend regnen?«

»Es ist nur Nebel, Elisabeth, immer nur Nebel! Die Erde wird weiß, siehst du? Das Braun entweicht ihr.«

Sie kaute ihr Brot und sah dabei fortwährend auf das Meer. »Ich erinnere mich an so viele Dinge«, sagte sie. »Sie tauchen plötzlich auf wie Tontauben auf einem Scheibenstand. Gerade fiel mir ein, wie die Italiener bei Ebbe über die Steine steigen, mit dicken Brotscheiben in der Hand. Sie brechen die Seeigel auf und streichen einen Teil davon auf das Brot. Die männlichen sind süß und die weiblichen bitter – die Seeigel natürlich, nicht die Italiener.« Sie knüllte das Butterbrotpapier zusammen und steckte es wieder in die Satteltasche. »Ich glaube, wir reiten jetzt besser weiter, sonst wird es zu spät.«

Obwohl die Wolken sich nicht bewegt hatten, wurde der Dunst um die Sonne dichter und der Wind kälter. Sie führten die Pferde den Abhang hinab. »Willst du noch immer zu dem Tannenwald?«

»Aber selbstverständlich! Er war doch das Hauptziel unseres Ausfluges. Ich will dem Felsen einen Denkzettel geben.« Bei diesen Worten schoß aus der Luft ein Habicht mit ausgestreckten Krallen herab. Sie hörten, wie er sie in Fleisch schlug. Nach einer Sekunde flog er wieder hoch, in den Krallen ein kreischendes Kaninchen. Elisabeth ließ die Zügel fallen und hielt sich die Ohren zu, bis nichts mehr zu hören war. Ihre Lippen zitterten. »Es muß wohl so sein, ich weiß, das ist so, aber ich höre es trotzdem nicht gern.«

»Er hat nicht richtig zugestoßen«, sagte Joseph. »Er hätte ihm mit dem ersten Stoß den Hals brechen müssen, das hat er verpaßt.« Sie sahen, wie der Habicht in den Tannenwald flog und zwischen den Bäumen verschwand.

Sie mußten nicht weit gehen, den langen Abhang hinab und dann den Grat entlang, bis sie zu den ersten Vorposten des Wäldchens kamen. Joseph blieb stehen. »Wir werden die Pferde hier anbinden und hineingehen.« Er lief zu dem kleinen Bach voraus und rief: »Er ist nicht eingetrocknet! Er fließt noch genau wie sonst!«

»Gibt dir das neuen Mut, Joseph?« fragte Elisabeth, als sie neben ihm stand.

Er blickte sie überrascht an, da ihre Worte ein wenig spöttisch klangen, aber in ihrem Gesicht konnte er keinen Spott entdecken. »Es ist das erste fließende Wasser, das ich seit langer Zeit gesehen habe. Das Land kann doch nicht tot sein, wenn dieser Bach noch fließt! Er ist wie eine Ader, die Blut pumpt.«

»Merkwürdig«, sagte sie, »du kommst doch aus einem Land, wo es oft regnet. Sieh nur, wie sich der Himmel verdunkelt, Joseph. Ich wäre nicht überrascht, wenn es regnen würde.«

Er blickte zum Himmel. »Nur Nebel«, erklärte er. »Aber es wird bald kalt werden. Komm, laß uns hineingehen.«

Die Lichtung war still wie immer, und der Fels war noch grün. Elisabeth sprach laut, um die Stille zu brechen. »Es war nur mein Zustand, der mir damals Angst vor ihm einflößte.«

»Es muß eine tiefe Quelle sein, weil hier noch immer Wasser fließt«, sagte Joseph. »Der Fels muß porös sein, daß er Wasser für das Moos aufsaugen kann.«

Elisabeth beugte sich nieder und blickte in die dunkle

Höhle, aus welcher der Bach floß. »Es ist nichts drin«, berichtete sie. »Nur ein tiefes Loch im Felsen und der Geruch feuchter Erde.« Sie richtete sich wieder auf und tätschelte die rauhen Seitenflächen des Felsens. »Es ist schönes Moos, Joseph. Sieh, wie hoch es ist.« Sie riß eine Handvoll heraus und hielt ihm die feuchten, schwarzen Wurzeln hin. »Nie mehr werde ich von dir träumen«, sagte sie zu dem Felsblock. Der Himmel war jetzt dunkelgrau, die Sonne verschwunden.

Joseph erschauerte und kehrte sich ab. »Laß uns heimreiten. Es wird kalt.« Er ging auf die Schneise zu.

Elisabeth stand noch neben dem Block. »Du hältst mich sicher für übergeschnappt«, rief sie, »aber ich werde ihm jetzt auf den Rücken klettern und ihn zähmen.« Sie grub den Absatz in die steile Seite des moosigen Felsens, machte einen Schritt, zog sich hoch, und tat dann noch einen.

Joseph drehte sich um. »Gib acht, daß du nicht ausgleitest«, rief er ihr zu.

Ihr Absatz grub sich erneut ein. Da gab das Moos ein wenig nach. Sie griff hinein, um sich zu halten, riß es aber statt dessen aus. Joseph sah, wie ihr Kopf einen kleinen Bogen beschrieb und dann auf den Boden schlug. Als er zu ihr lief, rollte sie langsam auf die Seite. Eine Sekunde lang zuckte ihr Körper heftig und entspannte sich dann.

Er rannte zu der Quelle und füllte seine Hände mit Wasser. Aber als er zurückkam, ließ er das Wasser zu Boden fallen, denn er sah, wie ihr Hals lag und daß ihre Wangen grau wurden. In versteinerter Ruhe setzte er sich neben sie auf den Boden, nahm mechanisch ihre Hand auf und öffnete die verkrampften Finger, die voll Tannennadeln waren. Er fühlte nach ihrem Puls und fand keinen. Sanft legte er ihre Hand nieder, als fürchtete er, sie aufzuwecken.

»Ich weiß nicht, was es ist«, sagte er laut.

Innerlich kroch eine eisige Kälte in ihm hoch. Ich sollte

sie aufnehmen, dachte er. Ich sollte sie nach Hause bringen. Er sah auf die schwarzen Wunden, die ihre Absätze einen Augenblick vorher dem Felsen geschlagen hatten.

»Es war zu einfach, zu leicht, zu schnell«, sagte er laut. »Es war zu schnell.«

Er wußte, daß sein Geist das Geschehen nicht fassen konnte. Er versuchte, es sich deutlich vor Augen zu führen. All die Geschichten, all die kleinen Begebenheiten, die das Leben ausmachen, sind in einer Sekunde vorbei – vorbei Gedanken und Meinungen und die Fähigkeit, zu fühlen, alles vorbei ohne irgendeinen Sinn ... Er wollte sich verdeutlichen, was geschehen war, denn er fühlte schon, wie ihn allmählich eine große Ruhe überkam. Einmal wollte er sich in wildem Schmerz ausweinen, bevor er abgeschnitten und unfähig war, Kummer oder Wut zu fühlen ... Er spürte kleine, stechende Kältetropfen auf dem Kopf. Er blickte auf und sah, daß es leise regnete. Die Tropfen fielen auf Elisabeths Wangen und glänzten in ihren Haaren. Da fühlte er schon die große Ruhe. »Leb wohl, Elisabeth«, sagte er, und bevor noch die Worte ganz gesprochen waren, war er schon abgeschnitten und fern. Er zog den Rock aus und legte ihn ihr über den Kopf. »Es war die einzige Möglichkeit, mit einem anderen Menschen Verbindung aufzunehmen«, sagte er. »Jetzt ist sie vorbei.«

Der Regen klatschte nieder und warf kleine Staubwirbel auf der Lichtung auf. Er hörte das schwache Plätschern des Baches, wie er sich über die ebene Fläche stahl und im Gestrüpp verschwand. Noch immer saß er bei Elisabeths Leichnam. Wie er so ganz in Ruhe eingehüllt war, war es ihm zuwider, sich zu rühren. Als er endlich aufstand, berührte er zaghaft den Felsen und betrachtete die glatte obere Fläche. Durch den Regen machten sich auf der Lichtung leise Schwingungen erwachenden Lebens bemerkbar. Joseph hob lauschend den Kopf, dann streichelte er zärtlich den

Felsen. »Nun seid ihr zwei, und ihr seid hier. Jetzt weiß ich, wohin ich kommen muß.«

Sein Gesicht und sein Bart waren naß. Der Regen tröpfelte in sein offenes Hemd. Er bückte sich nieder, nahm die Leiche auf die Arme und stützte den lose hängenden Kopf gegen seine Schultern. So ging er durch die Schneise ins Freie hinaus.

Im Osten stand ein schwacher Regenbogen, dessen Enden die Berge berührten. Joseph ließ das zweite Pferd frei; es würde ihm schon folgen. Er warf, während er aufstieg, seine Last über eine Schulter und legte dann das lockere Bündel vor sich über den Sattel. Die Sonne brach durch und spiegelte sich in den Fenstern der Häuser unten im Tal. Der Regen hatte jetzt aufgehört, die Wolken zogen sich wieder auf das Meer zurück.

Joseph dachte an die Italiener an dem felsigen Strand, wie sie Seeigel aufbrachen, um sie auf das Brot zu streichen. Und dann gingen seine Gedanken in eine ferne Zeit zurück, als Elisabeth gesagt hatte: »Homer soll neunhundert Jahre vor Christus gelebt haben.« Er wiederholte immer wieder: »Vor Christus, vor Christus. Liebe Erde, liebes Land! Rama wird es leid tun. Sie kann keine Kenntnis von dem Geheimnis haben. Die Kräfte sammeln sich und streben zum Mittelpunkt und werden eins und stark. Auch ich werde zum Mittelpunkt kommen.« Er legte das Bündel um, um seinen Arm ausruhen zu lassen. Er fühlte, wie er den Felsen liebte und haßte. Vor Müdigkeit fielen ihm die Lider halb über die Augen. »Ja, Rama wird es leid tun. Sie wird mir mit dem Kind helfen müssen.«

Auf dem Hof kam Thomas Joseph entgegen. Er wollte gerade etwas fragen, trat aber dann, als er Josephs gespanntes und graues Gesicht sah, ruhig näher und hielt die Arme hoch, um die Leiche zu nehmen. Joseph stieg mühsam ab, faßte das freilaufende Pferd und band es an den Korralzaun.

Thomas stand noch immer stumm da, die Leiche auf den Armen.

»Sie glitt aus und fiel«, erklärte Joseph trocken. »Sie fiel gar nicht tief. Ich glaube, sie hat sich das Genick gebrochen.« Er wollte Thomas die Last wieder abnehmen. »Sie wollte auf den Felsen in der Lichtung steigen«, fuhr er fort. »Das Moos gab nach. Nur ein Fall aus geringer Höhe. Man sollte es nicht glauben. Ich dachte zuerst, sie sei bloß ohnmächtig geworden. Ich holte rasch Wasser, aber dann sah ich, daß es vorbei war.«

»Sei still jetzt!« sagte Thomas heftig. »Sprich jetzt nicht darüber.« Thomas gab ihm die Leiche nicht. »Geh fort, Joseph. Dies hier laß meine Sorge sein. Nimm dein Pferd und reite. Geh nach Nuestra Señora und betrink dich.«

Joseph nahm den Rat entgegen und befolgte ihn.

»Ich werde den Fluß entlanggehen«, sagte er. »Hast du heute Wasser gefunden?«

»Nein.«

Thomas wandte sich ab und ging, Elisabeths Leichnam auf den Armen, auf sein Haus zu. Zum ersten Mal, soweit Joseph sich erinnern konnte, weinte Thomas. Joseph sah ihm nach, bis er die Stufen emporstieg, dann ging er schnell fort, ja lief beinahe. Er kam zu dem ausgetrockneten Fluß und hielt sich an ihm, stolperte über die glatten, runden Kiesel. Die Sonne ging im Paß Puerto Suelo unter. Die Wolken, die ein bißchen Regen gespendet hatten, türmten sich im Osten wie rote Mauern auf, warfen ein rotes Licht auf das Land und färbten die entlaubten Bäume purpurrot. Joseph eilte den Fluß entlang. Es war ein tiefes Wasserloch da, dachte er. Es kann doch nicht ganz ausgetrocknet sein, es war zu tief. Wenigstens eine Meile ging er das Flußbett hinauf, und schließlich fand er das tiefe, übelriechende Loch. Im Dämmerlicht konnte er sehen, wie die großen schwarzen Aale sich langsam durch das Wasser schlängelten.

An zwei Seiten war das Wasserloch von runden, glatten Felsblöcken umgeben. In besseren Zeiten war ein kleiner Wasserfall hineingerauscht. Die dritte Seite ging auf einen sandigen, von Tierfährten durchschnittenen und zertrampelten Uferstreifen hinaus. Man sah die zierlichen, speerspitzartigen Spuren von Rehen, die Tatzen von Pumas und die kleinen Pfoten von Waschbären, aber vor allem die mit Kot beschmierten Fußabdrücke von Wildschweinen. Joseph erklomm einen der vom Wasser glattgeschliffenen Blöcke und setzte sich, ein Knie mit den Händen haltend. Obwohl er die Kälte nicht fühlte, schauerte er zusammen. Als er in das Loch starrte, zog der ganze Tag an ihm vorüber – nicht wie ein Tag, sondern wie ein Zeitabschnitt. Er erinnerte sich an unbedeutende Gebärden, auf die er früher gar nicht geachtet hatte. Worte kamen ihm in den Sinn, so genau in dem Tonfall, in dem sie gesprochen waren, daß er sie wirklich zu hören glaubte. Die Worte hallten ihm in den Ohren wider.

Dies ist der Sturmwind, dachte er. Dies ist der Anfang des Kreises, der sich ständig, schnell und unveränderbar dreht wie ein Schwungrad. Es kam ihm der müde Gedanke, er könne, wenn er in das Wasserloch blickte und seinen Geist von jedem trübenden Bild reinigte, jenen Kreis erkennen und durchschauen …

Aus dem Unterholz kam ein lautes Grunzen. Joseph schweifte von seinen Gedanken ab und sah auf den Sand. Fünf schlanke Wildschweine und ein großer Keiler mit gekrümmten Hauern kamen aus den Büschen und näherten sich dem Wasser. Sie tranken vorsichtig, wateten dann planschend ins Wasser, fingen Aale und fraßen sie. Die schleimigen Fische wanden sich zappelnd in ihren Mäulern. Zwei Schweine fingen einen Aal und rissen ihn zornig quiekend in zwei Stücke, woraufhin jedes seinen Teil verzehrte. Es war fast Nacht, als sie wieder auf den Sand hinauswateten und noch einmal tranken. Plötzlich blitzte ein gelbes Licht auf. Ein Schwein fiel unter dem wütenden Strahl. Ein schrilles Kreischen und das Knacken von Knochen, dann ging der Strahl nach hinten, als der schlanke, geschmeidige Puma sich umsah und vor dem angreifenden Keiler zurücksprang. Der Keiler beschnüffelte das tote Familienmitglied, brauste dann plötzlich weg und führte die vier anderen in das Unterholz. Joseph stand auf, der Puma beobachtete ihn, wobei er sich mit dem Schwanz die Seiten schlug. »Wenn ich dich nur erschießen könnte«, sagte Joseph laut, »dann wäre ein Ende und ein neuer Anfang. Aber ich habe keine Flinte. Laß dir deine Mahlzeit gut schmekken!« Er kletterte von dem Block und ging durch den Wald davon. Wenn das Loch eintrocknet, werden die Tiere sterben, dachte er, oder vielleicht wandern sie auch über den Berggrat aus. Langsam ging er widerwillig zur Ranch zurück, obwohl er sich ein bißchen fürchtete, draußen im Dunkeln zu sein. Er dachte, daß ihn nun ein neues Band an die Erde fesselte und daß er diesem seinem Land noch näher gekommen war.

Laternenschein drang aus dem Schuppen hinter dem Stall; es klang, als würde drinnen gehämmert. Joseph schaute zur Tür herein, sah, wie Thomas einen Sarg zimmerte, und trat ein. »Er scheint kaum groß genug zu sein«, sagte er.

Thomas sah nicht auf. »Ich habe Maß genommen, er wird schon passen.«

»Ich sah, wie ein Puma ein Wildschwein schlug. Es wird wohl das beste sein, du gehst bald mit den Hunden auf Suche, sonst wird er sich noch an die Kälber machen.« Er sprach schnell weiter. »Thomas, erinnerst du dich, was wir sagten, als Benjy starb? Wir sagten, erst Gräber machen einen Ort zur Heimat. Das ist wahr. So werden wir ein Teil des Ortes. Darin liegt eine große Wahrheit.«

Thomas nickte zustimmend, während er weiterarbeitete.

»Ich weiß. José und Manuel werden morgen früh das Grab schaufeln. Für unsere eigenen Toten mag ich es nicht tun.«

Joseph wandte sich ab und war schon im Gehen, als er nochmals fragte: »Bist du sicher, daß er groß genug ist?«

»Aber ja, ich habe doch Maß genommen.«

»Was ich noch sagen wollte, Tom – das Grab nicht einzäunen! Ich möchte, daß es einsinkt und so bald wie möglich unsichtbar wird.« Dann ging er schnell fort.

Auf dem Hof hörte er die Kinder flüstern, die Rama wohl gewarnt hatte.

»Da geht er«, sagte eins. Und dann Martha: »Ihr dürft nichts zu ihm sagen.«

Er ging in das dunkle Haus, zündete die Lampe an und machte Feuer. Die von Elisabeth aufgezogene Uhr tickte noch, bewahrte noch in ihrer Feder den Druck ihrer Hand. Die Wollsocken, die sie zum Trocknen über den Ofenschirm gehängt hatte, waren noch feucht. Das alles gehörte zu Elisabeth und war noch nicht tot. Langsam ließ Joseph diesen Gedanken durch seinen Kopf ziehen ... Das Leben ist nicht mit einem Mal vorbei. Man ist erst tot, wenn die Dinge tot sind, mit denen man umgegangen ist. Die Wirkung, die der Mensch ausübt, ist der einzige Beweis, daß er lebt. Solange eine klägliche Erinnerung bleibt, ist der Lebensfaden noch nicht durchgeschnitten, der Mensch noch nicht tot. Es dauert lange und geht langsam, bis ein Mensch wirklich tot ist, dachte er. Wir töten eine Kuh, und sie ist tot, sobald das Fleisch gegessen ist. Aber das Leben eines Menschen vergeht, wie eine Bewegung in einem stillen Wasser, in kleinen Wellen, die sich ganz allmählich verlaufen, bis die Oberfläche wieder glatt ist. Er lehnte sich im Sessel zurück und drehte den Lampendocht herunter, bis er nur noch einen kleinen blauen Lichtschein gab. Dann saß er entspannt und versuchte, seine Gedanken wieder zusammenzubringen. Aber sie hatten sich wie eine Herde verlaufen und weideten an hundert verschiedenen Plätzen, so daß seine Aufmerksamkeit abgelenkt wurde. Er dachte dann in Tönen, in leise hinströmenden Rhythmen, in Farben und in einem gleichmäßigen Schweben. Er blickte auf seinen krumm daliegenden Körper, auf seine gebogenen Arme und die im Schoß liegenden Hände.

Die Größenverhältnisse veränderten sich.

Ein Bergrücken dehnte sich in einem langen Bogen, und an seinem Ende waren fünf kleine Grate mit engen Tälern zwischen ihnen. Wenn man genau hinsah, schienen Städte in den Tälern zu liegen. Der lange, gebogene Bergrücken war mit schwarzem Dornengestrüpp bewachsen, und die Täler endeten auf einer meilenlangen Fläche dunkler bestellter Erde, die schließlich in einen Abgrund sank. Gute Felder waren dort, und die Häuser und die Leute waren so klein, daß man sie kaum sah. Hoch auf einem gewaltigen Gipfel, der weit über die Grate und Täler aufragte, befanden sich das Gehirn der Welt und die Augen, die auf den Erdkörper niederblickten. Das Gehirn konnte das Leben auf seinem Körper nicht begreifen. Es lag untätig da und wußte nur dunkel, daß es das Leben, die Städte, die kleinen Häuser auf den Feldern mit Erdbebenwut abschütteln konnte. Aber das Gehirn war eingeschläfert, die Berge lagen still, und die Felder streckten sich friedlich auf der gerundeten Klippe, von der es plötzlich in den Abgrund ging. Und so ging es eine Million Jahre, unverändert und ruhig, und das Weltgehirn auf dem Gipfel war nahe am Einschlafen. Das Weltgehirn sorgte sich ein wenig, denn es wußte, daß es sich einmal bewegen mußte, und dann würde das Leben durcheinandergeschüttelt und vernichtet werden, die lange Arbeit der Feldbestellung wäre vergeblich gewesen, die Häuser in den Tälern würden zusammenfallen. Das bereitete dem Gehirn Kummer, aber es konnte nichts daran ändern. Es dachte: Ich will sogar ein bißchen Unbehagen erdulden, um diese nun einmal entstandene Ordnung zu erhalten. Es ist eine Schande, diese Ordnung zu vernichten. Aber die hochgetürmte Erde hatte es satt, ewig in der gleichen Stellung zu sitzen. Sie bewegte sich plötzlich. Die Häuser stürzten ein. Die Berge schoben sich mit Donnergepolter durcheinander, und die Arbeit einer Million Jahre war dahin.

Die Größenverhältnisse veränderten sich, und die Zeit veränderte sich ebenfalls.

Auf der Veranda hörte man leise Schritte. Die Tür öffnete sich, und Rama kam herein, die schwarzen, von Mitleid feuchten Augen weit auf. »Du sitzt ja fast im Dunkeln, Joseph«, sagte sie.

Seine Hände hoben sich, um den schwarzen Bart zu streichen. »Ich habe die Lampe heruntergedreht.«

Sie ging zur Lampe und drehte den Docht etwas höher. »Es ist eine schwere Zeit, Joseph. Ich wollte mal sehen, wie du sie überstanden hast. Ja, du siehst unverändert aus. Das macht mich wieder stark. Ich fürchtete, du könntest zusammenbrechen. Denkst du an Elisabeth?«

Er wußte nicht recht, was er antworten sollte. Es regte sich in ihm das Verlangen, ihr alles so aufrichtig zu sagen, wie er nur konnte. »Ja, aber nicht ausschließlich«, sagte er langsam und unsicher. »An Elisabeth und an alle Dinge, die sterben. Überall scheint ein wiederkehrender Rhythmus zu walten, nur im Leben nicht. Es gibt nur eine Geburt und nur einen Tod. Bei allem andern ist es nicht so.«

Rama setzte sich zu ihm. »Du hast Elisabeth geliebt.«

»Ja«, sagte er.

»Aber gekannt hast du sie nicht. Du hast noch nie jemanden wirklich gekannt. Für dich gibt es keine einzelnen Menschen, nur Leute. Du kannst keine Einzelwesen sehen, nur das Ganze.« Sie zuckte die Schultern und saß aufrecht da. »Du hörst mir nicht einmal zu. Ich bin herübergekommen, um zu sehen, ob du etwas gegessen hast.«

»Ich will nichts essen«, sagte er.

»Nun, das verstehe ich. Das Kind ist bei mir. Soll ich es behalten?«

»So bald wie möglich werde ich mir jemanden für das Kind suchen«, erwiderte er.

Sie stand auf und wollte gehen. »Du bist müde, Joseph. Geh zu Bett, und sieh zu, daß du etwas Schlaf findest. Wenn nicht, so leg dich wenigstens hin. Morgen früh wirst du Hunger haben, dann komm zum Frühstück.«

»Ja«, sagte er zerstreut, »morgen früh werde ich Hunger haben.«

»Und du wirst jetzt zu Bett gehen?«

Er nickte, obwohl er kaum wußte, was sie gesagt hatte. »Ja, ich werde zu Bett gehen.« Und als sie hinausging, gehorchte er ihr fast automatisch. Vor dem Ofen stehend, zog er sich aus und betrachtete seine hageren, harten Beine. Ramas Stimme dröhnte ihm im Kopf wider: »Du mußt dich hinlegen und ausruhen.«

Er nahm die Lampe aus dem Aufhängering, ging ins Schlafzimmer, stellte das Licht auf den Tisch und legte sich ins Bett. Seitdem er das Haus betreten hatte, hatten seine Gedanken seine Sinne taub gemacht, aber jetzt, da er sich ausstreckte und entspannt dalag, nahmen seine Ohren die Geräusche der Nacht auf, so daß er das Rauschen des Windes und das harte Rascheln der trockenen Blätter an der toten Eiche hörte. Er vernahm auch das ferne Muhen einer Kuh. Das Leben floß in das Land zurück, und die von den Gedanken gelähmte Bewegung gewann wieder Kraft. Er wollte die Lampe ausdrehen, aber sein Körper verweigerte widerwillig die Ausführung des Befehls.

Auf der Veranda klangen gedämpfte Schritte. Er hörte, wie sich die Haustür leise öffnete. Ein Rascheln kam aus dem Wohnzimmer. Joseph lag still und lauschte und fragte sich ohne große Neugierde, wer da wohl sein mochte, aber er gab keinen Laut von sich. Dann öffnete sich die Tür zum Schlafzimmer, er wandte den Kopf, um zu schauen. Das Lampenlicht fiel auf Rama, die nackt in der Tür stand. Joseph sah die vollen, in großen, harten Warzen endenden Brüste, den breiten, runden Bauch, die mächtigen Beine. Ramas Atem ging keuchend, als sei sie gelaufen.

»Ich mußte dies tun«, flüsterte Rama heiser.

In Josephs Kehle und Brust fing es an zu knirschen, als würde Kies gemahlen.

Rama blies das Licht aus und warf sich ins Bett. Ihre Körper stießen wild zusammen, die Schenkel schlugen, ihre muskulösen Beine umklammerten ihn. Sie keuchten beide vor Atemnot. Joseph fühlte die harten Warzen an seiner Brust. Ihre breiten Hüften trommelten gegen ihn, ihr Körper zitterte, der Druck ihrer pressenden Arme zwängte ihm den Atem aus der Brust. Dann stöhnte Rama tief auf in lustvoller Qual.

Ihre Glieder entspannten sich, sie atmeten schwer. Die Muskeln wurden weich, erschöpft lagen sie eng zusammen.

»Du brauchtest das«, flüsterte sie. »In mir war es Hunger, aber in dir war es Not. Der lange, tiefe Fluß des Kummers ist abgelenkt. Er ist aufgesaugt. Die bittere Not wird in einem Augenblick herausgezogen. Ist es nicht so, Joseph?«

»Ja«, sagte er. »Die Not war da.« Er erhob sich, ließ sich auf den Rücken fallen und lag neben ihr.

Schläfrig sagte sie: »Es ist jetzt in meiner Erinnerung. Einmal in meinem Leben – einmal in meinem Leben! Mein ganzes Leben steuerte darauf zu, und jetzt, wo es vorbei ist, wird mein ganzes weiteres Leben wieder hungrig danach verlangen. Es war nicht wegen dir. Es ist jetzt genug, vielleicht ist es genug, aber ich fürchte, dieses Verlangen wird ein Rudel von Wünschen erzeugen, und jeder wird größer werden als sein Erzeuger.« Sie setzte sich auf und küßte ihn auf die Stirn, dabei fiel ihr das Haar für einen Augenblick über das Gesicht. »Ist eine Kerze auf dem Tisch, Joseph? Ich brauche etwas Licht.«

»Ja, auf dem Tisch dort, in einem kleinen Kerzenleuchter, die Streichhölzer liegen im Leuchterteller.«

Sie stand auf und zündete die Kerze an. Sie sah an sich hinunter und tastete mit dem Finger über die dunkelroten Striemen auf ihrer Brust. »Ich habe mir dies früher oft vorgestellt, und in meiner Vorstellung lagen wir nachher zusammen, und ich stellte dir eine Menge Fragen. In meinen Gedanken war es immer so.« Als wenn sie jetzt Scham empfände, schirmte sie das Kerzenlicht vor ihrem Körper mit der Hand ab. »Ich glaube, ich habe meine Fragen gestellt, und du hast sie beantwortet.«

Joseph stützte sich auf einen Ellenbogen. »Rama, was willst du von mir?«

Da wandte sie sich zur Tür und öffnete sie langsam. »Ich will jetzt nichts. Du gehörst jetzt wieder ganz dir. Ich wollte ein Teil von dir sein, und vielleicht bin ich es. Aber – ich glaube es nicht.« Ihre Stimme veränderte sich dann. »Schlaf jetzt. Und morgen früh kommst du zum Frühstück.« Sie schloß die Tür hinter sich. Er hörte das Rascheln ihrer Kleider, als sie sich anzog, aber der Schlaf überfiel ihn so schnell, daß er sie nicht aus dem Hause gehen hörte.

22

Im Januar kamen beißend kalte Winde auf, und morgens lag der Rauhreif wie leichter Schnee auf dem Boden. Die Kühe und Pferde durchstreiften die Berghänge, rupften stehengelassene Grasbüschel oder knabberten mit gestreckten Hälsen an den Blättern der immergrünen Eichen, aber irgendwann kamen sie ins Tal und standen den ganzen Tag um die eingezäunten Heuschober. Morgens und abends warfen Joseph und Thomas Heu über den Zaun und füllten die Tröge mit Wasser. Wenn das Vieh gefressen und getrunken hatte, blieb es stehen und wartete auf die nächste Fütterung. Die Hänge waren kahlgefressen.

Jede Woche wurde die Erde grauer und lebloser, und die Heuschober schrumpften zusammen. Einer war aufgebraucht, ein anderer wurde angebrochen, und auch der schwand vor dem Appetit der hungrigen Kühe dahin. Im Februar fiel etwas Regen, das Gras sproß, wuchs ein wenig und wurde gelb. In trüben Gedanken, die geballten Hände in den Taschen vergraben, wanderte Joseph umher.

Sorglos spielten die Kinder. Sie spielten wochenlang »Tante Elisabeths Begräbnis« und begruben wieder und wieder eine Patronenkiste. Später spielten sie dann »Garteln«, gruben kleine Beete um, säten Weizen darauf und beobachteten, wie die langen, dünnen Halme bei reichlichem Gießen aufschossen. Rama versorgte noch immer Josephs Kind. Sie widmete ihm mehr Zeit, als sie je bei ihren eigenen Kindern aufgebracht hatte.

Merkwürdig aber war, daß Thomas am meisten Angst hatte. Als er sah, daß das Vieh auf den Bergen keine Nahrung mehr finden konnte, packte ihn die Angst, daß alle Tiere verhungern könnten. Als der zweite Heuschober halb verzehrt war, kam er nervös zu Joseph. »Was sollen wir tun, wenn die zwei anderen Schober aufgebraucht sind?« fragte er.

»Ich weiß nicht. Ich muß mir das erst überlegen.«

»Kaufen können wir kein Heu, Joseph.«

»Ja, ja. Muß mal darüber nachdenken.«

Im März gingen einige Schauer nieder, hier und da sproß Gras auf, an manchen Stellen blühten Blumen. Das Vieh verließ die Schober und rupfte den ganzen Tag hungrig das kurze Gras. Im April trocknete der Boden wieder aus. Die Hoffnung des Landes schwand dahin. Die Kühe waren so dünn, daß man die Rippen zählen konnte. Die Hüftknochen standen heraus. Es kamen kaum noch Kälber zur Welt. Zwei Säue starben vor dem Werfen an einer geheimnisvollen Krankheit. Von der staubigen Luft bekamen einige Kühe einen trockenen Husten. Das Wild verließ die Berge. Die Wachteln, die sonst immer in die Nähe des Hauses kamen, schlugen nicht mehr. Nachts hörte man nur noch selten einen Präriewolf. Es fiel auf, wenn man ein Kaninchen sah.

»Das Wild wandert aus«, sagte Thomas. »Alles, was laufen kann, steigt über den Berggrat zur Küste hinunter. Wollen wir nicht bald einmal dorthin gehen, nur um uns die Sache anzusehen?«

Im Mai blies der Wind drei Tage lang vom Meer her, aber das hatte er schon so oft getan, daß sich niemand etwas davon erwartete. Einen Tag war der Himmel stark bewölkt, und dann goß es plötzlich in Strömen. Joseph und Thomas gingen draußen umher, ließen sich naß regnen und freuten sich über das Wasser, obschon sie wußten, daß es zu spät war. Fast über Nacht sprang das Gras wieder auf, kleidete die Berge grün und wuchs wild empor. Das Vieh setzte ein wenig Fett an. Und dann stach eines Morgens die Sonne, und mittags war es schon wieder heiß. Der Sommer war früh gekommen. Innerhalb einer Woche welkte das Gras, und zwei Wochen später war die Luft wieder voller Staub.

An einem Junimorgen sattelte Joseph ein Pferd, ritt nach Nuestra Señora und suchte den Fuhrmann Romas auf. Romas kam auf den Hof hinaus, setzte sich auf eine Wagendeichsel und spielte mit einer Ochsenpeitsche, während er mit Joseph sprach.

»Sind dies die trockenen Jahre?« fragte Joseph mit verdrossener Miene.

»Es sieht so aus, Mr. Wayne.«

»Dann sind dies die Jahre, von denen Sie mir erzählt haben?«

»Dies ist eines der schlimmsten, die ich je gesehen habe, Mr. Wayne. Noch so ein Jahr, und es wird ungemütlich werden.«

Joseph machte ein finsteres Gesicht. »Ich habe noch einen einzigen Heuschober. Womit soll ich mein Vieh füttern, wenn der verbraucht ist?« Er nahm den Hut ab und wischte sich mit dem Taschentuch den Schweiß ab. Romas ließ seine Ochsenpeitsche knallen. Der Knall wirbelte den Staub auf, als hätte eine Explosion stattgefunden. Dann legte er die Peitsche über das Knie, zog Tabak aus der Weste und rollte sich eine Zigarette. »Wenn Sie Ihre Kühe bis zum nächsten Winter durchbringen können, sind sie vielleicht zu retten. Wenn Sie bis dahin nicht genug Heu haben, müssen Sie sie wegtreiben oder sie werden verhungern. Diese Sonne wird keinen Halm übriglassen.«

»Kann ich kein Heu kaufen?« fragte Joseph.

Romas lachte hart auf. »In einem Vierteljahr wird ein Ballen Heu eine Kuh wert sein!«

Joseph setzte sich neben ihn auf die Deichsel, blickte auf den Boden und nahm eine Handvoll heißen Staub auf. »Wohin treibt ihr denn das Vieh?« fragte er schließlich.

Romas lächelte. »Für mich ist es eine gute Zeit. Ich treibe das Vieh. Ich sage Ihnen, Mr. Wayne, dieses Jahr ist nicht nur dieses Tal, sondern auch das Salinas-Tal drüben betroffen. Diesseits des San-Joaquin-Flusses werden wir kein Gras finden.«

»Aber das ist ja eine Entfernung von hundert Meilen!«

Romas nahm die Ochsenpeitsche von seinem Schoß wieder auf. »Ja, hundert Meilen«, sagte er. »Und wenn Sie nicht genug Heu haben, brechen Sie nur hübsch bald mit Ihrer Herde auf, solange sie noch Kraft in den Knochen hat.«

Joseph stand auf und ging auf sein Pferd zu. Romas begleitete ihn.

»Ich weiß noch, als Sie hierherkamen«, sagte Romas. »Ich erinnere mich, wie ich Ihnen das Bauholz brachte. Damals sagten Sie, die große Dürre würde es nie mehr geben. Wir alle, die wir hier wohnen und hier geboren sind, wissen, daß sie immer wieder kommen wird.«

»Wenn ich nun mein Vieh verkaufe und auf die guten Jahre warte?«

Darüber mußte Romas laut lachen. »Mann, wo haben Sie Ihre Gedanken? Wie sieht Ihr Vieh aus?«

»Ziemlich kläglich«, gab Joseph zu.

»Fettes Ochsenfleisch ist schon billig genug, Mr. Wayne. Dieses Jahr könnten Sie kein Vieh aus Nuestra Señora verkaufen.«

Joseph band den Halfterstrick los und stieg langsam aufs Pferd. »Ich verstehe. Es heißt also, die Kühe wegtreiben oder sie verlieren.«

»Sieht so aus, Mr. Wayne.«

»Und wenn ich sie treibe, wieviel verliere ich?«

Romas kratzte sich den Kopf und tat so, als müßte er das überlegen. »Manchmal die Hälfte, manchmal zwei Drittel und manchmal alle.«

Joseph preßte den Mund zusammen, als hätte er einen Schlag erhalten. Er hob sich in den Hüften und brachte die gespornten Stiefel nahe an den Bauch des Pferdes.

»Erinnern Sie sich an meinen Sohn Willie?« fragte Romas. »Er fuhr eines der Gespanne, als wir das Holz brachten.«

»Ja, ich erinnere mich. Wie geht es ihm?«

»Er ist tot«, sagte Romas. Und dann – man hörte an seiner Stimme, daß er sich schämte, es zu sagen –: »Er hat sich aufgehängt.«

»Was? Ist mir gar nicht zu Ohren gekommen. Es tut mir leid. Was war der Grund?«

Romas schüttelte verdattert den Kopf. »Ich weiß nicht,

Mr. Wayne. Er war immer ein Schwachkopf.« Ein Lächeln huschte über sein Gesicht, als er zu Joseph aufblickte. »Nicht gerade schön von einem Vater, so zu reden.« Dann schaute er, als wenn er zu mehreren Personen spräche, an Joseph vorbei. »Es tut mir leid, daß ich das gesagt habe. Willie war ein guter Junge. Er war nie ganz gesund, Mr. Wayne.«

»Mein herzliches Beileid, Romas«, sagte Joseph und sprach sogleich von etwas anderem. »Ich habe Sie vielleicht nötig, vielleicht müssen Sie Vieh für mich treiben.« Die Sporen berührten leicht das Pferd, und Joseph trabte langsam zur Ranch zurück.

Er ritt am Ufer des toten Flusses entlang. Die staubigen Bäume, von der Sonne versengt, warfen wenig Schatten. Joseph dachte daran, wie er einmal in einer dunklen Nacht geritten war, seinen Hut weggeworfen und die Reitpeitsche geschwungen hatte, um einen guten Augenblick aus einer Flut von Augenblicken herauszuheben. Er erinnerte sich, wie dick und grün das Unterholz unter den Bäumen gewesen war und wie sich das Gras unter dem Gewicht des Samens gebogen hatte – wie die Berge so dicht mit Gras bedeckt waren, als trügen sie einen Fuchspelz. Die Berge waren jetzt kahl. Die Wüste im Süden hatte einen Ausläufer entsandt, um das Land für eine zukünftige Ausbreitung ihrer Herrschaft auszukundschaften.

Das Pferd keuchte in der Hitze, der Schweiß tröpfelte von dem Haarwulst in der Mitte seines Bauches. Es war ein langer Ritt, und unterwegs gab es kein Wasser. Joseph hatte es nicht eilig, nach Hause zu kommen, denn er brachte keine angenehme Nachricht. Man mußte wohl die Ranch aufgeben und sie der Sonne und den Vorposten der Wüste überlassen. Er kam an einer toten Kuh vorbei, deren Seiten kläglich eingefallen waren, deren Bauch aber bis zum Bersten von den Fäulnisgasen geschwollen war. Joseph zog den

Hut ins Gesicht und beugte den Kopf nieder, um den Kadaver nicht zu sehen.

Erst am späten Nachmittag traf er auf der Ranch ein. Thomas kam gerade von den Bergen zurück. Er ging aufgeregt auf Joseph zu, sein rotes Gesicht war tief zerfurcht. »Ich habe zehn tote Kühe gefunden«, sagte er. »Wie sie umgekommen sind, weiß ich nicht. Die Bussarde sind schon an der Arbeit.« Er faßte Joseph am Arm und schüttelte ihn heftig. »Sie liegen dort über dem Grat. Morgen früh werden nur noch ein paar Knochen übrig sein.«

Joseph sah beschämt von ihm weg. Ich kann das Land nicht mehr beschützen, dachte er. Die Aufgabe, das Leben in meinem Land zu erhalten, geht über meine Kraft.

»Thomas«, sagte er. »Ich war heute in der Stadt, um zu erfahren, wie es rings im Lande aussieht.«

»Ist es überall so?« fragte Thomas.

»Ja, überall. Wir müssen die Kühe wegbringen – über hundert Meilen weit. Am San Joaquin gibt es noch Weideland.«

»Dann laß uns losziehen, in Gottes Namen!« rief Thomas. »Machen wir, daß wir aus diesem verdammten Tal, aus diesem vermaledeiten Hundeloch herauskommen! Ich komme nicht mehr zurück. Ich habe das Vertrauen zu dieser Gegend verloren.«

Joseph schüttelte langsam den Kopf. »Ich hoffe immer noch, daß sich etwas ereignen wird. Ich weiß, es besteht keine Hoffnung mehr. Selbst ein schwerer Regen könnte uns nicht mehr helfen. In der nächsten Woche werden wir die Kühe wegtreiben.«

»Warum bis zur nächsten Woche warten? Laß uns gleich morgen losziehen!«

Joseph versuchte, ihn zu besänftigen. »In dieser Woche ist es sehr heiß. Nächste Woche wird es vielleicht ein bißchen kühler werden. Wir müssen das Vieh noch füttern, sonst übersteht es die Reise nicht. Sag den Leuten, sie sollen ihnen mehr Heu geben.«

Thomas nickte. »An das Heu habe ich nicht gedacht.« Plötzlich leuchteten seine Augen wieder auf. »Joseph, wir wollen über den Berggrat zur Küste gehen, während die Leute die Kühe füttern. Wir wollen uns nochmal das Wasser anschauen, bevor wir aufbrechen und in den Staub hineinreiten.«

Joseph nickte. »Ja, das könnten wir tun. Wir können gleich morgen gehen.«

Sie brachen noch in der Nacht auf, um vor Sonnenaufgang eine gute Wegstrecke hinter sich zu bringen. Sie richteten die Pferde gegen den dunklen Westen und ließen sie allein den Weg finden. Die Erde strahlte noch Hitze vom Tage zuvor aus. Still lagen die Berge da. Das Klappern der Hufe auf dem steinigen Weg verstreute unangenehme Laute in der Ruhe. Als der Morgen dämmerte, hielten sie, um die Pferde ausruhen zu lassen. Sie glaubten, vor sich ein Glöckchen klingeln zu hören.

»Hast du's gehört?« fragte Thomas.

»Es könnte ein Tier sein, das eine Glocke trägt«, sagte Joseph. »Eine Kuhglocke ist es nicht, es klingt eher nach einer Schafglocke. Wenn es hell wird, wollen wir dem Klang nachgehen.«

Als die Sonne erschien, begann es schon heiß zu werden. Einen kühlen Morgen gab es nicht mehr. Ein paar Grashüpfer raschelten und schwirrten durch die Luft. Die gebratenen Kampeschebäume würzten die Luft, und aus dem Fettholz rannen Tropfen dickflüssigen, süßen Saftes. Als die Brüder den steilen Abhang weiter hinaufritten, wurde der Weg immer steiniger und die Erde immer trostloser. Überall standen die Knochen der Erde heraus und warfen das blendende Licht zurück. Eine Schlange vor ihnen auf dem Weg klapperte angriffslustig. Die Pferde blieben steif stehen und wichen dann zurück. Thomas griff in die Satteltasche und holte einen Revolver hervor. Der Schuß krachte, und der dicke Schlangenleib rotierte um den zerschmetterten Kopf. Die Pferde gingen, nach Ruhe verlangend, die Steigung hinunter, mit geschlossenen Augen, weil das Licht sie blendete. Ein schwaches Winseln kam von der Erde, als protestiere sie gegen die unerträgliche Sonne.

»Es macht mich traurig«, sagte Joseph. »Ich wollte, es träfe mich nicht ganz so hart.«

Thomas warf ein Bein um den Sattelknopf. »Weißt du, wie dieses ganze verdammte Land aussieht?« fragte er. »Es sieht aus wie ein rauchender Aschenhaufen, aus dem noch die Glut herausleuchtet.« Sie hörten wieder das schwache Klingeln des Glöckchens. »Wollen mal sehen, was es ist«, schlug Thomas vor. Sie trieben die Pferde wieder bergauf. Der Abhang war mit großen Felsblöcken bestreut, den Überresten ehemals vollkommener Berge, und der Pfad schlängelte sich zwischen den Blöcken hindurch. »Ich meine, ich habe diese Glocke schon mal nachts am Hause vorbeikommen hören. Ich dachte damals, es wäre ein Traum gewesen, aber jetzt erinnere ich mich an sie. Wir sind jetzt fast auf dem Grat.«

Der Pfad bog in einen Paß aus zertrümmertem Granitgestein, und im nächsten Augenblick schauten die beiden auf eine neue, frische Welt nieder. Der Hang auf der anderen Seite war mit riesigen Rottannen bedeckt, und um die hohen Säulen der Stämme rankte sich ein wildes Gestrüpp von Beeren, von Stachelbeeren, von mannsgroßen Schwertfarnen. Der Abhang ging steil hinunter; das Meer draußen hatte die gleiche Höhe wie die Bergspitzen. Die beiden hielten die Pferde an und starrten hungrig auf das grüne Unterholz. Die Berge wimmelten von Leben. Wachteln huschten, und Kaninchen hopsten vom Weg. Ein Reh trat auf eine kleine Lichtung, witterte etwas und sprang fort.

Thomas wischte sich die Augen mit dem Ärmel. »Das ganze Wild von unserer Seite ist hier«, sagte er. »Ich wollte, wir könnten unser Vieh hierherbringen! Aber es gibt keine flache Stelle, auf der eine Kuh stehen könnte.« Er wandte sich um und sah seinen Bruder an. »Joseph, möchtest du nicht unter das Gestrüpp in ein feuchtes kühles Loch kriechen, dich zusammenrollen und einschlafen?«

Joseph hatte auf den Horizont des Meeres geschaut. »Woher wohl die Feuchtigkeit kommt?« Er deutete auf die kahlen Abhänge, die steil zum Ozean abfielen. »Dort wächst kein Gras, aber hier in den Schluchten ist es grün wie in einem Dschungel.« Da kam ihm die Erklärung: »Ich habe die Nebelköpfe von hier oben in unser Tal schauen sehen. Jede Nacht muß der kühle graue Nebel in diesen Bergfalten liegen und etwas Feuchtigkeit zurücklassen. Tagsüber zieht er sich auf das Meer zurück, und nachts kommt er wieder. Unser Land ist trocken, und dagegen ist nichts zu machen. Aber hier – ich bin neidisch auf diesen Fleck, Thomas.«

»Ich möchte zum Wasser hinunter«, sagte Thomas. »Komm, steigen wir ab.« Sie kletterten den steilen Abhang hinunter. Der Pfad wand sich um die Säulen der Rottannen. Brombeerranken zerkratzten ihnen das Gesicht. Als sie eine Strecke zurückgelegt hatten, kamen sie zu einer Lichtung, und auf ihr standen zwei bepackte Maulesel mit gesenkten Köpfen. Vor ihnen auf dem Boden saß ein alter, weißbärtiger Mann. Sein Hut lag auf seinem Schoß, seine feuchten weißen Haare klebten ihm am Kopf. Mit scharfen, hellen Augen blickte er zu den zwei Brüdern auf. Er brachte einen Finger an ein Nasenloch und blies das andere aus, dann machte er es umgekehrt genauso.

»Ich habe Sie schon lange kommen hören«, sagte er. Dabei lachte er lautlos. »Sie werden wohl die Glocke des Esels gehört haben. Mein Burro trägt eine echte Silberglokke. Einmal hänge ich sie dem einen, und dann wieder dem andern um.« Er setzte würdevoll den Hut auf und hob wie ein Spatz seine Hakennase. »Wohin wollen Sie? Bergab?«

Antworten mußte Thomas, denn Joseph betrachtete aufmerksam den kleinen Mann. Es war ihm, als hätte er ihn schon einmal gesehen. »Wir wollen an der Küste kampieren«, erklärte Thomas. »Wir wollen ein bißchen fischen und schwimmen.«

»Wir haben die Glocke schon lange gehört«, sagte Joseph. »Irgendwo habe ich Sie schon mal gesehen.« Dann schwieg er verlegen, denn er wußte plötzlich, daß er den alten Mann in Wirklichkeit noch nie zu Gesicht bekommen hatte.

»Ich wohne rechts da drüben, auf einem Felsenvorsprung«, sagte der Alte. »Mein Haus ist fünfhundert Fuß oberhalb des Strands.« Dabei nickte er eindringlich. »Kommen Sie doch mit. Sie werden selbst sehen, wie hoch es ist.« Er schwieg, und langsam zog über seine Augen ein Dunstschleier, der Geheimnisse zu verbergen schien. Er blickte Thomas an und dann lange Joseph. »Ich glaube, ich kann es Ihnen sagen«, fuhr er fort. »Wissen Sie, warum ich dort auf der Klippe wohne? Den Grund habe ich nur wenigen erzählt. Ich sage ihn, weil Sie bei mir wohnen werden.«

Er stand auf, um sein Geheimnis wirksamer enthüllen zu können. »Als letzter Mensch in der westlichen Welt sehe ich die Sonne. Wenn sie für alle anderen verschwunden ist, sehe ich sie noch eine kleine Weile. Zwanzig Jahre lang habe ich jeden Abend die Sonne untergehen sehen, außer wenn Nebel war oder wenn es regnete.« Stolz lächelnd blickte er von einem zum andern. »Manchmal«, fuhr er fort, »muß ich zur Stadt gehen, um Salz und Pfeffer, Thymian und Tabak zu kaufen. Ich habe es dann immer sehr eilig. Ich breche nach Sonnenuntergang auf und bin vor dem nächsten Abend wieder daheim. Sie sollen heute abend sehen, wie es ist.« Er blickte besorgt zum Himmel. »Es ist Zeit, daß wir gehen. Folgen Sie mir nur. Ich werde ein Ferkel schlachten, das werden wir uns dann zum Abendessen braten.« Halb laufend eilte er den Pfad hinunter, die Esel trotteten hinter ihm drein, und hell klang das Silberglöckchen.

»Komm«, sagte Joseph, »laß uns mit ihm gehen.«

Aber Thomas wollte nicht recht. »Der Kerl ist doch verrückt; laß ihn laufen.«

»Ich möchte mit ihm gehen, Thomas«, sagte Joseph voll Eifer. »Verrückt ist er nicht, jedenfalls nicht gefährlich verrückt. Ich möchte mit ihm gehen.«

Thomas hatte eine tiefeingewurzelte tierische Furcht vor Wahnsinn. »Ich nicht. Wenn wir mitgehen, werde ich jedenfalls mein Nachtlager im Busch aufschlagen.«

»Dann mach schnell, sonst verlieren wir ihn.« Sie schnalzten den Pferden und begannen den Abstieg durch das dichte Gestrüpp, wobei ihnen die geraden roten Stämme der hohen Bäume als Wegweiser dienten. So schnell war der Alte gegangen, daß sie fast unten waren, ehe sie ihn wieder zu Gesicht bekamen. Er winkte ihnen einladend zu. Der Pfad verließ die Schlucht, in der die Rottannen wuchsen, und führte über einen kahlen Grat zu einer langen, schmalen Felsplatte. Die Berge, sitzenden Riesen gleich, hatten die Füße im Meer, während das Haus des alten Mannes auf ihren Knien stand. Die Fläche war mit hohem Dorngesträuch überwuchert. Einen den Pfad benützenden Reiter konnte man über das Gesträuch weg nicht sehen. Etwa hundert Fuß von der Klippe entfernt hörte das Gestrüpp auf, und auf dem Rand des Abgrunds stand ein Blockhaus von struppigem Aussehen, weil überall das in die Ritzen gestopfte Moos hervorschaute und das Dach mit einem hohen Heuhaufen bedeckt war. Neben dem Haus gab es einen Schweinestall aus einem dichten Lattenverschlag, einen kleinen Schuppen, einen Gemüsegarten und ein kleines Kornfeld. Der Alte zeigte stolz seinen Besitz, indem er die Hände ausstreckte, als wolle er ihn umarmen.

»Das ist mein Haus.« Er sah nach der schon schräg stehenden Sonne. »Wir haben noch über eine Stunde Zeit«, sagte er und zeigte auf einen Berg. »Sehen Sie, der Berg ist blau. Das ist ein Kupferberg.« Er fing an, den Mauleseln die Lasten abzunehmen, und stellte die Kisten und Schachteln auf den Boden. Joseph nahm seinem Pferd den Sattel ab und legte ihm die Fußfesseln an; Thomas tat es ihm widerwillig nach. Die Maulesel trotteten in den Busch, und die Pferde humpelten hinter ihnen drein.

»Mit der Glocke finden wir sie leicht wieder«, meinte Joseph. »Die Pferde werden sich immer in der Nähe der Burros halten.«

Der Alte führte sie zum Schweinestall, wo ein Dutzend magerer Frischlinge sie argwöhnisch beäugte und dann versuchte, durch die hintere Lattenwand zu brechen. »Ich fange sie.« Er lächelte stolz. »Ich stelle überall meine Fallen auf. Kommen Sie, ich will sie Ihnen zeigen.« Er führte sie zu dem niedrigen, strohbedeckten Schuppen und zeigte auf zwanzig aus Weiden geflochtene Käfige. In den Käfigen waren graue Kaninchen, Wachteln, Drosseln und Eichhörnchen. Die Tiere blickten neugierig aus dem Stroh, in dem sie saßen, durch die Holzgitter. »Alle fange ich in meinen Kistenfallen und behalte sie hier, bis ich sie brauche.«

Thomas wandte sich ab. »Ich will mich ein bißchen umschauen«, sagte er mit zornigem Unterton. »Ich steige zum Meer hinunter.«

Der Alte blickte ihm nach, als er fortging. »Warum haßt mich dieser Mann?« fragte er Joseph. »Warum hat er Angst vor mir?«

Joseph sah Thomas liebevoll nach. »Er führt sein Leben wie Sie und ich. Er kann es nicht leiden, wenn man Tiere gefangenhält. Er versetzt sich an ihre Stelle und kann fühlen, wie ängstlich sie sind. Angst verträgt er nicht. Er leidet selbst zu sehr darunter.« Joseph glättete sich den Bart. »Lassen Sie ihn gewähren. Er wird nach einer Weile schon wiederkommen.«

Der Alte wurde traurig. »Ich hätte es ihm vorher sagen sollen. Ich gehe sehr sanft mit den kleinen Lebewesen um. Ich ängstige sie nicht. Wenn ich sie töte, merken sie es nicht. Sie sollen es sehen.« Sie gingen um das Haus zur Klippe hin. Joseph zeigte auf drei kleine Kreuze, die nahe am Rande der Klippe standen. »Was sollen die da?« fragte er. »Das ist ein sonderbarer Platz für sie.«

Sein Begleiter sah ihn forschend an. »Sie gefallen Ihnen, das sehe ich Ihnen an. Wir kennen einander. Ich weiß Dinge, die Sie nicht wissen, aber Sie werden sie von mir erfahren. Mit den Kreuzen verhält es sich so: Es war ein gewaltiger Sturm. Eine ganze Woche lang war das Meer dort unten eine graue Wildnis. Der Wind blies von der hohen See her landeinwärts. Als er sich gelegt hatte, sah ich über die Klippe auf den Strand. Drei kleine Gestalten lagen dort. Ich stieg die Treppe hinab, die ich mir selbst gebaut habe. Es waren drei Matrosen, die an die Küste gespült worden waren: Zwei waren dunkelhäutig und einer weiß. Der Weiße trug an einer Schnur um den Hals ein Heiligenmedaillon. Ich trug sie nach oben. Das war eine harte Arbeit. Hier auf der Klippe beerdigte ich sie. Des Medaillons wegen stellte ich drei Kreuze auf. Die Kreuze gefallen Ihnen, nicht wahr?« Seine glänzenden schwarzen Augen beobachteten scharf Josephs Gesicht, ob sie dort einen neuen Ausdruck feststellen konnten.

Und Joseph nickte. »Ja, sie gefallen mir. Da haben Sie gut und richtig gehandelt.«

»Dann wird Ihnen auch der Platz gefallen, von dem aus ich die Sonne untergehen sehe. Kommen Sie!« Er legte in seinem Eifer den Weg um das Haus beinahe laufend zurück. Am Rande der Klippe war ein kleines Podium erbaut, mit einem Holzzaun davor und einer Bank dahinter. Vor der

Bank war eine große, auf vier Holzblöcken ruhende Steinplatte, deren glatte Oberfläche blankgescheuert war. Die beiden Männer standen an dem Zaun und schauten weit auf das blaue, ruhige Meer hinaus. Es war so weit weg, daß die Wogen der langen Dünung nur kleine Kräuselwellen zu sein schienen und das Brausen der Brandung sich anhörte wie ein leiser Anschlag auf einer feuchten Trommel. Der alte Mann zeigte auf den Horizont, der einen dunklen Nebelsaum trug. »Oh, die Sonne wird heute schön untergehen, rot wird sie im Nebel verschwinden. Ein guter Abend für das Schwein.«

Die Sonne wurde größer, als sie sich vom Himmel heruntergleiten ließ. »Sie sitzen jeden Abend hier?« fragte Joseph. »Und lassen keinen aus?«

»Keinen, außer wenn der Himmel bewölkt ist. Ich bin der letzte, der die Sonne sieht. Schauen Sie sich die Landkarte an, und Sie werden es sehen. Wenn sie für alle verschwunden ist, sehe ich sie immer noch.« Da sagte er plötzlich erschrocken: »Ich rede hier – und dabei ist es höchste Zeit, alles vorzubereiten. Setzen Sie sich da auf die Bank und warten Sie.«

Er lief um das Haus. Joseph hörte das zornige Quieken des Schweines. Dann erschien der Alte wieder, das zappelnde Schwein in den Armen. Er hatte die Beine des Tieres zusammengebunden, legte es auf die Steinplatte und streichelte es mit den Fingern, bis es das Zappeln aufgab, ruhig dalag und zufrieden grunzte.

»Verstehen Sie?« sagte der Alte. »Schreien darf es nicht. Denn dann weiß es gar nicht, was mit ihm geschieht. Die Zeit ist fast gekommen.« Er zog ein dickes Messer mit kurzer Klinge aus der Tasche und probierte die Schneide an der Handfläche. Dann streichelte er das Schwein und drehte das Gesicht der Sonne zu. Die Sonne glitt jetzt auf den fernen Nebelsaum zu und schien in einen Abgrund voll Blut zu rollen. »Es wurde gerade Zeit«, sagte der Alte. »Ich bin gern ein bißchen früher dran.«

»Was ist das?« fragte Joseph. »Was tun Sie da mit dem Schwein?«

Der Alte legte den Finger an die Lippen. »Pst! Das werde ich Ihnen später sagen. Still jetzt!«

»Ist das ein Opfer? Opfern Sie das Schwein?« fragte Joseph. »Schlachten Sie jeden Abend ein Schwein?«

»Nein. Jeden Abend habe ich dafür keine Verwendung. Aber ich töte jeden Abend ein kleines Lebewesen, einen Vogel, ein Kaninchen oder ein Eichhörnchen. Ja, Abend für Abend ein Geschöpf. Jetzt ist es gleich soweit.« Der Rand der Sonne berührte den Nebel. Die Sonne änderte ihre Gestalt, sie wurde eine Pfeilspitze, ein Stundenglas, ein Kreisel. Das ganze Meer färbte sich rot, und die Wellenkämme wurden zu feurigen Klingen. Der Alte drehte sich schnell dem Tisch zu. »Jetzt!« sagte er und schnitt dem Schwein die Kehle durch. Das letzte Licht tauchte nun auch die Berge und das Haus ganz in Rot. »Schrei nicht, kleiner Bruder!« Er drückte den zappelnden Körper nieder. »Schrei nicht! Wenn ich es richtig gemacht habe, bist du tot, wenn die Sonne tot ist.« Das Zappeln wurde schwächer. Die Sonne lag wie eine flache Mütze aus rotem Licht auf der Nebelwand und verschwand dann. Das Schwein war tot.

Joseph hatte mit gespannten Muskeln auf der Bank gesessen und das Opfer beobachtet. Was hat dieser Mann gefunden? dachte er. Er hat etwas entdeckt, das ihn glücklich macht, nach allem, was er erlebt hat. Er sah, wie freudig die Augen des Alten leuchteten, wie er sich im Augenblick des Todes gerade, groß und würdevoll aufrichtete. Dieser Mann hat ein Geheimnis entdeckt, dachte er. Er muß es mir sagen, wenn es mitteilbar ist.

Der Alte setzte sich jetzt neben ihn auf die Bank und sah auf den fernen Horizont, wo die Sonne untergegangen war.

Das Meer war dunkel, und der Wind war jetzt so stark, daß er den Wogen weiße Kappen aufsetzte. »Warum tun Sie das?« fragte Joseph ruhig.

Der Alte warf den Kopf herum. »Warum?« fragte er erregt. Dann beruhigte er sich. »Nein, Sie wollen mir keine Falle stellen. Ihr Bruder hält mich für verrückt. Darum ist er fortgegangen. Aber Sie glauben das nicht. Sie sind zu klug, um das zu glauben.« Er blickte wieder auf das dunkle Meer. »Sie wollen also wirklich wissen, warum ich die Sonne beobachte – und warum ich ein Lebewesen töte, wenn sie verschwindet?« Er überlegte und ließ seine knöchernen Finger durch das Haar gleiten. »Ich weiß es nicht«, sagte er dann gelassen. »Ich habe mir allerlei Gründe ausgedacht: ›Die Sonne ist Leben – ich mache den Tod der Sonne zum Symbol.‹ Als ich solche Gründe ersann, wußte ich, daß sie nicht stimmten.« Er blickte dabei Joseph an, als suche er bei ihm eine Bestätigung seiner Worte.

Joseph gab sie ihm auch. »Das waren Worte, die eine nackte Tatsache bekleiden sollten, und die nimmt sich in Kleidern lächerlich aus.«

»Sie verstehen mich. Ich gab es auf, nach Gründen zu suchen. Ich tue das, weil es mich froh stimmt. Ich tue es, weil ich es gern tue.«

Joseph nickte zustimmend. »Es wäre Ihnen unbehaglich zumute, wenn es nicht geschähe. Sie würden das Gefühl haben, daß etwas unvollendet gelassen würde.«

»Ja«, rief der Alte laut. »Sie haben Verständnis dafür. Ich habe es einem anderen schon einmal klarmachen wollen, aber der konnte es nicht begreifen. Ich tue es für mich. Ich will nicht sagen, daß es der Sonne nicht hilft. Aber es ist eigentlich nur für mich. In diesem Augenblick jedenfalls bin ich die Sonne. Ich verbrenne im Tod.« Seine Augen flammten von innerer Erregung. »Jetzt wissen Sie's.«

»Ja, jetzt ist es mir klar«, bestätigte Joseph. »Ich verstehe

Sie. Für mich gibt es da einen Unterschied, über den ich noch nicht nachzudenken wage, aber ich werde es tun.«

»Das alles ging nicht schnell«, sagte der Alte. »Aber jetzt ist es beinahe vollendet.« Er beugte sich zu Joseph hin und legte ihm die Hände auf die Knie. »Eines Tages wird es ganz vollkommen sein. Der Himmel und das Meer werden dann so sein, wie sie sein sollen. Mein Leben wird dann an einem stillen, ebenen Platz angekommen sein. Die Berge hinter mir werden mir sagen, wenn es soweit ist. Dann wird die Zeit vollendet sein, und es wird keine mehr für mich geben.« Er nickte ernst zu der Steinplatte hin, auf der das tote Schwein lag. »Wenn sie kommt, werde ich selbst mit der Sonne über den Rand der Welt gehen. Jetzt wissen Sie's. In jedem Menschen liegt dies verborgen. Es versucht, ans Licht zu gelangen, aber die Furcht des Menschen läßt das Licht nur verzerrt zum Vorschein kommen. Er zwängt es zurück. Und was dann wieder herauskommt, ist anders – Blut an den Händen einer Statue, Erregung über den Bericht einer alten Tortur, die Hingabe oder Entgegennahme von Blut bei der Begattung. Ich habe den Tieren in den Käfigen gesagt, wie es ist. Sie fürchten sich nicht. Halten Sie mich für verrückt?« fragte er.

»Ja, Sie sind verrückt«, sagte Joseph lächelnd. »Thomas sagt es offen. Auch Burton wäre derselben Meinung. Man hält es für gefährlich, der Seele für den freien, ungestörten Durchzug der Dinge, die in ihr sind, einen geraden Weg zu öffnen. Sie tun gut daran, den Tieren in den Käfigen zu predigen, sonst könnten Sie leicht selbst in einen Käfig geraten.«

Der Alte stand auf, nahm das Schwein und trug es fort. Dann holte er das Wasser, schrubbte das Blut von der Platte und bestreute den Boden unter ihr mit frischem Kies.

Es war fast Nacht, als er das Ferkel zum Braten hergerichtet hatte. Ein großer, bleicher Mond schaute über die

Berge und warf sein Licht auf die weißen Wogenkämme, die auf der Meeresfläche hochstiegen und wieder verschwanden. Das Tosen der Brandung unten an der Küste war nun deutlicher zu hören. Joseph saß in der kleinen, käfigähnlichen Hütte, und der Alte drehte am Herd Fleischstücke an einem Spieß. Er erzählte dabei von seinem Wohnsitz. »Das hohe Dorngesträuch verbirgt mein Haus. In dem Gestrüpp aber gibt es kleine versteckte Lichtungen. Im Herbst kämpfen dort die Rehböcke. Nachts kann ich hören, wie ihre Hörner aufeinanderprallen. Im Frühling bringen die Rehe die gefleckten Kitze an dieselben Plätze, um ihnen Unterricht zu geben. Die Kleinen müssen vieles wissen, wenn sie den Lebenskampf bestehen wollen – vor welchen Geräuschen man fliehen muß, was die Gerüche bedeuten, wie man Schlangen mit den Vorderläufen tötet.« Dann schweifte er ab: »Die Berge sind aus Metall, eine dünne Felsschicht und dann schwarzes Eisen und rotes Kupfer. Das muß so sein.«

Draußen hörte man Schritte. Thomas rief: »Joseph, wo bist du?«

Joseph stand auf und ging hinaus. »Das Essen wartet auf dich. Komm herein und iß«, sagte er.

Aber Thomas sträubte sich. »Ich mag nicht mit dem Mann da zusammen sein. Ich habe Mollusken hier. Komm mit an die Küste. Wir machen ein Feuer und essen dort unten. Im Mondschein ist der Weg leicht begehbar.«

»Aber das Abendessen ist bereits fertig«, sagte Joseph. »Komm herein und iß wenigstens etwas.«

Thomas ging vorsichtig in das niedrige Haus, als erwarte er, daß ihn aus einer dunklen Ecke ein böses Tier anspränge. Der Raum war nur vom Herdfeuer beleuchtet. Der Alte riß mit den Zähnen Stücke von dem Fleisch und warf die Knochen ins Feuer. Als er fertig war, starrte er schläfrig ins Feuer.

Joseph setzte sich zu ihm. »Woher kommen Sie?« fragte er. »Was hat Sie hierher getrieben?«

»Was sagen Sie?«

»Ich sage, warum Sie hierher gekommen sind und ganz allein hier leben?«

Die schläfrigen Augen erhellten sich einen Augenblick und erloschen dann wieder.

»Das habe ich vergessen«, sagte er, »oder ich will mich nicht dran erinnern. Ich müßte dann weit zurückdenken und suchen, was Sie wissen wollen. Dabei würde ich aber auf andere Dinge in der Vergangenheit stoßen, die ich nicht wieder aufrühren will. Sprechen wir nicht mehr darüber.«

Thomas stand auf. »Ich nehme meine Decke mit auf die Klippe, denn ich schlafe dort«, sagte er.

Joseph ging mit ihm aus dem Haus und rief dem Alten über die Schulter »gute Nacht« zu. Die Brüder gingen schweigend zu der Klippe und breiteten ihre Decken Seite an Seite auf dem Boden aus.

»Laß uns morgen an der Küste entlangreiten«, schlug Thomas vor. »Hier gefällt es mir nicht.«

Joseph saß auf seiner Decke und betrachtete die ferne, schwache Bewegung des im Mondlicht wiegenden Meeres. »Ich reite morgen heim, Tom«, sagte er. »Ich kann nicht länger wegbleiben. Ich muß dort sein, falls etwas passieren sollte.«

»Eigentlich wollten wir drei Tage fortbleiben«, entgegnete Thomas. »Wir brauchen eine kleine Erholung in der frischen Luft, denn Staub müssen wir noch genug schlucken, wenn wir die Kühe hundert Meilen weit treiben wollen.«

Joseph saß lange schweigend da. »Thomas«, fragte er schließlich, »schläfst du schon?«

»Nein.«

»Ich gehe nicht mit dir, Thomas. Du nimmst die Kühe, ich bleibe auf der Ranch.«

Thomas richtete sich auf den Ellbogen hoch. »Was soll denn das heißen? Was willst du denn auf der Ranch? Der passiert doch nichts! Aber die Kühe müssen wir retten.«

»Die Kühe nimmst du«, wiederholte Joseph. »Ich kann nicht fortgehen. Ich hatte es vor, ich habe mich sogar mit der Tatsache vertraut gemacht, aber ich kann nicht. Es wäre gerade so, als ließe ich einen Kranken im Stich.«

»Sag doch lieber gleich einen Toten! Bei einem Toten braucht man nicht zu bleiben.«

»Sie ist nicht tot«, widersprach Joseph. »Nächsten Winter wird der Regen wiederkommen, und im Frühling wird das Gras wachsen und der Fluß fließen. Du wirst es sehen, Tom. Dies ist nur ein dummer Zufall gewesen. Nächstes Frühjahr ist der Boden wieder getränkt mit Wasser.«

Spöttisch entgegnete Thomas: »Und du heiratest wieder, und die Dürre wird nie mehr wiederkommen.«

»Das könnte sein«, sagte Joseph, ohne ihm den Spott nachzutragen.

»Dann zieh mit uns zum San Joaquin und hilf uns mit den Kühen.«

Joseph sah die Lichter eines weit draußen auf dem Ozean fahrenden Schiffes. Er hielt einen Finger hoch, um zu sehen, wie schnell sie sich bewegten.

»Ich kann nicht fort«, sagte er. »Dies ist mein Land. Warum es so ist und was dieses Land gerade zu meinem macht, weiß ich nicht, aber ich kann es nicht einfach so aufgeben. Du wirst schon sehen, wie im Frühling das Gras sprießen wird. Hast du denn vergessen, wie die Berge ganz grün vom Gras waren, wie es selbst aus den Felsspalten wuchs, wie hoch der gelbe Senf stand? So hoch, daß die Vögel in ihm nisteten.«

»Ich weiß«, erwiderte Thomas mürrisch, »aber ich vergesse auch nicht, wie es heute morgen dort aussah. Alles zu Asche verbrannt und kahlgefressen. Ich vergesse auch nicht den Haufen toter Kühe. Ich kann gar nicht schnell genug wegkommen. In einer so tückischen Gegend mag ich nicht bleiben.« Er legte sich auf die Seite. »Also wenn du unbedingt willst, können wir morgen zurückkehren. Ich hoffe nur, daß du nicht in diesem verdammten Tal bleibst.«

»Ich muß bleiben«, sagte Joseph. »Wenn ich mit dir ginge, hätte ich jeden Augenblick das Verlangen, umzukehren, um nachzusehen, ob immer noch kein Regen gefallen ist oder ob nicht doch noch etwas Wasser im Fluß ist. Darum möchte ich erst gar nicht aufbrechen.«

23

Als sie erwachten, war die Welt in grauen Nebel gehüllt. Das Haus und die Schuppen zeichneten sich als dunkle Schatten ab. Hohl und gedämpft klang unter den Klippen die Brandung. Die Feuchtigkeit sammelte sich in feinen Tropfen in ihren Haaren und auf ihren Gesichtern. Joseph fand den alten Mann neben einem schwelenden Feuer in seiner Hütte sitzen. »Wir müssen losreiten, sobald wir unsere Pferde finden können«, sagte er zu ihm.

Der Aufbruch schien den Alten traurig zu stimmen. »Ich hoffte, Sie würden noch ein bißchen bleiben. Ich habe Ihnen gesagt, was ich weiß. Ich dachte, nun würden Sie mir erzählen, was Sie wissen.«

Joseph lachte bitter auf. »Ich habe leider nichts mitzuteilen. Mein Wissen hat mich betrogen. Wie können wir im Nebel unsere Pferde finden?«

»Ich werde sie Ihnen holen.« Der Alte ging zur Tür, tat einen schrillen Pfiff, und gleich darauf hörte man die silberne Glocke. Die Maulesel kamen angetrottet und hinter ihnen die Pferde.

Joseph und Thomas sattelten sie. Dann drehte sich Joseph um und wollte sich von dem Alten verabschieden, aber der war verschwunden und antwortete auch nicht, als Joseph rief.

»Er ist verrückt«, sagte Thomas. »Komm, laß uns reiten.« Sie führten die Pferde auf den Pfad, ließen ihnen aber dann die Zügel hängen, denn der Nebel war so dick, daß ein Mensch den Weg nicht finden konnte. Sie kamen zu der Schlucht mit dem üppigen Pflanzenwuchs. Von jedem Blatt tröpfelte es, wie zerrissene Fahnen hingen die Nebelfetzen an den Bäumen. Auf halber Höhe zum Paß begann der Nebel sich zu lichten. Er riß auf und sah aus wie eine Legion Geister, die – vom Tage überrascht – nach allen Richtungen davonschossen. Schließlich tauchte der Pfad aus dem Nebel wieder auf. Joseph und Thomas sahen sich um und blickten von oben auf das wogende Nebelmeer herab, das sich bis zum Horizont ausdehnte und das Meer und die Berghänge verdeckte. Kurz darauf erreichten sie den Paß und blickten auf ihr eigenes, trockenes, totes Tal hinab, das unter der verderbenbringenden Sonne brannte und Hitzewellen in Schlieren emporsandte. Auf dem Paß machten sie halt, schauten zurück auf das üppige Grün in der Schlucht, aus der sie gekommen waren, und auf das weite graue Nebelmeer.

»Ich gehe ungern von hier fort«, meinte Thomas. »Wenn nur Futter für das Vieh da wäre, würde ich hinüberziehen.«

Joseph blickte sich bloß kurz um, dann setzte er seinen Weg über den Paß fort. »Es gehört uns nicht, Thomas«, sagte er. »Es ist wie ein schönes Weib, aber es gehört uns nicht.« Er trieb sein Pferd über das heiße Felsgestein. »Der Alte kannte ein Geheimnis, Tom. Er hat einiges davon ganz unverhüllt preisgegeben.«

»Der war ja verrückt«, behauptete Thomas wieder hartnäckig. »Wenn er woanders wohnte, würde man ihn einsperren. Wozu hatte er denn alle diese gefangenen Tiere?«

Joseph dachte nach, wie er ihm das erklären sollte. Er

suchte nach einem Anfang. »Er hält sie, um sie zu essen«, sagte er. »Es ist nicht so einfach, Wild zu schießen, darum fängt er es und hält es so lange gefangen, bis er davon Gebrauch machen kann.«

»Nun, dagegen kann man nichts sagen«, sagte Thomas und schien erleichtert. »Ich dachte, es steckte etwas anderes dahinter. Wenn es weiter nichts ist, geht es mich nichts an. Seine Verrücktheit bezieht sich also nicht auf das Wild und die Vögel?«

»Nicht im geringsten«, beteuerte Joseph.

»Wenn ich das gewußt hätte, wäre ich nicht weggegangen. Ich hatte Angst, einer … einer feierlichen Handlung beiwohnen zu müssen.«

»Du fürchtest dich vor jeder rituellen Handlung, Thomas. Weißt du, warum?« Joseph ließ sein Pferd langsamer gehen, so daß Thomas näher kommen konnte.

»Nein, warum, weiß ich nicht«, gab Thomas zögernd zu, »so etwas erscheint mir wie eine Falle – eine Falle, in der man sich unversehens fängt.«

»Das mag sein«, sagte Joseph. »Daran hatte ich nicht gedacht.«

Als sie den Abhang hinunter zur Quelle des Flusses mit ihrem trockenen und brüchigen Moos und ihren schwarzen Farnwedeln kamen, hielten sie unter einem Lorbeerbaum kurze Rast.

»Laß uns über den Grat reiten und alles Vieh eintreiben, das wir sehen«, schlug Thomas vor. Sie bogen vom Flußbett ab und ritten schräg den Berg hinauf. Staub wirbelte auf und hüllte sie ein wie eine Wolke. Plötzlich hielt Thomas das Pferd an und zeigte nach unten. »Da, schau!« Fünfzehn oder zwanzig kleine Haufen abgenagter Knochen lagen am Hang. Die grauen Präriewölfe schlichen langsam auf das Gestrüpp zu. Auf den Rippen saßen Bussarde und rissen die letzten Streifen Fleisch weg.

Thomas' Gesicht wurde spitz. »Das sehe ich nicht zum erstenmal. Darum ist mir das Land verhaßt. Ich komme nicht mehr zurück«, schrie er. »Komm, ich möchte jetzt sofort zur Ranch. Wenn es möglich ist, will ich schon morgen aufbrechen.« Er trieb sein Pferd den Abhang hinunter und gab ihm sogar die Sporen, um möglichst schnell von der Knochenstätte wegzukommen.

Joseph sah ihm nach, folgte ihm aber nicht. Kummer und Niedergeschlagenheit füllten sein Herz. Etwas ist schiefgegangen, dachte er. Ich war dazu bestimmt, für das Land zu sorgen, und ich habe versagt. Er war enttäuscht von sich und dem Land. »Aber ich werde es nicht verlassen«, sagte er. »Ich werde bei ihm bleiben. Vielleicht ist es doch nicht tot.« Er dachte an den Felsen in den Tannen und spürte plötzlich große Lust, ihn wieder zu besuchen. »Ich bin gespannt, ob der Bach ausgetrocknet ist. Wenn er immer noch fließt, ist das Land nicht tot. Ich will es so bald wie möglich feststellen.« Er ritt über den Grat und sah gerade noch, wie Thomas auf die Häuser zu galoppierte. Die Zäune um die letzten Heuschober lagen auf dem Boden, und das heißhungrige Vieh fraß Höhlen hinein. Als Joseph hinzukam, sah er, wie mager die Tiere waren und daß ihnen die Hüftknochen weit herausstanden. Thomas sprach gerade mit dem Treiber Manuel.

»Wie viele?« fragte er.

»Vierhundertundsechzehn«, sagte Manuel. »Über hundert fehlen.«

»Über hundert!« Thomas ging schnell weg.

Joseph sah ihm nach, wie er in den Stall ging. Dann sprach er mit Manuel. »Werden die anderen bis an den San Joaquin kommen, Manuel?«

Manuel zuckte die Schulter. »Es geht nur langsam vorwärts. Vielleicht finden wir etwas Gras. Vielleicht bringen wir ein paar hinüber. Wir werden jedoch auch einige verlieren. Ihr Bruder möchte nicht eine einzige Kuh opfern. Er hängt an den Tieren.«

»Laß sie fressen, soviel sie wollen«, befahl Joseph. »Wenn kein Heu mehr da ist, werden wir aufbrechen.«

»Schon morgen wird kein Heu mehr da sein«, sagte Manuel.

Es begann ein geschäftiges Treiben. Auf dem Hof wurden die Wagen beladen, Matratzen, Hühnerkörbe und Kochgeschirr wurde hoch und sorgfältig aufgestapelt. Romas traf mit noch einem Treiber ein.

Rama sollte in einem Kastenwagen fahren, Thomas mit einem Planwagen, der mit Korn für die Pferde und zwei Fässern Wasser beladen war. Auf den übrigen Wagen befanden sich zusammengelegte Zelte, Lebensmittel, drei lebende Schweine und ein paar Gänse. Die Vorräte sollten bis zum Winter reichen.

Joseph saß noch am späten Abend auf der Veranda und überwachte die letzten Vorbereitungen. Rama kam von ihrer Arbeit herüber und setzte sich auf die Stufen. »Warum bleibst du hier?« fragte sie.

»Jemand muß doch auf die Ranch aufpassen, Rama.«

»Was gibt's da noch aufzupassen? Thomas hat recht, Joseph, es ist ja nichts mehr da.«

Seine Augen suchten nach dem Tannenhain auf dem Berge. »Doch, etwas ist noch da, Rama. Ich bleibe hier.«

Sie seufzte tief auf. »Das Kind soll ich wohl mitnehmen?«

»Ja. Ich wüßte nicht, wie ich allein mit ihm fertig werden soll.«

»Es müßte in einem Zelt leben. Das ist kein schönes Dasein für ein Kind.«

»Möchtest du es nicht haben, Rama?«

»Ja, ich möchte es, aber als mein eigenes Kind.«

Joseph sah wieder zu dem Tannenhain hinauf. Über dem Puerto-Suelo-Paß funkelte das letzte Tageslicht. Joseph dachte an den alten Mann und seine Opfer. »Warum willst du das Kind haben?« fragte er weichgestimmt.

»Weil es ein Teil von dir ist.«

»Liebst du mich, Rama? Ist es das?«

Sie atmete tief ein. »Nein«, sagte sie dann heftig. »Ich bin nahe dran, dich zu hassen.«

»Dann nimm das Kind«, sagte er schnell. »Dieses Kind gehört dir. Es ist immer dein. Ich habe keinen Anspruch mehr darauf.« Er warf einen schnellen Blick zum Tannenhain hin, als erwarte er von dort eine Antwort.

»Wie kann ich dessen sicher sein?« sagte Rama unzufrieden. »Wenn ich mich an das Kind gewöhnt habe, wenn es sich selbst als mein eigenes Kind fühlt, wie kann ich sicher sein, daß du es eines Tages nicht zurückverlangst?«

Er sah sie lächelnd an, und es kam Ruhe über ihn, die er so gut kannte. Er zeigte auf den toten, kahlen Baum neben dem Haus. »Schau, Rama. Das war mein Baum. Er war Mittelpunkt des Landes, gewissermaßen sein Vater. Und Burton hat ihn verdorren lassen.«

Er strich sich den Bart und glättete die losen Enden, wie es sein Vater getan hatte. Er senkte vor Schmerz die Lider und kniff die Augen zusammen, um dem Schmerz Widerstand zu leisten.

»Schau dort auf den Grat, wo die Tannen stehen, Rama. Dort in dem Hain ist eine kreisrunde Lichtung, und in der Mitte ein großer Felsblock, der Elisabeth tötete. Und auf dem Hügel drüben liegen Benjy und Elisabeth begraben.« Sie sah in die Richtung, aber ihr Blick verriet, daß sie ihn nicht verstand. »Das Land ist schwer getroffen«, fuhr er fort, »aber es ist nicht tot, es liegt nur unter dem Druck einer Macht danieder, die stärker ist. Ich bleibe hier, um das Land zu schützen.«

»Was hat das alles mit mir und mit dem Kind zu tun?« fragte Rama.

»Nun, vielleicht kann es dem Land helfen, wenn ich dir das Kind gebe.«

Sie strich nervös das Haar zurück und glättete es an beiden Seiten des Scheitels. »Willst du etwa das Kind opfern? Ist es das, Joseph?«

»Ich weiß nicht, wie man es nennen soll. Ich will dem Land damit helfen, und somit besteht keine Gefahr, daß ich das Kind wieder zu mir nehme.«

Da stand sie auf und wich langsam von ihm zurück. »Leb wohl, Joseph«, sagte sie. »Ich freue mich, daß ich morgen früh von hier fortkomme, denn von nun an wirst du mir immer unheimlich sein.« Ihre Lippen zitterten, und ihre Augen füllten sich mit Tränen. »Armer, einsamer Mann!« Dann eilte sie auf ihr Haus zu, aber Joseph sah mit ernstem Lächeln zu dem Tannenhain hinauf.

Jetzt sind wir eins, dachte er. Jetzt sind wir allein. Wir wollen zusammenarbeiten. Von den Bergen kam ein Windstoß und wirbelte eine erstickende Staubwolke auf.

Das Vieh fraß die ganze Nacht Heu.

Die Wagen setzten sich vor Tagesanbruch in Bewegung. Zwei Stunden lang sah man den flackernden Schein der Laternen. Rama gab den Kindern ihr Frühstück und wies ihnen dann ihre Sitze oben auf der Ladung zu. Sie verstaute sie so gut, daß sie nicht herunterfallen konnten. Den Korb, in dem das Kleine lag, stellte sie vor sich auf den Boden des Wagens. Schließlich war alles fertig, die Pferde standen zugbereit. Rama kletterte in den Wagen. Thomas half ihr, auch Joseph kam herbei. So standen sie zu dritt im Dunkeln und zogen alle drei tief die Luft ein. Die Kinder verhielten sich sehr ruhig. Rama stellte den Fuß auf die Bremse. Thomas seufzte tief auf. »Ich werde dir schreiben, wie wir durchkommen«, sagte er.

»Ich werde auf Nachricht warten«, erwiderte Joseph.

»So, jetzt könnten wir aufbrechen.«

»Ihr werdet doch gegen Mittag haltmachen?«

»Wenn wir einen Baum finden, unter dem wir halten können. Nun, dann leb wohl. Es ist eine lange Reise.«

»Leb wohl, Thomas. Leb wohl, Rama.«

»Thomas wird dir auch schreiben, wie es dem Kind geht«, fügte Rama hinzu.

Thomas rührte sich noch immer nicht von der Stelle. Aber plötzlich drehte er sich um und ging fort, ohne noch ein Wort zu sagen. Man hörte die Bremse kreischen, die Achsen knirschten unter der Last. Rama trieb ihre Pferde an, die Räder drehten sich. Martha, die ganz oben saß, weinte bitterlich, weil niemand sehen konnte, wie sie mit dem Taschentuch winkte. Die anderen Kinder waren eingeschlafen, aber Martha weckte sie wieder auf. »Ihr sollt mal sehen«, sagte sie ohne Tränen, »uns erwartet nichts Gutes! Aber ich bin froh, daß wir von hier wegkommen, denn dieser Hof wird in einigen Wochen in Flammen aufgehen.«

Joseph konnte noch die quietschenden Räder hören, nachdem die Wagen schon außer Sicht waren. Er ging zu dem Haus hinüber, das Juanito gehört hatte. Dort nahmen die Treiber ihr Frühstück ein, Kaffee und gebratenes Fleisch. Als der Morgen dämmerte, leerten sie ihre Tassen und standen schwerfällig auf. Romas ging mit Joseph zu dem Korral.

»Ganz langsam treiben!« sagte Joseph.

»Das versteht sich von selbst. Wir haben ja eine gute Anzahl Treiber, Mr. Wayne, und ich kenne sie alle.«

Die Männer sattelten mißmutig ihre Pferde. Eine Meute von sechs langhaarigen Hirtenhunden erhob sich aus dem Staub; sie waren nicht gerade erfreut, daß es an die Arbeit ging, aber man sah ihnen an, daß sie ihr Amt ernst nahmen. Rot dämmerte der Tag herauf. Die Hunde zogen auseinander. Dann öffnete sich das Korraltor. Die Herde kam heraus. Drei Hunde liefen in großen Abständen an jeder

Seite, um sie auf dem Weg zu halten. Hinter der Herde folgten fächerartig auseinandergezogen die Treiber. Gleich bei den ersten Schritten wirbelte Staub auf. Die Treiber zogen Taschentücher heraus und banden sie über den Nasenrücken zusammen. Nach hundert Metern war die Herde in der Staubwolke fast unsichtbar. Dann kam die Sonne über den Horizont und färbte die Staubwolke rot. Joseph stand am Korral und beobachtete, wie die lange Staublinie über das Land kroch und schließlich wie ein gelber Nebel in der Luft hing. Noch stundenlang blieb dieser Nebel da, nachdem die dicke Wolke bereits über den Berg gewandert war.

Joseph fühlte, wie mühselig die lange Reise werden würde. Die Sonne brannte, obwohl es noch früh am Tage war, der Staub erschwerte das Atmen. Lange stand er so da und sah der Staubfahne nach, die den Weg der Herde nachzeichnete. Er war tief bekümmert. Die Kühe sind für immer fort, dachte er. Die meisten sind hier zur Welt gekommen, und nun sind sie gegangen. Er sah sie als neugeborene Kälber mit glattem und glänzendem Fell, das die Mutter ihnen rein leckte, sah die flachen, kleinen Mulden im Gras, die nachts ihr Bett gewesen waren. Er hörte das bange Muhen der Kühe, wenn die Kälber sich verlaufen hatten. Und jetzt waren sie nicht mehr da.

Schließlich wandte er sich den ausgestorbenen Häusern zu, dem toten Stall und dem großen toten Baum. Es war alles unheimlich still. Die Stalltür stand weit offen. Auch Ramas Haus war auf. Er konnte drinnen die Stühle und den blankgescheuerten Ofen sehen. Er nahm ein herumliegendes Stück Packdraht auf, rollte es zusammen und hängte es über den Zaun. Er ging in den Stall, in dem kein einziger Heuhalm mehr zu finden war. Auf dem festgetretenen Stroh lag harter, schwarzer Kot. Nur ein Pferd war noch da. Er ging die lange Reihe der leeren Boxen entlang, und die sich in seinem Geist entrollende Kette der Erinnerungen riß nicht ab. Dies ist die Box, an der Thomas saß, als der Speicher voller Heu war. Er sah hoch und versuchte sich vorzustellen, wie es gewesen war. Die Luft war von flimmernden Sonnenstrahlen durchschlitzt. Die drei Schleiereulen saßen auf einem Dachbalken in einer dunklen Ecke. Joseph ging zur Futterkammer und schüttete dem Pferd eine Extraportion Rollgerste in die Krippe, er holte noch ein Maß und streute es draußen vor der Tür auf den Boden. Dann schlenderte er über den Hof.

Es war jetzt die Zeit, da sonst Rama mit einem Korb Wäsche herauskam und sie auf die Leine hängte, rote Schürzen und blaue Hosen – hellblau, weil sie so oft gewaschen waren – und die kleinen blauen Röcke und die roten Unterröcke der Mädchen. Es war die Zeit, da die Pferde aus dem Stall gelassen wurden und die Hälse über den Wassertrog streckten und Blasen in das Wasser schnaubten. Noch nie hatte Joseph einen solchen Drang zur Arbeit gefühlt wie jetzt. Er ging durch alle Häuser, schloß die Türen und Fenster und nagelte die Tore der Schuppen zu. In Ramas Haus nahm er einen feuchten Putzlumpen vom Boden auf und hängte ihn über eine Stuhllehne. Rama war eine saubere und ordentliche Frau. Die Schreibtischschubladen waren geschlossen, der Boden war gefegt, Besen und Mülleimer standen in ihrer Ecke; noch an diesem Morgen hatte sie mit dem Truthahnflügel den Herd gesäubert. Joseph hob die Kochringe und sah die letzte Glut dunkel verlöschen. Als er Ramas Haus verschloß, fühlte er sich von einer Schuld bedrückt, als ob der Deckel eines Sarges für immer geschlossen wird und der Leichnam einsam und verlassen zurückbleibt.

Er ging in sein eigenes Haus zurück, breitete sein Bettzeug aus und trug Holz herbei, weil er am Abend kochen mußte. Er kehrte die Zimmer aus, putzte den Herd blank und zog die Wanduhr auf. Es war noch nicht Mittag, als er mit dieser Arbeit fertig war. Dann setzte er sich auf die Veranda.

Die Sonne brannte auf den Hof und ließ hier und da herumliegende Glasstückchen aufglitzern. Die Luft war still und heiß, aber ein paar Vögel hüpften umher und pickten das Korn auf, das er vor den Stall gestreut hatte. Wie von der Nachricht verlockt, daß die Farm verlassen war, trottete furchtlos ein Hamster über den Hof, aber ein braunes Wiesel sprang ihn an, erwischte jedoch nicht seine Kehle, und die beiden Tiere kugelten sich im Staub. Ein Hornfrosch watschelte über den Hof zur untersten Stufe der Veranda und machte es sich dort bequem, um Fliegen zu fangen. Joseph hörte das Pferd im Stall aufstampfen, er war ihm dankbar, daß es die Stille unterbrach. Diese Stille machte ihn ganz dumpf. Die Zeit hatte ihr Tempo verlangsamt, und jeder Gedanke kroch so langsam durch sein Gehirn wie der Hornfrosch durch den Staub des Hofes. Joseph sah auf die weißgebrannten Berge, aber der Widerschein der flammenden Sonne war so stark, daß er blinzelte. Seine Augen folgten den Wasserrinnen zu den ausgetrockneten Quellen der Berggerippe. Und wie immer blieben sie schließlich auf dem Tannenwald oben am Grat haften. Lange starrte er hinauf, dann stand er auf und schritt die Stufen hinab. Er wandte sich dem Tannenhain zu – langsam ging er den allmählich ansteigenden Hang hinauf. Einmal schaute er von den Vorbergen auf die verlassenen Häuser zurück, die sich unter der erbarmungslosen Sonne gleichsam zusammenduckten und aneinanderschmiegten. Sein Hemd wurde schwarz vom Schweiß. Auch ihm folgte eine kleine Staubwolke, aber langsam und unbeirrt schritt er weiter auf die dunklen Bäume zu.

Schließlich kam er zu der Schlucht, durch die der vom Hain kommende Bach floß. Er war zwar nur noch ein klägliches Rinnsal, aber an seinem Rande wuchs grünes Gras. Es schwamm sogar noch etwas Wasserkresse in ihm. Joseph grub ein Loch in sein Bett, und als das Wasser klar geworden war, kniete er nieder und trank. Wohlig kühl fühlte er das Wasser auf dem Gesicht. Dann ging er weiter. Der Bach wurde ein bißchen tiefer und der Streifen grünen Grases breiter. Wo das Wasser den Rand unterspült hatte, wuchsen sogar an Stellen, die von der Sonne nicht erreicht werden konnten, einige Farnkräuter in der schwarzen moosigen Erde. Joseph war es schon nicht mehr ganz so trostlos zumute. Ich wußte, daß hier noch Wasser fließen würde, dachte er. An diesem Ort konnte es ja nicht anders sein. Er nahm den Hut ab und ging schnell weiter. Er betrat die Lichtung barhäuptig und blieb dann stehen, den Blick auf den Felsen gerichtet.

Das dicke Moos wurde gelb und brüchig, die Farne um die Höhle welkten. Die Quelle floß zwar noch aus der Höhle, führte aber nur noch ein Viertel der früheren Wassermenge. Joseph ging ängstlich zu dem Felsen und riß etwas Moos weg. Es war nicht abgestorben. Er grub ein tiefes Loch in das Bachbett, und als es voll war, schöpfte er Wasser in den Hut und schüttete es über den Felsen. Gierig sog das sterbende Moos die Feuchtigkeit ein. Langsam füllte sich das Loch wieder. Es waren viele Hüte voll Wasser nötig, um das Moos anzufeuchten. Es trank durstig, man sah aber von außen nicht, daß es angefeuchtet war. Er warf Wasser auf die kahlen Stellen, wo Elisabeth ausgeglitten war. Morgen bringe ich einen Eimer und eine Schaufel mit, dachte er, dann geht es leichter. Bei dieser Arbeit empfand er den Felsblock nicht mehr als etwas von ihm Getrenntes und Fremdes. Er war ihm nicht lieber als sein eigener Körper, aber ebenso lieb. Er rettete ihn vor dem Tode, wie er sein eigenes Leben gerettet hätte.

Dann setzte er sich an das Wasserloch, wusch sich Gesicht

und Hals in dem kalten Wasser und trank aus seinem Hut. Nach einer Weile lehnte er sich gegen den Felsen und betrachtete den schützenden Ring dunkler Bäume. Er dachte an das Land außerhalb dieses Ringes, an die harten, verbrannten Berge, an das graue staubige Gestrüpp. Hier ist es sicher, dachte er. Hier wird der Same am Leben bleiben, bis der Regen wiederkommt. Dies ist das Herz des Landes, und das Herz schlägt noch. Jetzt fühlte er die Feuchtigkeit des Mooses durch das Hemd. Er spann seine Gedanken weiter. Die Berge erschienen ihm wie blinde, sich häutende Schlangen, die um diese Festung herum, in der das Wasser noch floß, auf der Lauer lagen. Die Erde saugte diesen kleinen Bach schon ein, bevor er noch hundert Meter geflossen war. Das Land fletschte die Zähne wie ein halbverhungerter Hund.

Er mußte über diesen Gedanken lachen, weil er beinahe daran glaubte. Das Land würde hier einbrechen, diesen Bach wie wegwischen und mein Blut trinken, wenn es könnte. Es ist wahnsinnig vor Durst. Er blickte auf den Bach, der verstohlen über die Lichtung schlich. Hier hat das Land seine Lebensquelle. Wir müssen die Quelle vor seinem Wahnsinn schützen. Wir müssen mit dem Wasser das Herz des Landes erhalten, sonst kann der Durst das Land dazu bringen, uns anzugreifen.

Der Nachmittag ging nun zur Neige. Der Schatten der Baumlinie traf auf den Felsen, ging über ihn hinweg und kam schließlich an der anderen Seite des Kreises an. Auf der Lichtung herrschte tiefer Friede. »Ich bin zur rechten Zeit gekommen«, sagte Joseph zu dem Felsen und zu sich. »Wir wollen hier ausharren und uns gegen die Trockenheit verbarrikadieren.« Nach einer Weile sank er vornüber und schlief ein.

Die Sonne glitt hinter die Berge, die Luft wurde klar, und die Nacht kam, bevor er aufwachte. Der Schatten der

Eulen hob sich gegen den Himmel ab. Der Wind, der immer der Nacht folgte, strich schon über die Berge.

Joseph erwachte und sah zu dem dunklen Himmel auf. Er schüttelte sofort den Schlaf ab, konnte klar denken und wußte, wo er war. Aber etwas Sonderbares ist passiert, dachte er. Ich wohne jetzt hier. Die Farmhäuser drunten im Tal waren nun nicht mehr sein Heim. Er würde den Berg hinabkriechen und sich dann eiligst wieder in den Schutz des Hains begeben. Er stand auf, vertrat sich die Beine und verließ die Lichtung. Als er nach draußen kam, ging er leise, als ob er fürchte, das Land aufzuwecken.

Diesmal brannte in den Häusern kein Licht, das ihn hätte führen können. Er vertraute sich seinem Orientierungssinn an, aber es war so dunkel, daß er fast vor den Häusern stand, ehe er sie sah. Er sattelte sein Pferd, band Decken, einen Sack Korn, Speck, drei Schinken und einen großen Beutel Kaffee auf den Sattel. Dann schlich er wieder leise fort und führte das bepackte Pferd am Zügel. Die Häuser lagen still im Schlaf, über das Land rauschte der Nachtwind. Einmal hörte er ein schweres Tier im Busch gehen. Vor Furcht prickelten ihm die Ohren, er blieb stehen und ging erst weiter, als er die Tritte nicht mehr vernahm.

In den letzten Nachtstunden kehrte er zum Hain zurück. Diesmal sträubte sich das Pferd nicht, in das Dickicht einzutreten. Joseph band es an einen Baum und gab ihm von dem Korn zu fressen. Dann ging er zu dem Felsen und breitete die Decken neben dem Wasserloch aus, das er gegraben hatte. Der Tag dämmerte herauf, als er geborgen neben dem Felsen einschlief. Ein kleiner Wolkenfetzen hoch in der Luft fing von der noch verborgenen Sonne Feuer, und während Joseph ihn aufglühen sah, fielen ihm die Augen zu.

24

Obgleich es bereits in den Herbst hineinging und aus den Wochen Monate wurden, dauerte die Hitze an und verging schließlich so langsam, daß der Wechsel der Jahreszeit kaum zu bemerken war. Die Tauben, die sich sonst in Schwärmen an den Wasserplätzen einfanden, waren längst fort, die Wildenten suchten abends nach ihren Ruheteichen und flogen müde weiter, während andere ermattet auf trockenen Feldern landeten und dann morgens mit neuen Schwärmen weiterzogen. Erst im November wurde die Luft kühler. Aber als nun endlich der Winter zu kommen schien, war die Erde trocken wie Zunder. Selbst die Flechten lösten sich staubartig von den Felsen.

Immer noch waren die Tage heiß. Joseph wohnte in der Tannenlichtung und wartete auf den Winter. Jeden Morgen trug er Wasser aus der tiefen, breiten Grube und besprengte das Moos des Felsens, und abends tat er dasselbe. Das Moos war ihm dankbar, es war weich, dick und grün, es war das einzige Grün im ganzen Lande. Joseph beobachtete genau. Das Wasser nahm zwar ab, aber jetzt kam ja der Winter, und es war noch genug vorhanden, um den Felsen feuchtzuhalten.

Alle vierzehn Tage ritt Joseph durch die versengten Berge nach Nuestra Señora, um sich Lebensmittel zu holen. Kurz nach Herbstbeginn fand er dort einen Brief vor.

Thomas schickte ihm eine kurze Mitteilung:

»Wir haben hier Gras gefunden. Auf dem Zug haben wir dreihundert Stück Vieh verloren. Der Rest ist fett. Rama und den Kindern geht es gut. Wegen der trockenen Jahre ist die Pacht zu hoch. Die Kinder schwimmen im Fluß.«

Joseph suchte Romas auf, und der erzählte ihm kurz von dem Zug über die Berge. Die Kühe seien eine nach der anderen umgesunken und wären auch nicht aufgestanden, wenn sie den Stachel fühlten, sondern hätten nur müde zum Himmel aufgeblickt. Romas konnte ihnen genau ansehen, wieviel Kraft sie noch hatten. Ein Blick auf ihre Augen genügte. Er erschoß sie, und die müden Augen verglasten, ohne ihren Ausdruck zu verändern. Zu wenig Nahrung und zu wenig Wasser. Die ziehende Herde füllte die Straße, und die Farmer an der Straße waren feindlich gesinnt. Sie gingen ihre Drahtzäune ab und erschossen jede Kuh, die durchbrach. Der Straßenrand war mit staubigen Kadavern bedeckt. Auf dem ganzen Wege stank es nach fauligem Fleisch. Rama band den Kindern nasse Taschentücher vors Gesicht, denn sie fürchtete, sie könnten von der verpesteten Luft krank werden. Jeden Tag wurde die Wegstrecke kürzer. Die ermüdeten Tiere blieben die ganze Nacht liegen und suchten kein Futter mehr. Die Herde schrumpfte immer mehr zusammen, so daß ein Treiber nach dem anderen zurückgeschickt wurde; nur Romas blieb mit Josephs zwei Leuten, bis die wenigen, noch übriggebliebenen Tiere mühsam zum Fluß kamen, auf die Knie fielen und die ganze Nacht fraßen. Romas erzählte das alles mit heiterer Miene, auch seine Stimme verriet keine innere Bewegung. Als er seinen Bericht beendet hatte, ging er schnell weg, rief jedoch noch über die Schulter zurück: »Ihr Bruder hat mich bezahlt.« Dann verschwand er in der Wirtschaft.

Als Joseph Romas zuhörte, wurde es ihm schwach im Magen. Er war froh, daß Romas so schnell fortging. Er kaufte Lebensmittel und ritt zu seiner Festung zurück. Diesmal sah er nicht die in Zickzacklinien aufgeborstene Erde, fühlte nicht die Stacheln der Dornbüsche, durch die sich das Pferd hindurcharbeiten mußte. Sein Geist war eine staubige Straße, das getriebene Vieh starb in seinem Gehirn. Er hätte Romas' Bericht lieber nicht gehört, denn jetzt würde ein Feind mehr an den Schutzwall der Tannen herankriechen.

Das Unterholz des Haines war nun tot, nur die hohen

Stämme hielten noch Wache um den Felsen. Die Dürre kroch zuerst am Boden entlang und tötete alle niedrigen Schlingpflanzen und Büsche, aber die Tannenwurzeln gingen bis in den felsigen Untergrund und saugten noch immer etwas Wasser auf. Die Nadeln waren noch schwarzgrün. An diesem Tage setzte er Markierungspflöcke an das Bett des kleinen Baches, um genau festzustellen, wie schnell das Wasser abnahm.

Im Dezember kam der schwarze Frost über das Land. Die Sonne ging rot auf und rot unter. Der Nordwind fegte den ganzen Tag über das Land, erfüllte die Luft mit Staub und wirbelte die dürren Blätter umher. Joseph ging zu den Häusern hinunter und brachte ein Zelt herauf, denn er konnte jetzt nicht mehr im Freien schlafen. Die Stille der verlassenen Häuser veranlaßte ihn, die Windmühle in Bewegung zu setzen, aber als sich die Flügel knarrend drehten, warf er die Kurbel wieder herum, und es herrschte erneut Stille. Als er den Abhang hinaufritt, sah er sich nicht mehr nach den Häusern um. Er machte einen Umweg, um nicht zu nahe an den Gräbern vorbeizukommen.

An diesem Nachmittag sah er die Nebelköpfe auf dem westlichen Berggrat. Ich könnte den alten Mann wieder aufsuchen, dachte er. Er hätte mir vielleicht noch mehr zu erzählen. Aber das war nur leicht dahingedacht. Er wußte, daß er aus Angst, das Moos könne austrocknen, von dem Felsen nicht weggehen konnte. Er kehrte zu der stillen Lichtung zurück und schlug sein Zelt auf. Dann nahm er den Eimer und ging zum Felsen, um Wasser darauf zu schütten. Etwas hatte sich verändert, etwas war geschehen ... Das Wasser war um gute zwei Zoll von den Markierungspflöcken zurückgewichen. Die Dürre hatte unter der Erde die Quelle angegriffen ... Joseph füllte den Eimer an der Grube und schüttete das Wasser über den Felsen. Dann füllte er ihn wieder, aber bald war die Grube leer. Er mußte über eine halbe Stunde warten, bis der sterbende Bach sie wieder füllte. Zum erstenmal erfaßte ihn ein jäher Schreck. Er kroch in die kleine Höhle und untersuchte den Spalt, aus dem das Wasser hervortröpfelte. Dann kroch er wieder aus der feuchten Höhle heraus, setzte sich neben das langsame Rinnsal und beobachtete, wie es in die Grube floß. Und es war ihm, als sei es schon während dieser kurzen Zeit weniger geworden. Mit nervöser Hast fuhr der Wind durch die Tannenzweige.

»Sie wird gewinnen«, sagte Joseph laut. »Die Dürre wird uns auch hier überwältigen …« Es schauderte ihn.

Am Abend ging er durch die Schneise nach draußen und beobachtete den Sonnenuntergang am Puerto-Suelo-Paß. Der Nebel kam von dem nicht sichtbaren Meer und verschluckte die Sonne. Der Abend war kalt, und Joseph sammelte einen Armvoll trockenes Tannenreisig und einen Sack Tannenzapfen für sein Feuer. Er machte das Feuer an diesem Abend nahe am Staubecken, so daß sein Licht auf das schmale Bächlein fiel. Als er sein mageres Abendessen eingenommen hatte, lehnte er sich an den Sattel und sah zu, wie das Wasser geräuschlos in das Becken glitt. Der Wind hatte sich gelegt, die Wipfel der Bäume rührten sich nicht. Joseph hörte, wie rings um den Hain die Trockenheit herankroch, sich auf dürrem Schuppenleib über den Boden schlängelte und auskundschaftete, wo sie eindringen konnte. Er hörte das ängstliche, knisternde Wispern der Erde, wenn die Trockenheit über sie hinwegkroch. Er stand auf und stellte den Eimer in die Vertiefung, und jedesmal, wenn er sich gefüllt hatte, schüttete er ihn über den Felsen, setzte sich und wartete, bis er wieder voll war. Bei jedem Mal schien es länger zu dauern. Unablässig flogen die Eulen um ihn herum, denn es gab nur noch wenige Lebewesen zu fangen. Dann hörte Joseph ein schwaches, fernes Dröhnen. Er hielt den Atem an, um zu lauschen.

Sie kommt den Berg hinauf. Heute nacht wird sie eindringen.

Er tat einen tiefen Atemzug und lauschte wieder dem rhythmischen Dröhnen. Wenn sie hier ankommt, ist das Land tot und der Bach hört auf zu fließen. Immer näher kam der donnernde Ton, und Joseph lauschte angestrengt, während er zugleich das Wasser nicht aus den Augen ließ. Da hob das Pferd den Kopf und wieherte, und als Antwort erklang wieder ein Wiehern. Joseph stand auf und wartete mit angezogenen Schultern und vorgebeugtem Kopf, um dem Schlag zu widerstehen. In dem fahlen Licht sah er einen Reiter in den Hain reiten und sein Pferd anhalten. Der Reiter erschien größer als die Tannen, ein bleiches, blaues Licht schien seinen Kopf einzurahmen. Aber dann rief eine ruhige Stimme: »Señor Wayne!«

Joseph seufzte auf, seine Muskeln entspannten sich. »Du bist's, Juanito«, sagte er müde. »Ich erkenne deine Stimme.«

Juanito stieg ab, band sein Pferd an und ging zu dem kleinen Feuer hin. »Ich war zuerst in Nuestra Señora. Man sagte mir, Sie wären allein. Ich ritt zu der Ranch und fand alle Häuser verlassen.«

»Wie bist du denn hierhergekommen?« fragte Joseph.

Juanito kniete sich ans Feuer und wärmte sich die Hände, warf dann neue Zweige in die Glut, um sie zum Aufflakkern zu bringen. »Ich denke daran, was Sie einmal zu Ihrem Bruder gesagt haben, Señor. Sie sagten: ›Dieser Ort ist wie kühles Wasser.‹ Als ich alles vertrocknet sah, wußte ich, wo Sie waren.« Als die Flamme hochsprang, blickte er Joseph ins Gesicht ... »Wie mager Sie geworden sind, Señor! Sie sind krank.«

»Mir geht es ganz gut.«

»Sie sehen aus, als hätten Sie Fieber, Sie sollten morgen zum Arzt gehen.«

»Ich bin gesund. Warum bist du zurückgekommen?«

Juanito lächelte wie bei der Erinnerung an einen vergangenen Schmerz. »Ich fühlte, daß das, was mich vertrieben hat, endgültig vergangen war. Da hatte ich den Wunsch, zurückzukehren. Ich habe einen kleinen Sohn, Señor, ich habe ihn heute abend gesehen. Er sieht aus wie ich, hat blaue Augen und spricht schon ein bißchen. Sein Großvater nennt ihn Chango und sagt lächelnd, daß er ein kleiner Piojo ist. Dieser Garcia ist ein glücklicher Mann.« Sein Gesicht strahlte, als er dies berichtete, aber nun bekam es wieder einen traurigen Ausdruck ... »Man hat mir viel von Ihnen, Señor, und Ihrer armen Frau erzählt. Es brennen Kerzen zu ihrem Andenken.«

Joseph schüttelte den Kopf, als wollte er nicht mehr an das Vergangene denken. »Ich habe dies kommen sehen, Juanito. Ich fühlte, wie es herankroch, und jetzt hat es uns umzingelt. Nur diese kleine Insel ist noch übrig.«

»Was wollen Sie damit sagen, Señor?«

»Zuerst war das Land, Juanito, und dann kam ich, um über das Land zu wachen, und jetzt ist es beinahe tot. Nur dieser Felsen und ich bleiben. Ich bin das Land.« Seine fiebrigen Augen sahen unendlich traurig aus. »Elisabeth erzählte mir einmal von einem Mann, der den Furien zu entgehen suchte. Er klammerte sich an einen Altar, wo er sicher war.« Er lächelte. »Für alles, was geschah, hatte Elisabeth eine Geschichte zur Hand, Geschichten, die zu tatsächlichen Begebenheiten paßten und einen Weg zeigten.«

Juanito sagte nichts, sondern warf immer neue Zweige ins Feuer.

»Damals nahm ich Willie von Nuestra Señora mit. Sie erinnern sich, Señor, wie er immer träumte. Er träumte, er wäre auf einem harten Stück Land, in dem überall Löcher waren. Aus den Löchern krochen Männer und rissen ihn in Fetzen. Das träumte er. Ich nahm den armen Willie mit. Wir gingen nach Santa Cruz und arbeiteten dort auf einer

Bergranch. Willie freute sich über die großen Bäume auf den Bergen. Das Land war so verschieden von dem Land seiner Träume.« Juanito sah zu dem Halbmond empor, der über den Baumwipfeln sichtbar wurde.

»Einen Augenblick«, sagte Joseph, hob den vollen Eimer und schüttete das Wasser über den Felsen. Juanito sah ihm zu, ohne ein Wort dazu zu sagen. »Ich mag den Mond gar nicht mehr sehen«, fuhr er fort. »Dort arbeiteten wir und hüteten das Vieh unter den Bäumen. Manchmal hatte er wieder seine Träume, aber ich war immer in der Nähe und half ihm. Jedesmal nach einem solchen Traum gingen wir nach Santa Cruz, tranken Whisky und besuchten ein Mädchen.« Juanito zog den Hut in die Stirn, damit ihm der Mond nicht ins Gesicht schiene. »Eines Nachts hatte Willie wieder seinen Traum, und am nächsten Abend gingen wir in die Stadt. Am Strand von Santa Cruz ist ein Vergnügungspark. Dorthin ging Willie gern. Dort sahen wir einen Mann mit einem Fernrohr, durch das man den Mond beobachten konnte. Es kostete fünf Cents. Ich sah zuerst hindurch und dann Willie. Ihm wurde darauf schlecht. Ich legte ihn vor mich auf den Sattel und führte sein Pferd mit. Aber Willie hatte zuviel gesehen und hängte sich noch in derselben Nacht an einer Lassoschnur auf. Er konnte damit leben, solange er alles für einen Traum hielt – aber als er sah, daß es wirklich so ein Land gab, konnte er nicht mehr weiterleben. Die harte, trockene Erde, Señor, und die Löcher darin – das alles sah er durch das Fernrohr. Am anderen Morgen fand ich ihn.«

Joseph sprang auf. »Schür das Feuer richtig, Juanito. Ich will Kaffee kochen. Es ist kalt heute abend.«

Juanito holte Zweige und zertrat einen dürren Ast mit dem Absatz. »Da wollte ich dort nicht mehr bleiben, Señor, ich fühlte mich einsam.«

Juanito streckte die Hand aus, als wollte er Josephs Arm

berühren, zog sie dann aber wieder zurück. »Warum bleiben Sie hier? Ich habe gehört, daß Ihr Vieh und Ihre Familie fort sind. Kommen Sie mit mir, und verlassen Sie dieses Land, Señor.« In dem Feuerschein sah er Josephs Gesicht steinern werden.

»Es ist noch der Fels und der Bach da. Ich weiß, wie es sein wird. Der Bach versickert schon. Noch eine kleine Weile, und er wird nicht mehr fließen. Das Moos wird zuerst gelb und dann braun werden und schließlich in der Hand zerbröckeln. Dann werde nur noch ich übrig sein. Ich aber bleibe.« Seine Augen bekamen wieder den fiebrigen Glanz. »Ich werde bleiben, bis ich tot bin, und wenn ich tot bin, wird nichts mehr sein.«

»Ich werde bei Ihnen bleiben«, sagte Juanito. »Einmal wird es regnen. Ich werde hier mit Ihnen warten, bis der Regen kommt.«

Joseph ließ den Kopf sinken. »Ich möchte nicht, daß du hierbleibst«, sagte er kläglich. »Dann würde einem die Zeit lang werden. Jetzt ist es nur Nacht und Tag und dunkel und hell. Wenn du aber hierbleibst, so wird sich die Zeit durch die vielen tausend Zwischenräume endlos hinstrekken, Zwischenräume zwischen Worten und soundso vielen Schritten. Ist bald Weihnachten?« fragte er plötzlich.

»Weihnachten ist schon vorbei«, sagte Juanito. »In zwei Tagen ist Neujahr.«

»So!« seufzte Joseph und sank zurück an den Sattel. Er strich sich den Bart. »Ein neues Jahr beginnt. Hast du Wolken gesehen, als du hierher rittest?«

»Wolken nicht, aber es kam mir vor, als hinge etwas Nebel in der Luft. Doch der Mond hatte keinen Hof.«

»Wenn es hell wird, können Wolken kommen, um Neujahr herum ziehen gewöhnlich welche auf.« Wieder goß er den Eimer über den Felsen.

Sie saßen schweigend vor dem Feuer, warfen ab und zu

Zweige in die Glut und sahen den Mond über den kreisrunden Ausschnitt des Himmels ziehen. Es wurde sehr kalt. Joseph gab Juanito eine Decke, in die er sich einwickeln konnte. Sie warteten, bis sich der Eimer wieder langsam füllte. Juanito stellte keine Fragen nach dem sonderbaren Spiel, das Joseph trieb. Plötzlich erklärte Joseph: »Ich muß jeden Tropfen Wasser ausnützen. Es ist nicht genug da.«

»Sie sind krank, Señor«, meinte Juanito erschreckt.

»Nein, durchaus nicht. Ich arbeite zwar nicht und esse wenig, aber ich fühle mich ganz wohl.«

»Haben Sie mal dran gedacht, Pfarrer Angelo zu besuchen?« fragte Juanito plötzlich.

»Den Priester? Nein. Warum sollte ich ihn besuchen?«

Joseph breitete die Hände aus, als wolle er sich wegen dieser Frage entschuldigen. Juanito sagte: »Ich weiß nicht, warum. Er ist ein weiser Mann und ein Priester. Er steht Gott nahe. Bevor ich damals fortritt, ging ich zu ihm und beichtete. Er ist ein weiser Mann. Er sagte das auch von Ihnen und fügte hinzu: ›Eines Tages wird dieser Mann an meine Tür klopfen. Einmal wird er kommen, vielleicht zur Nachtzeit. Bei all seiner Klugheit wird er Kraft brauchen.‹ Er ist ein sonderbarer Mann, Señor. Er hört Beichte und gibt Buße auf, dann spricht er zuweilen, aber die Leute verstehen ihn nicht. Er redet über ihren Kopf hinweg, es ist ihm gleich, ob sie ihn verstehen oder nicht. Viele mögen das nicht, sie fürchten sich davor.«

Joseph lehnte sich interessiert vor. »Was könnte ich von ihm wollen?« fragte er. »Was könnte er mir geben?«

»Ich weiß nicht«, gab Juanito zur Antwort. »Er könnte für Sie beten.«

»Hätte das einen Zweck, Juanito? Bekommt er das, um was er bittet?«

»Ja«, sagte Juanito. »Er wendet sich an die Jungfrau als Mittlerin. Sein Gebet findet Erhörung.«

Joseph lehnte sich wieder an den Sattel. »Ich will kein Mittel unversucht lassen. Du kennst diesen Ort, wie deine Vorfahren ihn kannten. Warum kamen keine Leute hier herauf, als die Dürre begann? Dies wäre der Ort gewesen, wohin sie hätten kommen müssen.«

»Die Alten sind tot«, sagte Juanito nüchtern. »Die Jungen wissen das vielleicht nicht mehr. Ich erinnere mich auch nur, weil ich mit meiner Mutter hierherkam. Der Mond geht unter. Wollen Sie nicht schlafen, Señor?«

»Schlafen? Nein. Ich muß das Wasser ausnützen.«

»Ich will inzwischen darauf achtgeben. Ich werde keinen Tropfen verschwenden.«

»Nein, ich will nicht schlafen«, versicherte Joseph. »Manchmal schlafe ich ein wenig am Tag, und das genügt. Ich arbeite ja nicht.« Er stand auf, um den Eimer zu holen … Plötzlich bückte er sich nieder und rief aufgeregt: »Schau, Juanito!« Er zündete ein Streichholz an und hielt es nahe an die Wasserfläche. »Das Wasser nimmt zu. Seit du hier bist, ist es mehr geworden. Schau, es fließt bereits um die Pflöcke. Der Wasserspiegel ist um einen halben Zoll höher.« Er lief zu der Felsenhöhle, zündete wieder ein Streichholz an und leuchtete hinein. »Die Quelle fließt schneller!« rief er. »Wirf Holz aufs Feuer, Juanito.«

»Der Mond ist untergegangen«, sagte Juanito. »Schlafen Sie jetzt, Señor. Ich werde auf das Wasser achten. Sie brauchen Schlaf.«

»Nein, schür das Feuer an, damit man das Wasser sehen kann. Vielleicht ist drinnen ein kleines Wunder geschehen. Vielleicht wird das Wasser immer reichlicher fließen und von hier aus das Land zurückerobern! Ein Ring grünen Grases – und dann wieder ein Ring – und so fort …« Seine Augen glänzten. »Den ganzen Berg herunter und weiter … Schau, Juanito, jetzt steht das Wasser bereits einen Zoll über den Pflöcken!«

»Sie müssen schlafen«, wiederholte Juanito hartnäckig. »Ich werde schon auf das Wasser achten.« Er klopfte Joseph auf den Arm. »Kommen Sie, Señor. Schlaf ist das Beste für Sie.«

Joseph ließ sich von ihm zudecken und fiel, froh über das Ansteigen des Wassers, in einen tiefen Schlaf.

Juanito saß im Dunkeln und goß getreulich das Wasser über den Felsen, sobald der Eimer voll war. Dies war die erste größere Ruhepause, die Joseph seit langem gehabt hatte. Juanito wärmte sich an dem kleinen Feuer die Hände, denn der Frost warf jetzt weißen Reif über den Boden. Juanito beobachtete den schlafenden Joseph. Er sah, wie dürr und grauhaarig er geworden war. Die indianischen Geschichten, die seine Mutter ihm erzählt hatte, kamen Juanito in den Sinn, Geschichten von dem großen Nebelgeist und den Streichen, die er den Menschen und anderen Geistern spielte. Während er Josephs Gesicht betrachtete, dachte er auf einmal an die alte Kirche in Nuestra Señora mit ihren dicken Lehmwänden und dem festgestampften Boden. Oben im Dachfirst war ein Loch, durch das während der Messe die Vögel hineinflogen. Der heilige Joseph und der blaue Mantel Unserer Lieben Frau bekamen oft etwas ab. Bald wurde ihm klar, warum ihm dieses Bild vor Augen erschienen war. Er sah Christus am Kreuz hängen, tot und blutbefleckt. Nun, da er tot war, zeigte sich auf seinem Gesicht kein Schmerz, sondern nur Trauer und Verwunderung und über beidem eine grenzenlose Müdigkeit … Jesus war tot, das Leben war erloschen … Juanito fachte das Feuer an, um Josephs Gesicht klar zu sehen. In seinem Gesicht gab es ähnliche Zeichen, Enttäuschung und Müdigkeit … Aber Joseph war nicht tot. Selbst im Schlaf lag ein trotziger Ausdruck um seinen Mund. Juanito bekreuzigte sich, ging zu dem Schlafenden und zog die Dekken fester um ihn. Streichelnd fuhr er ihm über die Schulter. Und immer wieder schüttete er das Wasser über den Felsen.

Das Wasser war während der Nacht ein wenig gestiegen, spülte um den Pflock, den Joseph als Merkzeichen gesetzt hatte, und erzeugte so ein leises Plätschern. Endlich kam die kalte Sonne herauf und warf Licht in den Wald. Joseph erwachte und setzte sich auf. »Was ist mit dem Wasser?« fragte er.

Juanito freute sich, ihm eine gute Auskunft geben zu können. »Es ist ein bißchen gestiegen, während Sie schliefen.«

Joseph warf die Decken ab und schaute nach. »Tatsächlich«, bestätigte er. »Irgendwo geht eine Veränderung vor sich.« Er fühlte den moosigen Felsen mit der Hand ab. »Du hast ihn gut feucht gehalten, Juanito. Vielen Dank. Erscheint er dir heute morgen nicht grüner?«

»Ich habe die Farbe während der Nacht nicht sehen können«, sagte Juanito.

Sie kochten dann ihr Frühstück und tranken am Feuer den heißen Kaffee. »Wir wollen heute zu Pfarrer Angelo gehen«, schlug Juanito vor.

Joseph schüttelte langsam den Kopf. »Da ginge zuviel Wasser verloren. Übrigens brauche ich jetzt nicht mehr hinzugehen. Das Wasser steigt ja.«

Juanito antwortete, ohne aufzusehen, denn er wollte Joseph nicht in die Augen blicken. »Es wird Ihnen guttun, wenn Sie mit dem Pfarrer sprechen. Sie fühlen sich erleichtert, wenn Sie von ihm kommen. Selbst wenn Sie nur eine Kleinigkeit beichten, tut es Ihnen schon gut.«

»Ich gehöre jener Kirche nicht an, Juanito. Beichten kann ich nicht.«

Juanito dachte ein wenig verdutzt über eine so sonderbare Sache nach. »Zu Pfarrer Angelo kann jeder gehen«, sagte er schließlich. »Leute, die seit ihrer Kindheit nicht mehr in die

Kirche gegangen sind, kommen schließlich doch zu Pfarrer Angelo. Sie kommen so gewiß zu ihm, wie wilde Tauben abends an ihre Tränkstellen kommen.«

Joseph sah zu dem Felsen hin. »Aber das Wasser steigt«, sagte er. »Wozu soll ich noch hingehen?«

Juanito dachte: Die Kirche wird ihm helfen ... Er ging vorsichtig vor, denn er hatte etwas Enttäuschendes mitzuteilen. »Ich bin seit meiner Geburt hier in diesem Lande, und Sie sind erst kurze Zeit hier. Manches kennen Sie noch nicht.«

»Was zum Beispiel?« fragte Joseph.

Juanito sah ihm offen in die Augen, dann sagte er voll Mitleid: »Ich habe das oft gesehen. Bevor eine Quelle vertrocknet, gibt sie etwas mehr Wasser.«

Joseph sah schnell zu dem Wasser hin. »Das wäre also das Zeichen, daß es zu Ende geht?«

»Ja, Señor, wenn Gott nicht eingreift, wird die Quelle bald kein Wasser mehr liefern.«

Joseph saß einige Minuten schweigend und nachdenklich da. Schließlich stand er auf und hob den Sattel hoch. »Laß uns zu dem Priester gehen«, sagte er heiser.

Joseph trug den Sattel zu seinem Pferd. »Ich darf keine Möglichkeit auslassen«, sagte er.

Als die Pferde gesattelt waren, schüttete Joseph noch einmal einen Eimer Wasser über den Felsblock. »Ehe er trocknet, bin ich wieder da«, meinte er.

Sie nahmen einen geraden Weg, so daß sie bald auf die Landstraße kamen. Über ihren trabenden Pferden lag eine Staubwolke. Die Luft war kalt, der Frost schnitt ihnen ins Fleisch. Es kam ein Wind auf und füllte das ganze Tal mit Staub, der schließlich wie hellgelber Nebel in der Luft hing und die Sonne verdunkelte. Juanito drehte sich im Sattel und sah nach Westen, woher der Wind kam.

»An der Küste ist Nebel«, stellte er fest.

Joseph sah nicht hin. »Der ist immer da. Solange der Ozean da ist, ist die Küste nicht in Gefahr.«

»Der Wind kommt aus dem Westen«, sagte Juanito hoffnungsvoll.

Joseph lachte bitter auf. »In jedem anderen Jahr wurden jetzt die Heuschober und Holzdiemen mit Stroh gedeckt. In diesem Jahr ist schon häufig Westwind gewesen.«

»Aber einmal muß es doch regnen, Señor.«

»Warum?« Der Anblick des verödeten Landes schlug Joseph aufs Gemüt. Die knochigen Berge und die kahlen Bäume erregten seinen Zorn. Nur die Eichen lebten noch, und sie verbargen ihr Leben unter einer Staubdecke.

Joseph und Juanito kamen schließlich in die stillen Straßen von Nuestra Señora. Die Hälfte der Bevölkerung war fort, sie war zu Verwandten in glücklichere Landstriche gezogen. Häuser, Schuppen und Hühnerställe waren leer. Romas kam an die Tür und winkte ihnen zu, ohne ein Wort zu sagen. Mrs. Gutierrez spähte hinter dem Fenster nach ihnen. Vor der Wirtschaft standen keine Gäste mehr. Als sie zu der niedrigen Kirche ritten, näherte sich der kurze Wintertag schon seinem Ende. Zwei schwarze Jungen spielten in dem knöcheltiefen Staub der Straße. Die Reiter banden ihre Tiere an einen alten Olivenbaum.

»Ich gehe in die Kirche, um eine Kerze anzuzünden«, sagte Juanito. »Dort ist Pfarrer Angelos Haus. Ich warte im Hause meiner Schwiegereltern auf Sie.« Er wollte in die Kirche gehen, aber Joseph rief ihn zurück.

»Hör mal, Juanito, du darfst nicht mit mir zurückreiten.«

»Ich möchte aber. Ich bin Ihr Freund.«

»Nein«, entschied Joseph endgültig, »ich will dich nicht dort haben, ich will allein sein.«

Man sah Juanito an, daß er nicht einverstanden und tief verletzt war. »Gut«, sagte er freundlich und ging durch die offene Kirchentür.

Pfarrer Angelos kleines weißgetünchtes Haus stand dicht hinter der Kirche. Joseph stieg die Treppe hinauf und klopfte, gleich darauf wurde die Tür geöffnet. Pfarrer Angelo trug eine lange blaue Arbeitshose und darüber eine alte Soutane. Sein Gesicht war bleicher als gewöhnlich, seine Augen vom vielen Lesen gerötet. Er begrüßte den Gast mit einem Lächeln. »Treten Sie ein«, sagte er.

Joseph stand in einem kleinen Zimmer, in dem ein paar bunte Heiligenbilder hingen. Die Ecken des Raumes waren mit dicken, in Schweinsleder gebundenen Büchern ausgefüllt, die ehemals der spanischen Mission gehört hatten. »Mein Knecht Juanito hat mich zu Ihnen geschickt«, sagte Joseph ... Er fühlte, daß der Priester ihm wohlgesinnt war, seine sanfte Stimme beruhigte ihn.

»Ich habe mir schon gedacht, daß Sie einmal zu mir kommen würden«, sagte Pfarrer Angelo. »Nehmen Sie Platz. Hat der Baum schließlich doch versagt?«

»Sie haben den Baum schon einmal erwähnt, Herr Pfarrer«, sagte Joseph verdutzt. »Was wissen Sie von dem Baum?«

Pfarrer Angelo lächelte. »Ein Priester erkennt leicht einen anderen. Wollen Sie mich nicht lieber Vater nennen, wie es alle Leute hier tun?« Joseph spürte, welche Kraft in dem Mann war. »Juanito sagte mir, ich solle zu Ihnen gehen, Vater.«

»Das habe ich nicht anders erwartet. Also hat der Baum schließlich doch versagt?«

»Mein Bruder hat ihm das Leben genommen«, sagte Joseph verdrossen.

Pfarrer Angelo war betroffen. »Das war schlecht und dumm. Dadurch hätte der Baum leicht stärker werden können.«

»Der Baum ist gestorben«, sagte Joseph. »Er steht tot da.«

»Und so sind Sie schließlich zur Kirche gekommen?«

Da lächelte Joseph, weil der Pfarrer das von ihm annahm. »Nein, Vater«, sagte er. »Ich bin gekommen, weil ich Sie bitten möchte, um Regen zu beten ... Ich stamme aus Vermont, da ist man auf Ihre Kirche nicht gut zu sprechen.«

Der Priester nickte. »Ja, das weiß ich.«

»Das Land stirbt«, rief Joseph plötzlich. »Beten Sie um Regen, Vater, oder haben Sie schon darum gebetet?«

Da verlor Pfarrer Angelo etwas von seiner Zuversicht. »Ich will Ihnen helfen, etwas für Ihre Seele zu tun, mein Sohn. Es wird bald regnen. Wir haben eine Messe gelesen. Der Regen wird bald kommen. Gott bringt den Regen und weiß schon, warum er ihn zurückhält.«

»Woher wissen Sie, daß es bald regnen wird?« fragte Joseph. »Ich sage Ihnen, das Land liegt im Sterben.«

»Das Land stirbt nicht«, sagte der Priester abweisend.

Joseph sah ihn zornig an. »Woher wissen Sie das? Die Wüsten waren einst lebendig. Wenn ein Mann oft krank ist und immer wieder gesund wird, ist das etwa ein Zeichen, daß er niemals stirbt?«

Pfarrer Angelo erhob sich von seinem Stuhl und trat dicht vor Joseph hin. »Sie sind krank, mein Sohn, an Körper und Seele sind Sie krank. Wollen Sie zur Kirche kommen, damit Ihre Seele gesund wird? Wollen Sie an Christus glauben und für Ihr Seelenheil beten?«

Joseph sprang auf und stellte sich wütend vor ihn hin. »Meine Seele soll der Teufel holen! Ich sage Ihnen, das Land stirbt, beten Sie für das *Land*!«

Der Priester sah ihm in die flammenden Augen und spürte die irrsinnige Erregung, die in ihm war. »Gott hat es vor allem mit den Menschen zu tun«, sagte er, »mit ihrem Seelenheil oder ihrer Verdammnis.«

Josephs Zorn schwand plötzlich dahin. »Ich gehe jetzt, Vater«, sagte er müde. »Ich hätte es vorher wissen können. Ich gehe jetzt zu dem Felsen und warte.«

Er ging zur Tür, und der Pfarrer folgte ihm. »Ich werde für Ihre Seele beten, mein Sohn. Es ist zuviel Schmerz in Ihnen.«

»Leben Sie wohl, Vater, und vielen Dank.« Joseph trat in die Dunkelheit hinaus.

Als er fort war, ging Pfarrer Angelo in sein Zimmer zurück und setzte sich. Er war erschüttert von der Kraft, die in dem Mann steckte. Er blickte zu einem der Bilder empor, einer Kreuzabnahme, und dachte: »Gott sei Dank, daß dieser Mann keine Mission hat. Gott sei Dank, daß er kein Testament hinterlassen kann, an das man denken oder an das man glauben kann.« Und ketzerisch setzte er hinzu: »Sonst könnte wohl hier im Westen ein neuer Christus aufstehen ...«

Dann erhob sich Pfarrer Angelo und ging in die Kirche. Er betete vor dem Hochaltar für Josephs Seele, und er betete um Verzeihung für seinen ketzerischen Gedanken, und dann, bevor er die Kirche verließ, betete er zu Gott, er möge bald Regen schicken und das Land retten.

25

Joseph zog den Sattelgurt fest und löste den Haltestrick von dem alten Olivenbaum. Dann bestieg er sein Pferd und ritt in Richtung der Ranch davon. Während er in der Pfarrei mit dem Pfarrer sprach, war die Nacht eingefallen. Der Mond war noch nicht aufgegangen, es herrschte tiefe Dunkelheit. An der Hauptstraße waren ein paar Fenster hell erleuchtet, aber die Feuchtigkeit an der Innenseite der Scheiben machte das Licht trübe und verschwommen. Joseph war noch keine hundert Schritte geritten, als Juanito neben ihm auftauchte.

»Ich möchte mit Ihnen gehen, Señor«, sagte er in bestimmtem Ton.

Joseph seufzte. »Nein, Juanito, ich habe es dir schon vorhin gesagt.«

»Sie haben nichts zu essen gehabt. Alice hält ein warmes Abendessen für Sie bereit.«

»Nein, danke«, sagte Joseph. »Ich reite weiter.«

»Aber die Nacht ist kalt. Kommen Sie wenigstens auf ein kleines Gläschen in die Wirtschaft.«

Joseph sah die matt erleuchteten Fenster. »Gut.«

Sie banden ihre Pferde an den Pfosten und gingen durch die Drehtüren. Sie waren die einzigen Gäste. Hinter dem Schanktisch saß auf einem hohen Stuhl der Wirt. Als er sie erblickte, kletterte er herunter und wischte schnell den Tisch ab. »Mr. Wayne«, sagte er. »Lange habe ich Sie nicht gesehen.«

»Ich komme nicht oft in die Stadt. Whisky.«

»Für mich auch Whisky«, sagte Juanito.

»Ich habe gehört, Sie haben einen Teil Ihres Viehs gerettet?«

»Ja, aber nur wenig.«

»Dann sind Sie besser dran als andere. Mein Schwiegervater hat seinen ganzen Bestand verloren.« Er erzählte, daß alle Farmen verlassen wären und die Leute einer nach dem anderen aus Nuestra Señora fortzögen. »Es geht kein Geschäft mehr. Kaum ein Dutzend Gäste am Tag. Manchmal holt einer eine Flasche Bier. Es hockt sich keiner mehr gern mit anderen zusammen, man trinkt zu Hause.«

Joseph leerte das Glas und stellte es hin. »Noch eins«, sagte er. »Von nun an werden wir hier also eine Wüste haben. Ein Glas für Sie.«

Der Wirt füllte sein Glas. »Wenn es regnet, kommen sie alle wieder zurück. Wenn es morgen regnete, würde ich ein Faß Whisky auf die Straße stellen zur Selbstbedienung …«

»Wenn es aber überhaupt nicht regnet, was dann?« fragte Joseph.

»Ich weiß es nicht, Mr. Wayne, und will es auch nicht wissen. Wenn der Regen nicht bald kommt, muß auch ich gehen. Wie gesagt, ich würde ein Faß Whisky auf die Straße stellen, so daß jeder umsonst trinken könnte.«

Joseph setzte sein Glas ab. »Gute Nacht«, sagte er. »Ich hoffe, Ihr Wunsch geht in Erfüllung.«

Juanito folgte ihm. »Alice hält warmes Essen bereit«, wiederholte er.

Joseph blieb stehen, hob den Kopf und sah zu den dunstigen Sternen empor. »Der Whisky hat mich hungrig gemacht. Ich komme mit.«

Alice kam ihnen an der Tür entgegen. »Das freut mich aber, Mr. Wayne«, sagte sie. »Das Essen ist zwar nicht sehr verlockend, aber es ist doch mal etwas anderes für Sie. Meine Eltern sind zu Besuch in San Luis Obispo, seitdem Juanito wieder da ist.«

Sie war offenbar bestrebt, es einem so bedeutenden Gast gemütlich zu machen. Sie ließ die beiden Männer in der Küche an einem schneeweißen Tisch Platz nehmen und setzte ihnen rote Bohnen und roten Wein vor, dann Pfannkuchen und flockigen Reis. »So lange haben Sie meine Bohnen nicht mehr gegessen, Mr. Wayne.«

»Sie sind ausgezeichnet«, bestätigte Joseph lächelnd. »Elisabeth sagte immer, niemand könne so gute Bohnen kochen wie Sie.«

»Es freut mich, daß Sie von ihr sprechen«, sagte Alice, und ihre Augen füllten sich mit Tränen.

»Warum sollte ich nicht von ihr sprechen?«

»Ich dachte, es wäre zu schmerzlich für Sie.«

»Sei still, Alice«, sagte Juanito. »Unser Gast ist hier, um zu essen.«

Joseph aß den Teller Bohnen auf und putzte ihn mit einer Tortilla blank. Dann ließ er sich den Teller noch einmal füllen.

»Meinst du, er möchte das Kind sehen?« fragte Alice schüchtern. »Sein Großvater nennt ihn Chango, aber so heißt er nicht.«

»Er schläft«, sagte Juanito. »Weck ihn auf, und bring ihn her.«

Sie kam mit dem schläfrigen Kind und stellte es vor Joseph hin. »Sehen Sie, er bekommt graue Augen. Das ist gerade recht, Juanito hat blaue und ich schwarze.«

Joseph sah das Kind forschend an. »Ein starker und hübscher Junge, das freut mich.«

»Er kennt bereits die Namen von zehn Bäumen. Wenn die guten Jahre kommen, wird Juanito ihm ein Pony kaufen.«

Juanito nickte vergnügt. »Er ist ein Chango«, sagte er selbstbewußt.

Joseph stand auf. »Wie heißt er denn?«

Alice wurde rot. Dann nahm sie das schläfrige Kind wieder auf. »Er ist Ihr Namensvetter«, sagte sie. »Er heißt Joseph. Würden Sie ihn segnen?«

Joseph sah sie überrascht an. »Ich? Ja!« sagte er dann schnell. Er nahm den kleinen Jungen auf den Arm, strich ihm das schwarze Haar zurück und küßte ihn auf die Stirn. »Werde stark«, sagte er. »Werde groß und stark.«

Alice nahm das Kind mit einem Ausdruck zurück, als gehöre es jetzt nicht mehr ganz ihr.

»Ich lege ihn wieder ins Bett, und dann gehen wir ins Wohnzimmer.«

Aber Joseph schritt rasch auf die Haustür zu. »Ich muß gehen. Vielen Dank fürs Essen – und daß Sie den Jungen nach mir genannt haben …«

Als Alice Einspruch erheben wollte, brachte Juanito sie zum Schweigen. Er führte Joseph nach draußen, zog den Sattelgurt an und schob dem Pferd die Gebißstange ein. »Ich lasse Sie nur ungern gehen, Señor. Ich habe Angst um Sie.«

»Warum solltest du Angst haben? Sieh, der Mond geht gerade auf.«

»Schauen Sie, er hat einen Hof!« rief Juanito aufgeregt.

Joseph lachte spöttisch und stieg in den Sattel. »Es gibt hierzulande einen Spruch, den ich schon gehört habe, als ich noch nicht wußte, was er bedeutete: ›In einem trokkenen Jahr täuschen alle Zeichen.‹ Gute Nacht, Juanito.«

Juanito ging eine Weile neben dem Pferd her. »Leben Sie wohl, Señor. Geben Sie acht auf sich.« Dann tätschelte er das Pferd und ging zur Seite. Er blickte hinter Joseph her, bis der in dem schwachen Mondlicht verschwunden war.

Joseph drehte dem Mond den Rücken zu und ritt von ihm weg nach Westen. In dem dunstigen, filtrierten Licht verlor das Land seine festen Konturen. Die verdorrten Bäume glichen Nebelschwaden. Als er am Fluß entlangritt, fiel die Begegnung mit der Stadt schon von ihm ab. Er spürte den starken pfefferigen Geruch des Staubes, der unter den Hufen des Pferdes aufflog, aber er konnte den Staub nicht sehen. Fern am Horizont flackerte schwaches Nordlicht, das man so weit südlich selten sah. Der kalte, steinerne Mond stieg höher und folgte ihm. Die Berge schienen mit Phosphorflammen umrandet. Ein bleiches, kaltes Glühwurmlicht schien durch die Haut des Landes zu schimmern. Diese Nacht hatte die Fähigkeit in sich, Erinnerungen wachzurufen. Joseph dachte daran, wie sein Vater ihn gesegnet hatte. Jetzt fiel es ihm ein, daß er seinem Namensvetter denselben Segen hätte geben können. Er erinnerte sich an die Zeit, wo das ganze Land mit dem Geist seines Vaters durchtränkt war, so daß jeder Fels und Busch ihm nahe und lieb war. Er erinnerte sich, wie feuchte Erde sich anfühlte und roch und wie die Graswurzeln dicht unter der Oberfläche ein feines Gewebe bildeten. Das Pferd ging mit gesenktem Kopf im gleichen Trott weiter. Joseph spürte am Zügel, daß es einen Teil des Gewichts seines Kopfes verlagerte. Müde schweiften Josephs Gedanken durch die Vergangenheit, und jedes Ereignis hatte dieselbe Farbe wie die Nacht. Er fühlte, wie er sich langsam von dem Land löste. Eine Veränderung zeigt sich an, dachte er, es wird nicht lange dauern, bis etwas Neues kommt. Gerade, als er das dachte, kam der erste Windstoß. Er hörte ihn aus dem Westen kommen, hörte ihn schon sausen, bevor er ihn spürte: einen scharfen, beharrlichen Wind, der die Spreu abgestorbener Bäume und Büsche mit sich führte. Der Staub erschwerte das Atmen. Kleine Steinsplitter stachen Joseph ins Gesicht. Er kniff die Augen zu. Als er weiterritt, verstärkte sich der Wind. Über die im Mondlicht liegenden Berge sah er dicke Staubwolken treiben. Vor ihm bellte ein Präriewolf kurz und abgehackt, als wiederhole er immer wieder dieselbe Frage, und ein anderer antwortete ihm von der anderen Seite der Straße. Dann vereinigten die beiden Stimmen sich zu einem hohen, kreischenden Kichern, das der Wind weit mit sich führte. Bald gesellte sich ein dritter dazu. Joseph schrak zusammen. Sie haben Hunger, dachte er, wo sollen sie auch noch Aas finden? Dann hörte er etwas weiter im Busch ein Kalb klagen. Er gab seinem Pferd die Sporen und ritt in das dornige Gestrüpp. Auf einer kleinen Lichtung lag eine tote Kuh, und ein Kalb, das nur noch aus Haut und Knochen zu bestehen schien, wühlte wie besessen mit dem Kopf am Bauch der Mutter, um eine Zitze zu finden. Die Präriewölfe lachten wieder. Sie hatten sich davongeschlichen und warteten in einiger Entfernung.

Joseph stieg ab und ging zu der toten Kuh. Ihre Hüfte ragte wie ein Berggipfel auf, die Rippen glichen Wasserrinnen an den Felsen. Das Kalb wollte fliehen, aber es war vom Hunger schon zu sehr geschwächt. Es stolperte, fiel hin und versuchte, wieder aufzustehen. Joseph löste die Lassoschnur und riß dem Kalb die dünnen Beine zusammen. Dann hob er es in den Sattel und stieg hinter ihm auf. »So, jetzt holt euch eure Mahlzeit«, rief er den Präriewölfen zu. »Sättigt euch an der Kuh, bald wird es nichts mehr für euch geben!« Er blickte über die Schulter zu dem knochenweißen Mond, der in den Staubschleiern wie ein Schiff bei schwerem Wellengang hin und her wogte. Joseph betastete das magere Kalb, seine Finger folgten den hervorstehenden Rippen und befühlten die knöchernen Beine. Das Kalb versuchte, seinen Kopf an die Schulter des Pferdes zu legen, aber der Kopf baumelte hin und her, als es ihn bewegte. Schließlich kamen sie über die Höhe. Joseph sah die Häuser der Ranch wie gebleicht im Mondlicht liegen, die Flügel der Windmühle schimmerten schwach. Es lag alles im Halbdunkel, so sehr war die Luft voller weißem Staub. Mit vollen Backen blies der Wind durch das Tal. Joseph ritt den Berg hinauf, um den Häusern auszuweichen. Als er sich dem schwarzen Tannenhain näherte, versank der Mond hinter den Bergen im Westen, und das Land wurde ausgelöscht. Der Wind heulte den Abhang herunter und pfiff in den trockenen Zweigen der Bäume. Das Pferd senkte den Kopf, um besser gegen den Sturm angehen zu können. Der Hain stand schwarz vor einem noch ganz blaß dämmernden Morgenhimmel. Joseph hörte, wie die Zweige aneinanderschlugen, die Äste sich knirschend rieben und die vom Sturm durchbrausten Nadeln einen peitschenartigen Ton von sich gaben. Das Pferd stolperte müde unter die Bäume. Der Wind blieb draußen.

Auf dem grauen Platz blieb es ruhig. Joseph kletterte aus dem Sattel und hob das Kalb auf den Boden. Er nahm dem Pferd den Sattel ab und schüttete ihm eine Extraportion Rollgerste in den Futtertrog. Widerstrebend wandte er sich dem Felsen zu.

Es wurde langsam heller. Der Himmel, die Bäume und der Fels waren grau. Langsam ging Joseph über die Lichtung und kniete am Bach nieder.

Der Bach war nicht mehr da. Joseph setzte sich ruhig hin und streckte die Hand in das Bachbett. Der Kies war noch feucht, aber aus der kleinen Höhle floß kein Wasser mehr.

Joseph war sehr müde. Der Sturm, der um den Hain heulte, und der verschwundene Bach – es war zuviel. Dagegen kam er nicht mehr an. Jetzt ist es aus, dachte er. Ich glaube, ich wußte, daß es so kommen würde.

Die Dämmerung verlor das fahle Grau. Bleiche Streifen Sonnenlicht drangen durch die Staubwolken. Joseph stand auf, ging zu dem Felsen und streichelte ihn. Das Moos wurde schon brüchig, das Grün verblich bereits. Ich könnte hinaufsteigen und ein wenig schlafen, dachte er. Auf einmal schien die Sonne über die Berge, drang durch die Bäume und warf einen blendenden Fleck auf den Boden. Joseph hörte, wie das Kalb sich abmühte, seine Beine aus dem Lassoknoten zu befreien. Plötzlich fiel ihm der alte Mann auf der Klippe ein. Seine Augen leuchteten auf. »Das könnte der Weg sein!« dachte er. Er trug das Kalb an das Bachbett, hielt den Kopf über den Kies und durchschnitt dem Tier mit dem Messer die Kehle. Das Blut floß durch das Bett, rötete den Kies und tröpfelte in den Eimer. Aber das war gleich vorbei. So wenig, dachte Joseph traurig, armes, ausgehungertes Wesen, so wenig Blut hatte es ... Der schmale Blutstrom versickerte im Kies. Noch während er hinsah, verlor er das leuchtende Rot und wurde schwarz. Joseph setzte sich neben das tote Kalb und dachte wieder an den alten Mann. »Er hat sein Geheimnis, das nur für ihn gilt; bei mir wirkt das nicht«, sagte er.

Die Sonne verlor ihren Glanz und hüllte sich in dünne Wolkenschleier. Joseph betrachtete das sterbende Moos und den Kreis der Bäume. Das ist nun alles tot. Ich bin ganz allein. Da ergriff ihn plötzlich panischer Schrecken. Warum soll ich eigentlich hier an diesem toten Ort bleiben? Er dachte an den grünen Cañon jenseits des Puerto-Suelo-

Passes. Jetzt, da ihm der Fels und der Bach nicht mehr zur Seite standen, bekam er Angst vor der herankriechenden Dürre.

»Ich gehe!« rief er plötzlich aus. Er nahm den Sattel auf und lief mit ihm über die Lichtung. Das Pferd hob den Kopf und schnaubte vor Furcht. Joseph hob den schweren Sattel hoch, und als der Gurt dem Pferd an die Flanke schlug, bäumte es sich hoch, wich zurück und riß sich los. Der Sattel flog Joseph vor die Brust. Er stand da und sah dem Pferde nach, wie es fortgaloppierte. Es kannte den Weg. Jetzt kam wieder große Ruhe über Joseph. Alle Angst war verschwunden. Ich werde auf den Felsen klettern und ein bißchen schlafen. Das Handgelenk schmerzte ihn, eine Sattelschnalle hatte ihn geschnitten, das Gelenk und die Handfläche waren blutig. Als er die kleine Wunde betrachtete, wurde seine Ruhe immer größer, er fühlte, wie er sich innerlich von dem Hain und der ganzen Welt löste. Natürlich oben auf dem Felsen, sagte er sich. Er kletterte die steile Seite hinauf und legte sich oben in das tiefe, weiche Moos, das die Oberfläche bedeckte. Als er ein paar Minuten geruht hatte, nahm er sein Messer wieder heraus und öffnete sich umsichtig die Pulsader. Er spürte zuerst einen heftigen Schmerz, aber der stumpfte bald ab. Er sah, wie das Blut über das Moos spritzte, und hörte gleichzeitig draußen den Wind brüllen. Der Himmel wurde grau. Und langsam wurde auch Joseph grau … er lag auf der Seite, den Arm ausgestreckt, und sah an dem langen schwarzen Gebirge seines Körpers hinab. Dann wurde dieser Körper riesengroß und leicht. Er erhob sich zum Himmel, und aus dem Himmel kam schräg der Regen …

»Ich hätte es wissen sollen«, flüsterte er, »ich bin der Regen …« Er spürte den treibenden Regen, hörte ihn niederklatschen und den Boden peitschen. Er sah sein Körpergebirge ganz in Feuchtigkeit eingehüllt. Dann schoß ein stechender Schmerz durch das Herz der Welt. »Ich bin das Land«, sagte er, »und ich bin der Regen. Bald wird das Gras aus mir wachsen.«

Der Sturm wurde stärker und bedeckte die Welt mit Finsternis und rauschenden Regenströmen.

26

Der Regen fegte durch das Tal. In wenigen Stunden schon rieselte es von den Bergen, und Sturzbäche füllten das Flußbett. Die Erde wurde schwarz und trank gierig das Wasser, bis sie nichts mehr fassen konnte. Der Fluß schäumte schon um die Felsblöcke und schoß zischend ins Tal.

Pfarrer Angelo saß in seinem Häuschen zwischen den pergamentenen Büchern und den Heiligenbildern, als der Regen begann. Er las gerade ›La Vida di San Bartolomeo‹. Aber als der Regen auf das Dach prasselte, legte er das Buch beiseite. Stundenlang hörte er das Poltern des Wassers in den Abflußrinnen der Berge und das Brüllen des Flusses. Ab und zu ging er zur Tür und sah hinaus. Die ganze erste Nacht blieb er wach, es machte ihn glücklich, den Regen rauschen zu hören. Er dachte mit Freude daran, wie er um ihn gebetet hatte.

Als der Abend des zweiten Tages dämmerte, hatte der Regen noch immer nicht nachgelassen. Pfarrer Angelo ging in die Kirche, erneuerte die Kerzen vor dem Bild der Jungfrau und zollte ihr Verehrung. Dann stellte er sich in die dunkle Tür der Kirche und sah in das durchtränkte Land hinaus. Er sah, wie Manuel Gomez vorbeieilte, der sich Präriewolffelle übergeworfen hatte. Bald darauf kam José Alvarez mit einem Hirschgeweih in der Hand. Pfarrer Angelo stellte sich tiefer in das Dunkel der Tür. Mrs. Gutierrez stapfte mit einem mottenzerfressenen Bärenfell durch den Schlamm. Der Priester wußte, was in dieser Regennacht geschehen würde. Heißer Zorn flammte in ihm auf. Laß sie nur erst anfangen, sagte er sich, dann werde ich sie auseinandertreiben!

Er ging in die Kirche, nahm ein schweres Kruzifix von einem Schrank und kehrte mit ihm in sein Haus zurück. Im Zimmer bestrich er das Kruzifix mit Phosphor, damit man es in der Dunkelheit besser sehen konnte. Dann setzte er sich und lauschte, ob das Konzert, das er erwartete, schon begonnen hätte. Der Regen prasselte und klatschte so sehr, daß es schwer war, etwas anderes als dieses Geräusch zu vernehmen – aber schließlich drangen die Töne doch an sein Ohr ... Das Dröhnen der Baßsaiten ihrer Gitarren, das dumpfe Stampfen. Als Pfarrer Angelo so dasaß und lauschte, erfaßte ihn ein Widerwille, jetzt einzuschreiten. Ein leiser Singsang vieler Stimmen war jetzt im Rhythmus der Gitarren zu hören, er setzte leise ein, schwoll an und verebbte wieder. Der Pfarrer konnte sich vorstellen, wie die Leute tanzten, wie sie die weiße Erde mit ihren nackten Füßen zu einer breiartigen Masse zertraten ... Er wußte, daß sie dabei Tierfelle trugen, obwohl sie keine Ahnung mehr hatten, warum sie das taten. Das rhythmische Stampfen wurde lauter und eindringlicher, der Gesang schneller und schriller. Jetzt werden sie ihre Kleider ablegen, dachte Pfarrer Angelo, und sich im Schlamm wälzen. Wie Schweine im Dreck werden sie miteinander Unzucht treiben.

Er zog einen schweren Mantel an, nahm das Kruzifix, öffnete die Tür. Der Regen prasselte, von weitem hörte man das Rauschen und Donnern des Flusses. Fieberhaft schluchzten die Gitarren, der Gesang war zu tierischem Röhren geworden. Pfarrer Angelo war es, als könnte er hören, wie die Körper sich in den Schlamm wühlten.

Langsam schloß er wieder die Tür, legte seinen Mantel ab und stellte das phosphoreszierende Kreuz nieder. Ich könnte sie im Dunkeln nicht erkennen, dachte er. Sie haben sich so nach dem Regen gesehnt, meine armen Kinder … Ich werde es ihnen am Sonntag in der Predigt gehörig sagen und jedem eine kleine Buße auferlegen.

Er setzte sich und lauschte auf den unablässig rauschenden Regen. Er dachte an Joseph Wayne. In seinen hellblauen Augen hatte tiefer Schmerz gestanden, weil das Land Not litt …

Der Mann muß jetzt glücklich sein, dachte Pfarrer Angelo.